사랑에
이르는 병

사랑에
이르는 병

恋に至る病

샤센도 유키 장편소설

부윤아 옮김

시옷북스

일러두기

· 이 이야기는 저자가 상상으로 만들어낸 픽션입니다. 실제 인물이나 단체와는 전혀
  관계가 없습니다.
· 이 책에서 등장인물을 부르는 표현은, 보통의 경우 성을 부르고 가까운 사이일 경우
  이름을 부르는 일본의 문화를 반영하여 표기했습니다.
· 한국어로 바꿨을 때 어색한 표현은 외래어 표기법에 따르지 않고 예외를 두었습니다.
· 원서의 강조점은 볼드 처리했습니다.
· 본문에서 언급된 논문은 〈 〉, 도서나 잡지는 《 》, 노래 제목은 「 」으로 표기했습니다.
· 참고 문헌은 원서의 것을 따르되, 같은 출판물이 국내에서 출간된 경우, 국내에 소개된
  표기를 따랐습니다.

차례

"미야미네 노조무, 나의 히어로가 되어줄래?"

요스가 케이가 이렇게 말한 순간, 나의 남은 생은 시작되었다.

이 말을 들었을 때, 어린 마음에도 내 인생 최고의 순간이라고 확신했다. 그래서 언제나 케이의 히어로가 되기로 결심했다. 물론 나는 그럴 만한 그릇은 되지 못했다. 그래도 케이가 그렇게 말한 이상 끝까지 케이의 편이 되겠다고 마음먹었다. 그 마음은 케이가 중학생이 되고, 고등학생이 되고, 150명이 넘는 사람을 죽였어도 변하지 않았다.

기침할 때마다 온몸이 아팠다. 한쪽 눈이 보이지 않는다는 사실이 이렇게나 불안할 줄은 몰랐다. 뼈도 몇 개인가 부러졌을 게 분명했다. 이런 모습으로 더는 케이를 지켜줄 수가 없다. 하지만 그래도 나는 케이를 지켜야 한다. 배에 난 상처에서 피가 전부 빠져나갈 때까지 그래야만 한다.

눈앞에 선 남자를 향해 어떻게든 웃어 보였다. 마지막 허세였다. 그렇게 한껏 객기를 부리자, 눈앞에 있는 남자가 불쾌한 듯

미간을 찌푸렸다. 비아냥거리는 투로 나는 말을 이었다.

"그래요. 케이는 150명이 넘는 사람을 죽였어요. 직접 자신의 손을 더럽히지 않고 말이죠. 케이는 전염병을 퍼뜨리듯 사람을 죽이고도 죄책감 따위는 조금도 느끼지 않은 괴물이에요. 나는 그런 케이를 죽였습니다."

내가 고백하자 눈앞에 선 남자는 얼굴을 잔뜩 일그러뜨렸다. 지금 분명 견딜 수 없을 만큼 내가 증오스러울 거다. 하지만 최후의 일격을 가하지 않는 까닭은 아직 내게서 듣고 싶은 말이 있어서다. 그렇지만 나는 의식을 거의 잃어가고 있어 그 기대에 응하지 못할 듯싶다.

떨리는 입술로 남자가 물었다.

"어째서?"

"나는 케이의 히어로니까."

그 대답이 마음에 들지 않았는지 남자가 나를 후려갈겼다. 내 의식이 또 한 단계 차가운 어둠 속으로 굴러떨어졌다.

그 끝에 케이가 있을지는 아직 알 수 없다.

지금부터 들려주는 내용은, 내가 어떻게 그 괴물을 사랑하게 되었는지에 관한 이야기다.

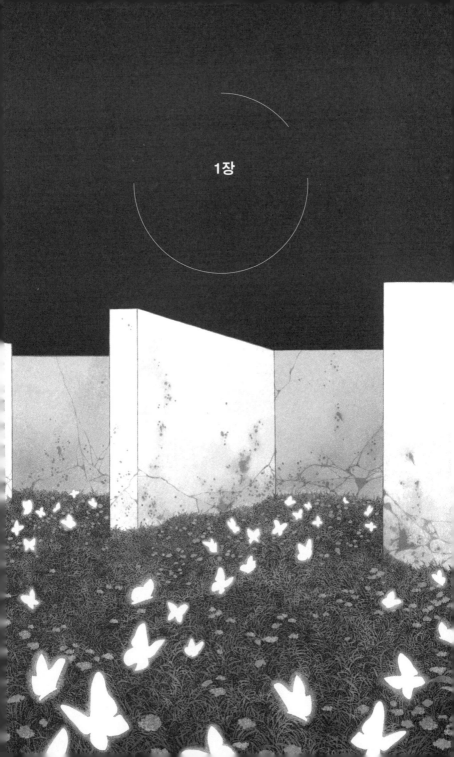

1장

1

요스가 케이와 만난 때는 초등학교 5학년이 될 무렵이었다.

아버지는 회사에서 전근이 잦았다. 1년을 채우기도 전에 사는 장소가 바뀌는 생활이 이어졌고 일곱 번째 이사하며 우리 가족은 이 마을로 오게 되었다.

솔직히 말하자면 옮겨 다니는 생활이 좋았다. 일종의 변명거리가 되었기 때문이다. 주어진 환경에 적응하지 않아도 되고, 친구를 잘 사귀지 못해도 상관없었다. 조금만 기다리면 모든 상황이 초기화되었고, 주변 사람들 역시 나와 가깝지도 멀지도 않은 관계를 유지했다. 그래서 "이제 이사는 마지막이다."라는 아버지의 말은 사형 선고나 마찬가지였다.

"그동안 여러 가지로 힘들었겠지만, 이제 괜찮아질 거다. 신축은 아니지만, 집도 사려고 해. 네게 물려줄 재산을 확실히 준비해 둬야지."

"이제 친구도 제대로 사귈 수 있겠네. 이번에 사귄 친구와는 중학교도 같이 다닐 수 있어."

전근 생활이 끝나고 우리 집이 생긴다는 사실에 부모님은 더할 나위 없이 기뻐했다. 앞으로는 좋은 일만 있을 거라고 믿는 듯한 부모님의 미소를 보고 숨을 삼켰다. 사실 난 마음속으로 거의 패닉 상태에 빠져 있었다.

'그럼, 여기에서 실패하면 어떻게 되지?'

이런 말을 할 수는 없었다. 잠깐 아무 말도 하지 못하다가 겨우 입을 열었다.

"잘됐네요, 기대돼요."

그렇게 처음으로 부모님에게 비밀이 생겼다.

부모님이 사이좋게 고른 단독 주택은 구옥이라고 믿기지 않을 만큼 훌륭하고 크고 깨끗했다. 그래서 더욱 이제는 도망갈 수 없다고 생각했다.

내게는 2층에 딸린 방 하나가 생겼다. 그렇지만 내 방을 마음대로 꾸밀 수 있다는 사실마저도 부담스러웠다. 평범한 초등학교 5학년에게는 어떤 그림이 그려진 포스터를 붙이면 되는지 누군가 대신 정해주었으면 좋겠다고 바랄 정도로.

'하지만 할 수밖에 없어. 오늘부터는 초기화할 수 없으니까.'

스스로 타이르듯 중얼거리며 처음으로 혼자 잠들었다.

그리하여 새롭게 마음먹고 완전히 달라질 수 있었다, 같은 흐뭇한 이야기는 없다.

두려운 마음에 몇 번이고 내게 닥칠 상황을 시뮬레이션했다.

'새 학년에 올라가 반이 바뀌는 타이밍이니까 어쩌면 별로 눈에 띄지 않을지도 몰라. 한 학년에 학생이 많으면 튀지 않고 어울릴 수 있지 않을까? 자기소개만 실수하지 않으면 친구를 사귈 수 있을 거야. 괜찮아.'

마음속으로 되뇌며 무난한 자기소개를 연습했다. 만약 전학생이라는 사실이 드러나더라도 앞으로 잘 부탁한다고 말하면 그만이다.

결론부터 말하자면 수차례 해본 시뮬레이션은 아무런 의미도 없었다. 내가 들어가게 된 5학년 2반은 예전부터 알고 지내던 학생이 많은 모양인지 반이 바뀐 직후인데도 활기차고 떠들썩했다. 학급 친구들은 독특한 가족 같아 보였고, 그런 모습이 내 마음속 외로움을 부추겼다.

그나마 유난히 목소리가 큰 담임이 들어와 모두 자기소개를 하라고 재촉하기 전까지는 나은 편이었다. 이름 순서대로 학생들이 일어나 전형적인 방식부터 개그 섞은 소개까지 제각각 자기소개를 했다. 그 소개를 듣고 나서 "또 네즈하라랑 같은 반이라니!" 같은 야유가 터지기도 하고 박수 소리가 울리기도 했다. 요란하게 뛰는 심장을 억누르며 심호흡을 내뱉었다.

드디어 내 차례다.

천천히 일어나는데, 순간 교실이 조용해졌다. 분명 이제야 내가 자신들이 모르는 이방인이라는 사실을 알아챈 듯싶었다.

'하지만 그래도 괜찮아. 이름을 말하고 잘 부탁한다고 말하면 충분해.'

마음을 다잡고 입을 열려는데, 담임 목소리가 끼어들었다.

"아, 참. 거기 너, 전학 왔지?"

"아….."

"그렇지! 맞아! 모두 잘 볼 수 있도록 앞으로 나오는 게 어때? 자! 어서!"

마치 괜찮은 아이디어라도 된다는 듯 담임이 손을 흔들며 불렀다. 의자를 끄는 소리가 괜히 크게 들렸다. 어찌어찌해서 겨우 칠판 앞에 도착했으나, 내 몸은 이미 땀으로 흠뻑 젖어 있었다. 고개조차 들지 못한 채 바짝 마른 입을 열었다.

"…저, 저는."

"아, 먼저 칠판에 이름을 써줄래?"

"아, 네."

선생님이 시키는 대로 비뚤비뚤한 글자로 '미야미네'까지 썼을 때 분필이 부러졌다. 교실 안에서 숨죽인 웃음소리가 들렸다. 결국 남은 '노조무'마저도 부자연스러울 정도로 크게 쓰고 말았다. 겨우 이 정도 일만으로도 이미 제대로 말할 수 없는 상태가 되었다.

대단한 실수가 아닌데도 눈물이 나올 뻔해서, 눈물을 참기 위해 애쓰느라 말이 나오지 않았다. 좀 전까지 웃음소리가 들리던 주변이 조용해지고 모두 나를 바라봤다.

'내 말을 기다리는 거겠지.'

몇 초 동안 이어진 침묵이 되돌릴 수 없는 실패처럼 느껴져 결국 이름조차 말하지 못했다.

담임이 "왜 그래?"라고 말을 거는 상황도 최악이었다. 그 말이 신호가 되어 주위에서도 이 상황을 어떤 사고라고 느꼈는지 술렁거리기 시작했다. 점점 현기증이 나서 주저앉을 뻔한 순간, 기세 좋게 누군가가 일어나는 소리가 들렸다. 나를 주목하던 반 친구들이 일제히 그쪽으로 시선을 돌렸다.

교실 뒤쪽 창가에서 두 번째 줄. 마치 미리 약속이라도 한 듯 모두의 시선을 사로잡은 사람은 긴 머리를 양 갈래로 묶은, 언뜻 봐도 완벽해 보이는 여학생이었다.

빨간 머리 끈으로 묶은 머리카락이 중력을 거슬러 튀어 올랐다. 하얀 피부는 창문에서 들어오는 빛을 받아 반짝반짝 빛났다. 자연광이 내뿜는 스포트라이트에 지지 않겠다는 듯이 갈색 빛이 도는 눈동자는 별이라도 담긴 듯 반짝거렸다. 놀라움과 기쁨을 온몸으로 내뿜으며 여학생은 나를 향해 똑바로 손가락을 뻗었다. 내가 무슨 말을 하기도 전에 먼저 그 여학생이 단정하게 생긴 입술을 열었다.

"앗! 미야미네!"

신비한 목소리였다. 아이라고 하기에는 낮고 어른이라고 하기에는 높은 목소리였다. 그 목소리는 마치 악기처럼 평온하게 교실 안에 낭랑하게 울렸다.

"오랜만이야. 나야, 케이."

그렇게 말한 여학생은 천천히 표정을 부드럽게 풀었다. 나는 당연히 이 아이를 만난 기억이 없었다. 이런 여학생을 만난 적이 있다면 잊어버릴 리가 없을 테니까. 모나리자를 본 사람이 그 미소를 잊지 못하는 경우와 마찬가지다. 그런데도 케이라는 아이는 헤어졌던 친한 친구를 대하듯이 나를 보고 웃었다.

갑자기 이 세계에 내가 있을 자리가 마련된 듯했다. 온몸을 집어삼키려던 긴장과 두려움이 썰물처럼 빠져나갔고, 더는 술렁이는 소리도 귀에 들리지 않았다.

"요스가 케이가 아는 친구였어?"

담임이 던진 이 말이 고요한 교실의 분위기를 다시 활기차게 되돌려놓았다. 거기에는 놀라움이 섞인, 게다가 기묘한 온기마저 스며 있었다. 요스가 케이가 자신만만하게 고개를 끄덕이자 거기에 맞춰 다른 학생들도 "케이의 친구라고?", "뭐? 진짜야?" 라며 친밀하게 물었다.

좀 전까지 이방인 취급당하던 나는 요스가 케이의 말 한마디로 갑자기 이 반에 받아들여졌다. 햇볕이 드는 곳으로 이끌려 나온 듯 내 입에서 자연스럽게 말이 흘러나왔다.

"얼마 전에…, 이사 온, 미야미네, 노조무입니다…, 그, 음, 잘, 부탁해요."

그 순간 잘 해냈다고 칭찬하듯이 요스가 케이가 웃었다.

"다들 미야미네를 잘 부탁해."

요스가 케이가 말하자 마치 아무 일도 없었다는 듯이 다시 다른 아이들의 자기소개가 이어졌다. 나 때문에 생긴 어색한 분위기는 말끔히 사라졌다.

말하자면 그게 전부였다. 그런데도 눈 안에 별을 담고 빛을 한 몸에 받아들인 듯한 요스가 케이는 분명히 나를 구해줬다.

자기소개가 끝나고 쉬는 시간이 되자 요스가 케이의 모습은 반 친구들에게 둘러싸여 보이지 않았다. 사실은 당장이라도 요스가 케이에게 다가가서 고맙다고 말하고 싶었다. 그보다 한 번이라도 좋으니 요스가 케이와 이야기를 해보고 싶었다.

미련을 버리지 못하고 요스가 케이 쪽을 바라봤다. 그 순간 아이들 사이로 보이는 요스가 케이와 눈이 마주쳐서 허둥거리며 눈길을 피했다. 결국, 그날은 요스가 케이와 대화조차 하지 못했다.

'사는 세계가 다른 아이구나.'

그런 진부한 생각과는 별개로 나와 요스가 케이의 세계는 물리적으로 맞닿아 있었다. 부모님이 꿈과 희망을 품고 마련한 우리 집은 요스가 케이의 옆집이었다.

"미야미네, 오랜만이야. 반가워."

초등학교로 이어지는 긴 언덕에 접어드는데, 귀에 쏙 박히는 목소리를 듣고 멈춰 섰다.

요스가 케이는 어제 했던 빨간 머리 끈이 아닌 파란 물방울

무늬가 새겨진 끈으로 머리를 묶고 있었다. 아무래도 그날그날 기분에 맞춰 색을 고르는 모양이었다.

요스가 케이가 내 쪽으로 고개를 돌리자 머리카락과 함께 등에 멘 가방도 장단에 맞춰 흔들렸다. 요스가 케이는 고양이처럼 입술 끝을 올리면서 내가 말하기를 기다리고 있었다.

"아⋯, 안녕."

"일찍 나왔네? 무슨 일 있어?"

요스가 케이의 말대로 나는 등교 시간보다 한 시간 일찍 나왔다. 원래는 8시 20분까지 교실에 들어가면 되는데 이제 겨우 7시가 조금 지났다. 텅 빈 등굣길에는 나와 요스가 케이 둘뿐이었다.

"그게, 전학 왔잖아. 제출할 서류가 있어서⋯ 조회 시간보다 일찍 가야만 해. 그런 너는 이런 이른 시간에 무슨 일로 학교에 가는 거야?"

"난, 아침에 학생회 봉사 활동이 있어. 작년부터 학생회에 들어갔거든. 4학년 활동 기간은 이미 끝났지만, 5학년 때도 학생회를 할 생각이라서 활동 기간 전이지만 도와주고 있어."

"아침 봉사 활동 시간에는 뭘 해?"

"아침 청소를 돕거나 일주일에 두 번 인사하기 운동을 해. 전학 오기 전 학교에서는 없었어? 팔에 완장을 두른 학생이 교문 앞에서 인사하는 거."

듣고 보니 이전에 다녔던 초등학교에서도 고학년 학생이 교문 앞에서 인사했던 것 같다. 그보다 전에 다녔던 학교에서는 청소 봉사 활동이 있었다. 이 학교에서는 아마도 학생회에서 두 가지 활동을 모두 하는 모양이다.

"그럼 너는 4학년 때부터 이렇게 아침 일찍 등교했어? …대단하다."

"그렇지도 않아. 다른 친구들도 하는 일인걸."

"난, 이 시간에 일어나기도 힘든데."

"맞아. 나도 처음에는 알람 시계를 몇 개나 맞춰뒀는데, 지금은 익숙해졌어."

이런 말을 하면서 요스가 케이는 긴 오르막길을 숨찬 기색도 없이 올라갔다. 어쩌다 일찍 일어난 데다 익숙하지 않은 오르막길에 녹초가 된 나와는 전혀 달랐다. 너무나도 가벼운 발걸음이라 가방이 날아가는 듯 보였다. 그런데 청소 봉사까지 한다니 솔직히 나라면 생각할 수 없는 이야기였다.

"…하지만, 역시 대단해."

"그렇게까지 칭찬받을 일은 아닌데. 쑥스럽네."

"그리고…."

"응?"

손에 힘을 줘 가방끈을 꽉 잡으며 할 말을 생각했다. 칠판 앞에 섰던 때로 되돌아간 듯했지만, 인기 있는 요스가 케이에게 이야기할 기회는 지금밖에 없었다. 뜸을 들이다가 입을 열었다.

"우리…, 만난 적, 없지?"

요스가 케이가 아는 척해준 덕분에 학급 무리 안에 들어갈 수 있었다는 사실을 안다. 굳이 이렇게 확인하는 건 요스가 케이의 배려에 찬물을 끼얹는 행동이나 마찬가지였다. 하지만 어째서인지 물어보지 않을 수 없었다.

요스가 케이의 커다란 눈이 초승달처럼 가늘게 휘어지더니 다정한 눈빛으로 나를 보며 말했다.

"응, 착각했어. 하지만, 미야미네를 본 순간 어디선가 만난 적이 있다고 느낀 건 진짜야."

'거짓말.' 그 타이밍에 요스가 케이가 목소리를 낸 건 분명 나를 도와주기 위해서였다. 그 솜씨가 얼마나 세련되었는지 아무도 눈치채지 못했을 뿐이다.

"미야미네랑 어디에선가 만난 적이 있었다면 좋았을 텐데 싶었던 마음도 진짜야."

내가 무슨 말을 하기 전에 요스가 케이가 말했다. 장난스럽게 웃으면서 요스가 케이는 사뿐하게 두 걸음 앞서갔다.

"그, 그래도, 정말, 고마워. 난, 너 아니었으면 아마 아무것도 못 했을 거야."

횡설수설하면서 겨우 이렇게 말했다. 매력적인 이 여자아이에게 휘둘리더라도 해야 할 말은 분명했다.

"난 친구도 잘 못 사귀는데, 그때 자기소개도 제대로 못 했다면 엄청 힘들었을 텐데…. 그래도 네가 있어서…."

더듬거리면서도 고마운 마음을 전했다. 요스가 케이에게는 대단한 일이 아닐지도 모른다. 하지만 어제 요스가 케이의 행동은 나에게는 너무나도 컸다. 눈을 제대로 쳐다보지 못하는 만큼 어떻게든 말로 전부 전하고 싶었다.

그때 내 양쪽 볼에 차가운 손이 닿았다. 억지로 들어 올려진 내 눈과 별이라도 박힌 듯 반짝이는 요스가 케이의 눈동자가 마주쳤다. 멀리서 봐도 밝은 갈색이 눈에 띄는 요스가 케이의 눈동자는 아침 햇살을 받아 하얀 거품을 일으켰다.

"뭐…, 뭐야?"

"그럼 나랑 친구 할래?"

눈동자에 서로의 모습이 비칠 만한 거리에서 요스가 케이가 말하고는 웃었다. 나도 모르게 몸이 뒤로 기우뚱하더니 가방과 함께 그대로 벌러덩 엉덩방아를 찧었다. "깜짝 놀랐네."라며 내민 요스가 케이의 손이 조금 차가웠다.

"그게…, 나도 좀 놀라서. 그, 나 같은 애랑 친구 해도 정말 괜찮겠어?"

그때 요스가 케이가 뭔가 생각났다는 듯이 방긋 웃었다. 지금까지 본 그 어떤 웃음과도 다른, 기분 좋아 보이는 웃음이었다.

"미야미네, 드디어 내 눈을 보고 말했어."

그 말을 들은 순간 내 얼굴이 새빨개졌다. 동시에 요스가 케이의 손을 계속 잡고 있었다는 사실을 깨닫고 허둥거리며 놓았다.

"미, 미안!"

"그렇게 놓아버리면, 좀 상천데."

요스가 케이는 살짝 입술을 삐죽거리고는 단숨에 언덕을 올라가 버렸다. 갑자기 혼자 남겨진 나는 이번에도 허둥거리며 그 뒤를 쫓았다. 이 언덕만 오르면 학교는 금방이었다.

멀리 교문이 보이자 아쉬워했던 기억은 있는데, 그때 내가 케이와 어떤 이야기를 했는지는 하나도 생각나지 않는다. 내게는 분에 넘치도록 흔한 이야기였다. 나는, 나를 찾아준 케이만을 기억했다.

요스가 케이와는 교문을 지나 학교 건물 현관 앞에서 헤어졌다. 요스가 케이는 바로 교정에서 학생회 사람들과 만나는 모양이었다. 나는 실내화를 갈아 신고 교무실로 가야 했다.

"그럼… 여러 가지로 고마워, 요스가."

"케이."

"응?"

"다들 케이라고 부르는데 요스가라고 부르면 특별해지잖아."

"특별, 하다니?"

'그런 거면 이대로가 좋잖아?'

하지만 내게는 요스가 케이의 말을 따르는 일 이외의 선택지는 없었다. 한참 뜸을 들이다가 처음으로 그 애의 이름을 불렀다.

"케이. …나중에 교실에서 봐."

"응. 그럼 이따 봐."

케이는 만족스럽게 고개를 끄덕이고는 나풀거리듯 몸을 돌려 멀어졌다. 그때 가방도 함께 흔들렸다. 파도가 모든 걸 휩쓸고 가기라도 한 듯 멍하니 케이의 뒷모습을 바라봤다. 나는 케이의 파란색 물방울 머리 끈이 보이지 않을 때까지 그대로 서 있었다. 혼자 남은 건물 앞 현관에서 다시 한번 케이의 이름을 불렀다. 그리고 익숙하지 않은 그 이름을, 지독하게 소중한 무언가라도 되는 듯 마음에 품고 교무실로 향했다.

2

그날 이후로 우리는 등교 시간이 겹치지 않았다. 케이는 학생회 일로 매일 아침 일찍 등교했고, 아침에 잘 일어나지 못하는 나는 조회 시간에 아슬아슬하게 맞춰 등교했기 때문이다. 당연하게도 나와 케이의 접점은 사라졌다. 그렇다고 케이가 나를 완전히 잊어버리진 않았다. 오히려 케이는 나를 계속 신경 써주고 있었다.

반 친구들은 무리를 지어 다녔고, 이미 형성된 무리 안에 끼어들지 못하는 나를 위해 케이는 살그머니 도와주었다. 무리 안에서 잘 어울릴 수 있도록 자리를 만들어 주기도 하고 고립된 내게 말할 기회를 주기도 했다. 케이가 대단한 부분은 그런 배려가 배려로 보이지 않도록 한 점이었다. 실제로는 케이가 등 떠밀어서 그런 건데도, 반 친구들은 자발적으로 같이하자고 나를 부르고 말을 붙인다고 착각했다.

그 덕분에 나는 조금씩 학급 분위기에 녹아들었다. 그럭저럭 이야기를 자주 나누는 친구라 부를 만한 관계도 생겼고, 5월 초 골든위크가 지날 무렵에는 '원래 같은 반에 있던 눈에 띄지 않는 학생' 정도로 이미지가 굳어졌다. 내가 그 이미지를 얻게 된 건 틀림없이 케이 덕분이었다.

케이는 학급의 중심에 있으면서 모든 사람을 똑같이 중요하게 여겼다. 케이의 역할은 한낱 초등학생이 아닌 선생님이나 그 비슷한 지위에 가까웠다. 반에는 케이 외에도 여러 가지 일을 이끄는 역할을 맡은 여학생 히야마와 골목대장 같은 네즈하라가 있었지만 요스가 케이의 역할은 좀 더 독특했다. 기본적으로 케이는 모두와 똑같이 사이가 좋았다.

케이는 모두를 사랑했고, 모두가 케이를 사랑했다. 케이는 언제나 호의의 망토를 두르고 있었다. 햇살 아래에서 케이가 웃을 때마다 교실 분위기가 정돈되었다. 뭐랄까, 케이는 학생들 사이의 온도 차를 줄이고 학급 운영의 효율을 높이는 역할을 해냈다.

생각해 보면 그때부터 케이의 특색은 두드러졌다.

어떤 일이 있었는지 말해보자면 5학년 2반에는 다수결이 거의 존재하지 않았다. 무언가를 정해야 할 때, 역할을 나눌 때, 여러 사람이 모이면 적게나마 의견 대립하는 일이 꼭 있다. 그럴 때 문제를 해결하는 가장 전통적인 방식은 다수결로 정하는 거다.

하지만 우리 반에서 다수결로 무언가를 결정한 적은 한 번도 없었다. **단 한 번도.**

학급 위원을 정할 때는 학생 34명이 깔끔하게 정원 수에 맞춰 역할을 나눴다. 모두가 성숙해서 각자 분위기 파악을 한 결과일까? 그렇지 않았다. 우리 반에서는 나름대로 다툼도 있었고 어린이들 사이에 유행하는 시시한 주술이나 도시 괴담도 돌았다. 초록색 펜으로 노트에 네 잎 클로버를 그리면 성적이 올라간다거나, 좋아하는 사람에게 지우개를 받으면 서로 좋아하는 사이가 된다거나, 유튜브에 올라온 주술 동영상이나 해 질 녘에 아무도 모르게 사람이 사라지는 이야기 따위를 믿는 아이들이니 특별히 현명하다고 보기 어려웠다.

그런데도 5학년 2반의 통솔은 기막히게 이루어졌다.

그뿐만이 아니었다. 합창 대회 곡도 다른 제안은 하나도 나오지 않고 한 방에 정해졌다. 모두 두 손을 들어 학교 축제 때 재즈 찻집을 하자고 의견이 통일되는 게 가능한 일일까? 아이들 대부분이 재즈 같은 건 들어본 적도 없을 텐데?

하지만 5학년 2반에서는 그런 기묘한 일이 계속 일어났다.

"이번에도 우리 너무 잘 정했어. 다 같이 파이팅!"

그때마다 학급 위원인 케이는 교단에 서서 웃으며 말했다.

사이 좋은 학급의 우연한 기적. 하지만 나는 그 마법이 시작되는 곳을 안다.

"미야미네는 주변 정리를 잘해."

학급 위원회를 정하는 날을 조금 앞두고 케이가 내게 말했다. 케이가 이렇게 칭찬해 준 사실이 기뻐서 한동안 그 말을 잊을 수 없었다. 사실 나는 특별히 주변 정리를 잘하지는 않았다. 케이가 한 말이니 '내게 그런 부분이 있는 것도 같아, 스스로 몰랐던 장점일지도 몰라.' 싶어 위원회를 정할 때 미화 위원에 입후보했다. 다른 후보는 나오지 않아 바로 미화 위원이 되었다. 여학생 중에서 미화 위원에 입후보한 사람은 다니나카뿐이었고, 다니나카도 바로 미화 위원이 되었다.

하지만 이제는 안다. 나뿐만이 아니었다. 케이는 모두에게 똑같이 작업했을 거다.

가야노가 동식물 돌봄 위원이 된 일도, 네즈하라가 체육 위원이 된 사실도, 이데가 학급 위원이었던 점도 전부 케이가 한 말 때문이었다. 학급 위원회는 케이가 미리 나눈 대로 정해졌다. 물론 강요받은 사람은 아무도 없었다. 자신이 무엇을 잘하는지 케이가 알아봐 주었다는 사실이 기뻐서 그 말을 따랐을 뿐이다.

케이가 좋겠다고 말한 합창곡도 모두 진심으로 마음에 들어했다. 케이가 추천한 재즈 피아니스트 매코이 타이너McCoy Tyner의 곡인 「Fly With the Wind」는 재즈를 전혀 모르는 내가 듣기에도 멋있었다.

문득 자유의사에 대해 생각해 본다. 5학년 2반 학생들은 한 명도 빠짐없이 케이에게 유도되었다. 하지만 케이에게 이끌린 우리는 더할 나위 없이 기뻐했다. 거기에 자신의 의사가 정말로 없었다고 말할 수 있을까? 우리가 케이에게 이끌려 가는 길을 선택했던 걸까? 지금 와서 생각해 봐도 알 수가 없다.

3

교외 학습 날 학교생활의 큰 전환점이 찾아왔다.

우리가 다니던 초등학교에서는 매년 11월 말이 되면 교외 학습을 나갔다. 교외 학습이라고 해봐야 소풍과 비슷한 소소한 행사였다. 전철로 두 정거장 거리에 있는 자연공원에 가서 적당한 장소를 골라 그림을 그리는 게 전부였다.

교외 학습은 흐린 하늘 아래에서 진행되었다. 모든 학년이 날짜를 나눠서 진행하는 연례행사이기 때문에 일정은 쉽게 취소되지 않았다. 다른 학년에 영향을 주면 안 되기 때문에 날씨가 약간 나쁘더라도 강행되었다. 잿빛 하늘 아래 날씨까지 쌀쌀해서 나를 포함한 학생들은 모두 똑같이 의욕이 없었다.

그래도 교외 학습을 나오니 마음이 편안했다. 이날은 혼자 있어도 그다지 부자연스럽지 않았다. 케이 덕분에 학급에 스며들 수 있었지만, 나는 역시 혼자 있는 편이 편했다.

집합 장소에서 멀리 떨어진 곳에 자리를 잡고 이상한 모양을 한 벤치를 그렸다. 빈말이라도 잘 그렸다고 말할 수 없는 그림이었지만 비웃음당할 정도로 엉망이지도 않았다.

그림을 다 그리고도 시간이 30분 정도 남아 어슬렁어슬렁 자연공원을 산책하며 주위를 둘러봤다. 날씨가 이렇다 보니 놀러 나온 아이도 적어서 공원은 기묘하게 한산했다. 하늘이 잿빛을 지나 검게 물들기 시작하자 그나마 있던 아이들도 부모에게 이끌려 서둘러 자리를 떴다.

그때 울고 있는 여자아이를 달래는 케이를 발견했다.

케이는 여자아이와 눈높이를 맞추고자 웅크리고 앉아 유난히 큰 몸짓과 손짓을 하며 말하고 있었다. 고개를 끄덕이며 케이의 말을 듣던 여자아이의 표정이 서서히 밝아졌다. 머지않아 여자아이는 눈물을 닦으면서 손을 흔들고는 멀어졌다.

그 모든 상황을 나는 멍하니 바라보고 있었다. 케이가 마법처럼 다른 사람을 달래는 모습을 본 일은 딱히 이번이 처음은 아니었다. 다만 자신의 그림 도구와 스케치북을 바닥에 내려놓고 여자아이를 대하는 케이의 모습은 잿빛 하늘과 상반되게 아름다웠다.

어떤 말을 할까 망설이는 사이에 케이가 치맛자락에 묻은 흙을 털어내면서 일어났다. 빙그르 몸을 돌려 허공을 떠돌던 시선이 내게 멈췄을 때 케이는 놀란 듯 눈이 휘둥그레졌다.

"깜짝이야. 왜 여기에 있어?"

케이가 생긋 웃는 모습을 보고 나는 저항하지 못하고 항복하듯 가까이 다가갔다.

"그게…, 그림을 생각보다 빨리 그려서. 일부러 케이 뒤를 따라온 건 아니야."

"봤으면 말이라도 걸지. 말해두겠는데, 나는 한참 전에 눈치챘다고."

거짓말 아닐까? 케이는 좀 전에 여자아이에게서 전혀 눈길을 돌리지 않았는데. 하지만 케이가 그렇게 말한다면 확실히 그럴 것도 같았다. 넋을 잃고 바라보던 게 부끄러워 그 마음을 겨우 숨기며 물었다.

"아까 그 애는…?"

"연을 날리러 왔는데, 화장실 다녀오는 사이에 연이 없어졌데. 오늘 의외로 바람이 강하니까 날아갔을지도 몰라. 유치원에서 만든 연이라서 소중한 거라던데."

"그런데 케이가 달래서 울음을 그쳤잖아."

"맞아. 세상 모든 것은 끊임없이 변한다는 철학에 대해 설명했거든."

"거짓말."

내가 곧바로 이렇게 받아치자 케이는 재미있다는 듯이 깔깔 웃었다. 케이가 그 아이에게 어떤 마법을 썼는지는 둘만의 비밀이라고 했다.

"그나저나 이렇게 만나다니 신기하네. 그리고 싶은 게 없어서 방황하던 나를 발견하다니. 우리 어쩌면 진짜 궁합이 맞는지도 모르겠다."

"그, 그럴 리가."

기분 좋게 그런 말을 하는 케이에게서 무심코 눈을 돌리자 시야 끝에 빨강과 검정이 현란하게 어우러진 물체가 보였다.

"어? 저기 있는 거 그 애가 말한 연 아니야?"

나는 '수리 중' 표지판이 붙은 커다란 미끄럼틀을 가리켰다.

계단 위 미끄럼틀 입구 부분에 가는 조립용 나무로 만든 바구니처럼 생긴 돔이 있었다. 문제의 연은 그 바구니의 구멍 부분에 걸려 있었다.

"다행이다. 갖고 올게. 공원 관리 사무소에 맡겨두면 그 애가 찾아갈지도 몰라."

이렇게 말하며 미끄럼틀에 올라가는 케이를 나는 말리지 않았다. 수리 중이라는 표지판을 봤는데도 케이가 어떤 일에 실패한다는 건 상상도 하지 못해서, 그저 느긋하게 케이의 모습을 올려다보고 있었다.

연을 무사히 빼낸 케이가 나를 향해 돌아섰다. 그리고 난간에 체중을 실은 순간 삐걱하고 둔탁한 소리가 울렸다.

잠시 무슨 일이 일어났는지 알아차리지 못 했다.

정신을 차려보니 케이가 내 옆에 쓰러져 있었다. 케이 주위에는 부러진 목재가 흩어져 있었는데, 일단은 케이와 내가 부딪히지 않아 마음이 놓였다. 만약 그랬다면 분명 일이 더 커졌을 테니까.

"케이, 괜찮아? 케이…."

이름을 부르며 케이를 일으켜 세웠다. 그러고 나서 케이를 보는데 몸서리를 치고 말았다.

케이의 오른쪽 눈꺼풀에 짐승이 할퀸 듯한 상처가 나 있었다.

푹 파인 상처 끝은 찢어진 천 조각처럼 피부가 너덜거렸다. 가만 보고 있을 틈도 없이 그 부분에서 선명한 피가 흘러나와 상처를 덮었다. 케이가 하얀 손으로 눈가를 누르자 손가락 사이로 흘러나온 피가 손등에 핏줄기를 만들었다. 미끈거리는 감촉에 놀랐는지 케이가 작게 숨을 삼켰다.

나는 거의 공황 상태에 빠져 소리쳤다.

"케이! 어떡하지, 어떡해, 케이, 빨리 돌아가자."

"다리…."

"뭐?"

"다리가, 아파…."

피가 팔꿈치까지 흘러내리고 있었고 케이는 겨우 작은 소리를 뱉었다.

"내가 업고 갈게!"

힘없이 "하지만…."이라고 말하는 케이를 강제로 등에 업자 케이가 양손에 힘을 꽉 쥐었다. 거기에 맞춰 나는 제대로 케이를 고쳐 업었다.

내 어깻죽지는 케이가 흘린 피로 끈적하게 젖었다. 얼굴에 피를 흘리는 케이를 본 순간 선생님을 포함한 모두가 한바탕 소란을 일으켰다. 사고의 인물이 다른 누구도 아닌 요스가 케이였다. 바로 구급차를 부르고 나는 케이와 떨어져 우리는 각각 다른 구급차에 올랐다.

무슨 일이 있었는지 사람들이 물었지만 제대로 이야기하지 못했다. 아무런 상처를 입지 않는 나보다도 심한 상처를 입은 케이가 더 차분히 사정을 설명했다고 들었다. 연을 빼내려고 수리 중인 미끄럼틀에 올라가서 다쳤다. 움직일 수 없는 자신을 미야미네가 업고 데려와 주었다는 정황을 말이다.

구급차 안에서 나는 대단한 일을 했다고 칭찬받았다. 부모님 이외에 다른 사람에게서 칭찬받는 일은 좀처럼 없었다. 그런 사실이 내 마음을 무너뜨렸다. 나는 그대로 케이와 같은 병원으로 이송되었는데, 당연히 나는 아무렇지 않았고 상태를 살펴보는 걸로 진찰은 끝났다.

"케이는 어떻게 됐어요?"

진료실에서 나오기 직전 의사 선생님에게 물었다. 다리는 골절됐지만, 각막에 상처를 입지는 않았다고 했다. 안심할 수 있는 결과였다. 케이를 업고 돌아온 일에 대해 의사 선생님도 칭찬해 주었다.

"그나저나 여자아이 얼굴에 상처가 생기다니, 안 됐어."

무심코 흘러나온 말이었을 거다. 케이의 얼굴은 무척 예뻤기 때문에 더욱 그런 말이 나왔을 게 분명했다. 하지만 그 말로 인해 죄책감은 한계를 넘어버렸다.

'내가 잘못한 거야. 수리 중인 미끄럼틀에 오르는 케이를 말릴 수 있었던 사람은 나뿐이었어. 그러니까 케이가 다친 건 다나 때문이야.'

그로부터 일주일이 지나도 케이는 학교에 오지 않았다.

케이의 상처는 목숨에 지장을 줄 정도는 아니라고 들었기에 더욱 마음이 어수선했다. 교실은 케이에 관한 이야기로 들썩였다. 머리를 부딪혀서 의식 불명이라는 도를 넘어선 소문까지 퍼졌다. 그렇다고 내가 케이에 대해 이러쿵저러쿵 이야기할 수도 없었다.

고민한 끝에 방과 후 케이의 집을 찾아갔다. '요스가'라는 문자가 새겨진 검은 문패 앞에 서서 심호흡을 했다. 현관 앞에는 오래된 신문을 넣어두는 나무 상자며 학교에서 받은 팬지 화분 등이 나란히 놓여 있었다. 화분은 케이가 돌봐주었는지 더욱 아름다운 꽃을 피우고 있었다. 몇 초인가 꽃을 바라본 다음 초인종을 눌렀다.

쫓겨날 각오까지 했지만 예상과는 달리 아무렇지 않게 케이의 집 안으로 들어갈 수 있었다.

잘 정돈된 집이었다. 거실에는 케이의 사진이 눈길 닿는 곳마다 놓여 있었다. 부모님에게 안겨 행복하게 웃는 모습과 아동복 모델을 했을 때 찍은 걸로 보이는 야무진 케이의 모습이 담긴 사진을 보고 행복한 가족이라고 생각했다.

병문안용으로 준비한 카스텔라를 케이의 어머니에게 건네자, 교외 학습 날 이야기를 하며 내게 고맙다고 했다. 어색하게 시선을 어디에 둬야 할지 모른 채로 케이의 방으로 안내받았다.

"…케이?"

"들어와."

방 안에서 들린 케이의 목소리는 잠겨 있었지만 또렷하게 울렸다.

머뭇머뭇 방으로 들어가자 침대 위에 케이가 앉아 있었다. 케이는 등을 돌린 채 창밖을 내다보고 있었다. 자세를 바꾸지 않고 케이가 입을 열었다.

"와줘서 고마워. …미야미네에게는 고맙다는 말을 제대로 해야겠다고 생각했거든…."

"그…, 괜찮아? 다들 케이가 학교에 오길 기다리고 있어."

"갈 수 없어."

그렇게 말하며 내가 있는 쪽으로 돌아보는 케이의 오른쪽 눈은 하얀 붕대에 감겨 있었다. 그 모습을 본 순간 공원에서 맡았던 피 냄새가 떠올랐다.

"…학교엔 못 가. 지금 난 역겨우니까."

케이가 오른쪽 눈 주위를 만졌다.

"역겹다니…."

"이런 얼굴을 보면, 다들 싫어할 거야."

목소리가 애처롭게 떨렸다. 순간 깨달았다. 케이의 미모는 남들보다 뛰어났다. 케이를 처음 본 순간 한눈에 반했던 기억이 떠올랐다. 분명 지금까지 외모를 칭찬받을 일이 많았을 거다.

그런 케이가 얼굴에 상처를 입었으니 얼마나 두려울까.

물론 케이의 매력은 외모뿐만이 아니었다. 그렇다고 해도 손바닥을 뒤집듯 사람들의 태도가 바뀔지도 모른다는 공포는 다른 사람들보다 더 강하게 느낄지도 몰랐다.

"아냐! 아무도 케이를 싫어할 리가…."

"이런데도?"

케이가 천천히 붕대를 풀었다. 붕대 안쪽에 붙어 있던 거즈까지 떼어내자 눈꺼풀 위에서부터 눈 밑의 도톰한 부분까지 세로로 그려진 애처로운 상처가 드러났다. 크레바스 같은 붉은 균열은 상상했던 모습보다도 가차 없어서 내 눈에서는 눈물이 펑펑 쏟아져나왔다.

"…미안해, 네가 그런 표정 지을 줄은 몰랐어. 역시…."

"아니야. 케이, 넌 어떤 모습이라도 예뻐."

평소라면 부끄러워서 하지 못했을 말이 입에서 튀어나왔다. 케이가 허를 찔린 사람처럼 눈을 크게 떴다.

"내, 내가 우는 건, 스스로 한심해서, 그때도, 내가 올라갔으면 됐을걸. 그랬다면 분명 케이는 무사했을 텐데. 미안해, 정말로 미안해."

원래 그 상처는 내가 입었어야 했다. 몇 번이나 시간을 되돌리고 싶다고 생각했는지 모른다. "미안, 미안…." 아무 의미도 없는 사과를 반복하면서 하다못해 같은 깊이의 상처를 내게도 달라고 신에게 빌었다.

"다른 아이들도 절대로 싫어하지 않을 거야. 그래도 만약 케이에 대해 나쁘게 이야기하는 녀석이 있으면 내가 싸울게."

내가 말하기에는 과한 표현이었다. 적어도 울어서 빨개진 얼굴로 할 말은 아니었다. 그래도 말하지 않을 수 없었다.

그때 케이가 천천히 입을 열었다.

"그렇다면, 미야미네, 나의 히어로가 되어줄래?"

케이가 이렇게 말한 순간, 나의 남은 생은 시작되었다.

이때가 내 인생 최고의 순간이라고 어린 마음에도 확신했다.

"어떤 순간에도, 어떤 모습의 나라도, 미야미네가 날 지켜줄래? 내 편이 되어줄 수 있어?"

"…응, 약속할게. 어떤 일이 일어나도 내가 케이를 지킬게. 네 편이 될 거야."

"그럼 약속해."

상처를 드러낸 케이가 침대에 걸터앉은 채로 나를 향해 손을 뻗었다.

"아플 때도 건강할 때도."

"…그거, 결혼식에서 하는 말 아냐?"

내 말에 케이는 오늘 처음으로 웃었다. 내 손가락에 걸린 케이의 새끼손가락이 따뜻했다.

그 감촉을 나는 지금도 기억한다.

다음 날 교실 문이 열리고 케이가 모습을 드러낸 순간, 시간이 멈췄다.

안대를 한 케이는 이전과 다름없는 미소를 짓고 있었다. 트레이드 마크인 양 갈래로 묶은 머리에 달린 가느다란 빨간색 리본이 하얀 안대와 기묘한 콘트라스트를 이뤘다.

모두 숨을 삼키고 케이를 바라봤다. 오른쪽 눈을 가린 케이가 애처로워서가 아니었다. 오히려 반대였다. 케이는 아름다웠다.

안대가 끌어들이는 힘이 이렇게나 강한 줄은 미처 몰랐다. 케이를 본 사람은 자신도 모르게 먼저 그 안대를 봤다. 그 후 바로 그 옆에서 빛나는 왼쪽 눈에 매료되었다.

케이가 입을 열 때까지 모두 꼼짝도 하지 못했다.

"얘들아, 안녕!"

그 인사에 반 친구들이 정신을 차린 듯 움직이기 시작했다. 모두 케이 곁으로 달려가 제각각 걱정했다는 말을 건넸다. 그제야 케이는 안심한 듯이 작게 숨을 뱉었다. 그런 모습을 알아본 건 아마도 교실에서 나뿐이었을 것이다.

다행히 일주일이 지나자 케이는 안대도 완전히 벗었다. 입을 맞출 만큼 코앞까지 다가가면 간신히 흉터가 보이지만 멀리서 보면 전혀 알 수 없을 정도로 아물었다. 그래도 나와 케이의 약속은 여전했고, 케이가 죽을 때까지 나는 그 약속을 잊지 않았다.

그렇게 교외 학습에서 있었던 한 사건으로 내 인생은 완전히 변했다. 내가 케이의 '히어로'가 되는 동시에 네즈하라 아키라가 나를 처참하게 괴롭히기 시작했기 때문이다.

그 괴롭힘은 교외 학습을 다녀온 다음 주부터 시작되었다.

처음에는 지우개였다. 반쯤 써서 크기가 작아져 분명 나도 모르는 사이에 잃어버렸을 거라고 대수롭지 않게 여겼다.

다음은 연필이었다. 학교에 빨강, 파랑, 초록 뚜껑을 씌운 연필을 가지고 다녔는데, 빨강 뚜껑을 씌운 연필이 사라졌다.

이상하다고 생각했지만, 나머지 두 자루가 남아 있었고, 고학년은 샤프를 사용해도 되었기에 신경 쓰지 않았다. 하지만 다음 날에는 그 샤프마저 사라졌다.

교실 분위기는 평소와 다르지 않았다. 단지 내게만 이상한 일이 일어났을 뿐이다. 그래도 나는 내게 일어난 일을 대수롭지 않게 생각하려고 노력했다.

그리고 3일째, 두 동강 난 연필이 필통에 들어 있는 걸 보고서야 결국 얼굴이 새파래졌다. 거기에 악의가 없다고 믿기는 어려웠다. 아무도 보지 못하도록 필통을 닫고 노트 필기를 하지 않은 채 수업을 들었다.

지우개 하나에서 시작된 악의는 점점 커졌다. 눈을 뗄 때마다 소지품이 사라져서 가능한 자리를 지키고 있어야 했다. 하지만 아무래도 청소 시간이나 교실 이동 수업이 있어서 완전히 막을 수는 없었다.

생각해 보면 그 시점에 누군가에게 상담했더라면 좋았을지도 모른다. '누군가가 내 물건을 훔쳐 간다. 괴롭힘을 당하고 있다.' 그 순간에 말했다면 그나마 대처할 수 있었을지도 모른다. 하지만 말하지 못했다.

나는 교실 구석에서 멀리 떨어져 웃으며 이야기를 나누고 있는 케이를 힐끗 봤다. 그 약속을 하고 나서도 우리의 거리는 그다지 변하지 않았다. 다만 가끔 평범하고 일상적인 대화를 나눌 때 이전보다도 케이의 목소리가 다정하게 울렸다. 그러니 더욱 케이만은 내가 처한 상황을 몰랐으면 했고, 그래서 아무에게도 말할 수 없었다.

하루는 물에 젖은 교과서가 책상 서랍에 들어 있었고, 나는 방과 후에 몰래 교과서를 닦아야만 했다. 물이 마르며 쭈글쭈글해진 교과서를 들고, 주머니에 샤프를 넣은 채 계속해서 학교에 나갔다.

겨울 방학이 막 끝났을 무렵 케이가 독감에 걸렸다.

케이는 그해 겨울 첫 번째로 독감에 걸린 학생이어서 담임 선생님과 반 친구들 모두 케이를 걱정했다. 물론 나도 마찬가지였다. 케이가 없는 교실은 한층 더 차갑게 느껴졌고, 어쩐지 무척 불안했다. 괴롭힘에 대해서는 케이에게 그저 숨기고만 있었지만, 그 애가 교실에 함께 있다는 사실만으로 내가 얼마나 구원받고 있었는지 강렬하게 깨달았다.

교실에서는 누가 케이에게 오늘 나눠준 프린트를 가지고 갈지를 놓고 떠들썩했다. 독감에 걸리면 일주일 정도 쉬어야 하니 교대로 가져가면 좋겠다고 의견이 정리되었다. 원래라면 귀찮아할 만한 일일 텐데, 상대가 케이이다 보니 마치 이벤트 같았다.

'내가 병문안을 가면 케이는 기뻐할까?'

문득 그런 생각을 했다.

'모두가 교대로 가기로 했으니 내가 전달할 프린트도 없는데. 케이는 내가 가면 기뻐해 줄까? 열이 내리면 먹을 뭔가 달콤한 군것질거리를 가지고 가는 게 좋을지도 몰라.'

그날 점심시간에 새로 산 목도리가 칼로 찢겨 책상에 올려져 있는 모습을 발견했다. 급식 당번이라 어쩔 수 없이 교실을 벗어나야만 했던 까닭에 일을 막을 수 없었다. 평소와 달리 괴롭힘의 흔적은 당당하게 놓여 있었다. 이렇게나 노골적으로 괴롭힘을 당한 적은 처음이어서 심장이 더 심하게 요동쳤다.

책상 앞에서 꼼짝도 못 하고 서 있는 내게 일부러 몸을 부딪쳐 온 학생이 있었다.

"걸리적거려."

네즈하라 아키라가 이렇게 말하며 히죽거렸다. 그 순간 내가 궁금해하던 괴롭힘의 주동자가 네즈하라라는 사실을 깨달았다. 등줄기를 타고 한기가 느껴졌다. 다리도 움직일 수 없었다.

네즈하라는 내게 노골적인 적의를 보이며 불쾌하다는 듯 노려봤다. 떠밀린 나는 누군가가 도와주길 바라며 주변을 둘러봤지만, 친구들은 하나같이 눈길을 피했다.

분명 나는 학급에서 그다지 인기가 없었다. 내게 말을 거는 아이도 거의 없었다. 하지만 이렇게나 노골적으로 무시당한 적은 처음이었다. "왜지."라고 작게 중얼거리는 내 목소리가 공허

하게 교실에 울렸다.

"미야미네, 우쭐거리지 마."

네즈하라는 이렇게 말하고 한 번 더 나를 밀었다. 나는 책상과 함께 쓰러졌다. 차가운 바닥의 감촉도, 몸에 느껴지는 아픔도 어쩐지 전부 현실감이 없었다.

케이가 나를 구해줬던 일은 분명한 사실이었다. 다만 그 일이 상상보다도 훨씬 절실한 이야기였을 뿐이다. 평소와는 전혀 다른 노골적인 괴롭힘. 그 원인이라 짐작할 만한 일은 한 가지밖에 없었다.

내가 괴롭힘을 당한다는 사실을 케이에게 숨기려고 한 일과 마찬가지로 네즈하라도 나를 괴롭히는 일을 케이에게 숨기고 있었다.

꿀꺽 침을 삼키고 네즈하라를 올려다봤다.

케이가 없는 일주일은 지옥이었다.

케이의 병문안은 끝내 가지 못했다. 그런 것을 생각할 여유조차 없었다. 몸서리치게 추운 겨울날 양동이 하나 가득 찬 물을 뒤집어썼으니 제대로 된 사고 능력이 남아 있을 리가 없었다. 네즈하라는 케이가 독감으로 학교에 오지 않는 이때를 절호의 기회라고 생각했는지 이전보다도 훨씬 요란스럽게 괴롭혔다. 같은 반 친구들은 나를 공기처럼 여기며 내가 교실 구석에서 맞고 있어도 아무도 말리지 않았다.

"계집애 같은 얼굴을 해서는, 메스꺼워."

내 머리카락을 잡아당기며 네즈하라가 이런 말을 내뱉었다. 도망치고 싶어도 네즈하라와 한패인 사무라와 오오이가 양쪽에서 내 어깨를 붙잡고 있었다. 무슨 말을 하려는 순간 네즈하라가 내 배를 있는 힘껏 발로 차는 바람에 구역질이 났다. 어째서 내가 이런 일을 당하는 건지 알지 못했다. 책가방에 가득 담긴 쓰레기와 귓구멍에 들려오는 "죽어."라는 말에 그저 눈물만 흘렀다.

그러한 상황이 요스가 케이가 등교한 순간 모두 끝났다.

복슬복슬한 귀마개에 분홍색 목도리를 두른 케이가 교실 문을 연 순간 모든 것이 변했다.

"다들 잘 지냈어? …오랜만이야. 왠지 내가 굉장히 오래 쉰 것만 같아."

이렇게 말하며 케이가 곤란하다는 듯 자조 섞인 웃음을 지었다. 거기에 맞춰 반 친구들이 우르르 케이 주위로 모여들었다. "괜찮아? 네가 없어서 쓸쓸했어." 이런 말에 케이가 환하게 호응했다. 네즈하라도 밝게 "걱정했어."라고 케이에게 말했다.

그 모습을 보자 어쩐지 지금까지의 일이 전부 꿈은 아닌가 싶었다. 옷 안에 감춰진 피부에는 아직도 멍이 남아 있는데. 케이가 오자 세계가 올바른 형태로 되돌아갔다.

케이가 돌아온 순간 지금까지의 일이 전부 거짓이었던 것처럼 눈에 보이는 괴롭힘은 멈췄다. 나를 무시했던 친구들은 이전처럼 말을 걸어왔고, 네즈하라가 폭력을 휘두르는 일도 사라졌다. 변함없이 물건이 사라지기는 했지만, 어디까지나 케이에게 들키지 않을 정도의 사사로운 것에 그쳤다. 이대로 괴롭힘이 수그러들지 않을까 싶어질 정도였다.

그러니 더욱, 내가 6학년이 되어 요스가 케이와 다른 반이 된 일이 얼마나 큰 영향을 미쳤는지는 쉽게 상상할 수 있을 것이다.

4

6학년에 올라가며 케이와 다른 반이 되었다. 그런데 네즈하라와 그의 추종자들은 나와 같은 반이 되었다. 그야말로 최악의 반 배정이었다. 옆 반이 된 케이가 아쉬운 듯이 손을 흔들자 나는 케이가 독감으로 교실에 없었던 그때 그 일주일의 상황으로 내던져졌다.

이제는 케이가 돌아오지도 않는다. 무시당하는 일상이 이어지고 네즈하라 일당은 폭력을 휘둘렀다. 담임은 5학년 때와 마찬가지로 마야마 선생님이었다. 그래서 더더욱 상황이 나빴다. 학급을 순조롭게 운영하려면 나를 괴롭히는 아이들의 학교 폭력을 못 본 척하는 편이 훨씬 편했기 때문이다.

"대체 왜 이래?"

네즈하라에게 딱 한 번 물어본 적이 있었다. 왜 나였는지. 왜 내게 이러는지. 아주 잠깐, 이 괴롭힘은 케이에게 상처를 입힌 사건에 대한 벌이 아닐까 싶었다.

하지만 케이는 다른 사람에게 나 때문에 다쳤다고 말하지 않았다. 그 상처 때문에 내게 벌을 주는 사람은 없었다. 네즈하라는 온화함마저 느껴지는 웃음을 지으며 차갑게 말했다.

"왜는 무슨."

네즈하라가 가하는 폭력은 점점 날카롭고 격해졌다.

내가 다니던 초등학교는 부분적으로 스마트폰 사용을 허락해 주었다. 중학교 입시를 보는 학생들이 방과 후 바로 학원으로 가는 경우가 많았기 때문이다. 물론 방과 후 이외의 시간에 사용하는 건 금지되어 있었고, 발각되면 압수한다는 엄격한 조건이 붙었다.

하지만 그런 규칙을 학생들은 제대로 지키지 않았다. 선생님이 보지 않는 곳에서 다들 스마트폰을 자유롭게 사용했다. 영악한 학생들은 수업 중에 소리가 울리지 않도록 하며 효과적으로 이용했다.

나와 네즈하라도 메신저 앱에서는 '친구'였다. 케이와 같은 반이었을 때 케이는 학급 전원에게 연락처를 교환하자고 제안했다. 그래서 메시지를 주고받은 적이 없다고 해도 나는 5학년 2반 모두와 이어져 있었다. 6학년에 올라가서 한 달 정도 지났을 무렵 처음으로 네즈하라의 메시지를 받았다.

어딘가에 보여지는 일을 피하려는 까닭인지 네즈하라는 '죽어.'라거나, '학교에 오지 마.' 같은 표현을 남기지는 않았다. 그런 네즈하라가 처음으로 보내온 메시지는 한 블로그 링크였다. 아무런 설명도 없이.

그 링크 주소를 보는 순간 어쩐지 기분 나쁜 예감이 들었다. 링크를 누르기까지 몇 분이 걸렸다. 뱅글뱅글 돌며 페이지 로딩 중이라고 알려주는 아이콘을 마른침을 삼키며 바라봤다.

잠시 후 템플릿을 사용한 심플한 블로그가 열렸다.

'나비 도감'이라는 타이틀을 붙인 블로그에는 사람의 손을 찍은 사진만이 담담하게 올라와 있었다.

사진에는 흐린 배경에 손목까지만 나와 있을 뿐이어서 모르는 사람이 보면 그 손 주인이 누구인지 알아낼 만한 사진이 아니었다. 하지만 나는 그 손 주인이 누구인지 단번에 알았다.

왜냐하면, 그 손 주인은 다름 아닌 나였으니까.

그 사실을 깨달은 순간 반사적으로 위액이 올라왔다.

이 사진은 청소 시간에 물을 뒤집어썼을 때 내 손. 저 사진은 볼펜으로 허벅지를 찔렸을 때 내 손. 또 다른 사진은 옷이 전부 벗겨진 채로 체육관 창고에 갇혔을 때 내 손. 저건 등을 밟힌 상태에서 필사적으로 위를 향해 뻗고 있는 내 손.

그래서 블로그 이름이 '나비 도감'이었다. 채집한 전리품을 표본 상자에 넣어 전시하는 바로 그 나비 도감 말이다. 지독한 네이밍 센스였다. 왜 그런 타이틀을 붙였는지 쉽게 이해할 수 있다는 사실마저 최악이었다. 내 두 손이 몸에 붙어 있다는 사실이 갑자기 메스꺼웠다.

아무리 그래도 내 얼굴이 찍힌 사진을 블로그에 올리면 곤란하다고 생각했나 보다. 바로 들킬 테고 문제가 되기 쉬우니까. 하지만 손만 나온 '나비 도감'이라면 들키기 어렵다.

프라이버시 침해로 블로그를 신고한다고 손 사진만 올라와 있는 블로그가 삭제될까? 애초에 이 손이 내 손이라는 사실을 아는 사람은 네즈하라와 나밖에 없었다. 너무나도 교묘한 방식이었다. 처음으로 악의에는 바닥이 없다는 사실을 깨달았다.

나는 화면 속 내 손을 쓰다듬었다. 액정 화면이 미지근해서 당시 내 손을 만지는 듯한 역겨운 느낌이 들었다. 결국 나는 배 속에 들어 있던 것을 토해냈다. 구토를 하면서 그 페이지를 열었던 기록을 지우는 일만은 잊지 않았다. 이런 모습을 부모님에게 보일 수는 없었다.

갑자기 토하는 바람에 부모님은 내 등을 부드럽게 쓰다듬어주고 따뜻한 물을 가져다주었다. 그렇게나 바쁜 분들이 모두 반차를 냈다. 그래서 더욱 내게 일어난 일을 말할 수 없었다.

불행 중 다행이라고 해야 할까. 나는 이미 불면증 징후가 나타나기 시작해서 컨디션이 나쁘고 식욕이 부진한 원인이 불면증이라는 말을 들었다. 초등학생이 겪는 불면증은 그다지 드물지 않은 모양인지 불면증의 '원인'에 대해서는 자세히 언급되지 않았다.

처방받은 약을 몰래 버리고 이불 속에서 멍하니 지냈다. 불면증은 진짜 괴로움을 숨기기 위한 방패막이가 되어주었다.

다음 날은 착실하게 학교에 갔다. 한숨도 자지 못한 탓에 비틀거렸지만 거의 조건 반사적으로 학교에 갔다.

"학교에 안 오면 그만큼 배로 힘들게 해줄 테니 알아둬."

네즈하라는 이렇게 못 박은 일도 잊지 않았다. 그런 말을 듣지 않아도 나는 이미 저항할 힘을 잃은 상태였다.

그렇게 나비 도감은 매일 갱신되고 있었다. 내가 당하는 괴롭힘은 악의를 담은 형태로 온 세상에 전시되고 있었다. 이런 생각을 하면 지금까지보다 몇 배나 괴로웠다. 괴롭힘이 클라이맥스에 다다를 때 울리는 셔터음은 사형 집행 신호였다.

다만 네즈하라도 점점 이상해지기 시작했다. 인간의 혼을 죽이는 행위를 거듭하는 일이 본인에게 아무런 영향을 주지 않을 리가 없었다. 그런 탓에 네즈하라는 스스로 인간의 마음을 잃어버렸다. 무언가에 명령이라도 받는 사람처럼, 루틴처럼 나를 괴롭혔다.

그런 일이 되풀이되는 사이에 첫 번째 터닝포인트가 찾아왔다. 네즈하라가 나를 괴롭힌다는 사실을 요스가 케이에게 들킨 것이다.

네즈하라를 포함한 일당 여섯은 방과 후가 되면 바로 나를 둘러싸고 의례처럼 폭력을 휘둘렀는데, 이상하게 그날은 한 명도 나를 붙잡으러 오지 않았다. 평소라면 학교 건물 입구나 교실 입구에서 분명 벼르고 있었을 텐데. 아주 잠깐 이대로 아무 일 없이 돌아갈 수 있지 않을까 하는 기대가 스쳤다.

곧장 건물 입구를 향해 달렸다. 그때 복도에서 네즈하라의 추종자 중 한 명과 마주쳤다. 남들보다 키가 크고 마른 그 아이의 이름은 아마노였을 것이다. 아마노는 혼자였고, 다른 추종자들도, 네즈하라도 없었다. 아마노는 왠지 겁에 질린 표정을 하고는 작은 소리로 중얼거렸다.

"너, 너 때문에, 요스가가…."

무슨 말인지 묻기도 전에 아마노는 달려가 버렸다. 대체 무슨 일일까. 문득 아마노가 달려온 쪽을 봤다. 그쪽에는 체육관이 있었다. 체육관 구석에 딸린 도구 창고는 네즈하라가 나를 괴롭힐 때 자주 사용하는 곳으로 마음에 들어 하는 장소였다.

불길한 예감에 몸이 떨렸다. 원래라면 네즈하라가 나를 발견하기 전에 돌아가는 편이 좋았다. 그러면 오늘은 괴롭힘에서 도망칠 수 있었다. 하지만 내 발은 의지와 상관없이 도구 창고를 향해 달렸다. 아마노는 좀 전에 케이의 이름을 이야기했는데. 그건 대체 무슨 의미일까.

체육관에 들어가 곧장 도구 창고로 향했다. 한 시간만 있으면 동아리 학생들이 체육관을 사용하러 올 거다. 무슨 일이 일어났다고 해도 그때가 되면 누군가가 도와줄 게 분명했다. 내가 아니라도 상관없었다. 하지만 나는 걸음을 멈추지 않았다.

창고 안은 어두웠다. 서둘러 불을 켜고 주위를 둘러봤다.

안에 놓인 뜀틀이 흔들리는 모습이 보였다. 뜀틀 위에는 배구용 폴대며 공기 주입기 같은 물건들이 놓여 있었다.

'설마…, 말도 안 돼.'

나는 급히 달려가 물건을 치웠다. 그리고 울음 섞인 목소리로 외쳤다.

"케이!"

첫 번째 단을 던지듯이 들어내고 안을 들여다봤다.

"…미야미네."

다부진 요스가 케이는 눈가가 빨갛게 물들었는데도 울지 않았다. 당장이라도 흘러나올 듯한 비명을 억누르려 입술을 꾹 깨물고 있었다. 깜짝 놀라 젖은 두 눈을 크게 뜨고는 똑똑히 나를 쳐다봤다.

"약속대로네."

"이런 건 구해준 것도 아니지."

"그렇지 않아. 역시 나의 히어로야."

하하, 웃음소리를 낸 순간 케이의 눈에서 눈물이 뚝 떨어졌다. 그대로 케이의 목에서 신음이 새어 나왔다.

"막지 못했어."

"뭐?"

"네즈하라에게 말했어. 미야미네에게 심한 짓을 하고 있는 거 아니냐고, 그렇다면 당장 그만두길 바란다고. 그랬더니 네즈하라가 화를 내서…."

그제야 상황을 파악했다.

결국 네즈하라는 나를 괴롭힌다는 사실을 케이에게 들켰다.

케이는 바로 네즈하라와 직접 담판을 지으러 찾아간 모양이다. 마치 합창곡이나 급훈을 정할 때처럼 우직하게 맞섰을 것이 분명했다. 하지만 케이의 마법이 이번에는 통하지 않았다. 케이를 그렇게나 좋아했던 네즈하라도 이번만큼은 케이의 말을 듣지 않았다.

"…네즈하라가 너무 무서웠어. 미야미네, 네 이름을 말하니까 더 많이 화를 냈어. …싫다는데도 여기에 가두고."

모든 점과 점이 이어졌다.

네즈하라가 집요하게 나를 괴롭힌 이유도, 지금까지 케이가 눈부시게 모두를 통솔할 수 있었던 이유도, 케이의 마법이 이번에만 통하지 않았던 이유도, 전부 같았다. 알고 나면 단순한 이야기였다.

네즈하라 아키라는 요스가 케이를 좋아했다. 그러니 케이를 업고 돌아온 나는 네즈하라에게 질투의 대상이었을 테고. 사실은 네즈하라도 틀림없이 케이를 구해주고 싶었을 거다. 그게 사실은 그런 게 아닌데. 내가 한 일은 사실 사람들이 생각하는 바와 정반대로 케이에게 상처를 입힌 일이었는데. 그렇다면 나를 향한 괴롭힘은 내게 적당한 벌일지도 모른다고 뒤늦게나마 생각했다. 그토록 바라던 벌이 너무나 가혹해서 무너져 가던 나는 어디까지나 비열한 인간이었는지도 모른다는 생각이 들었다.

죄책감과 고통과 자기혐오로 고함을 지르고 싶으면서도 나는 케이의 손을 잡았다. 지금은 여기에서 웅크리고 있을 때가 아니었다.

"케이, 이렇게 있다가 네즈하라와 마주치면 무슨 일을 당할지 몰라… 빨리 나가자."

"응."

지금 여기에서 네즈하라 일행과 마주치는 게 가장 나쁜 경우였다. 케이의 손을 놓지 않고 기도하는 마음으로 밖으로 나왔다. 교문을 나와 언덕길에 들어설 때까지 우리는 아무 말도 하지 않았다.

집 근처 삼거리가 보였을 때, "우와아앙." 하고 어린아이처럼 목소리를 높여 케이가 울기 시작했다.

다음 날 네즈하라는 케이에 대해 언급하지 않았다. 아무래도 네즈하라는 케이가 혼자 뜀틀에서 빠져나왔다고 생각한 모양이다. 아무리 그래도 초등학생 여자아이가 혼자 거기에서 탈출할 수 있을 리가 없는데.

하지만 그렇게 믿고 싶은 게 아닐까. 머리에 피가 솟구쳐서 케이를 가둬버린 네즈하라는 나중에 분명히 후회했을 거다. 그렇기에 더욱 케이가 쉽게 빠져나왔다는 시나리오를 선택했을지 모른다. 자신이 케이에게 심한 짓을 했다고 생각하고 싶지 않았기 때문에.

나의 일상은 바뀌지 않았다. 이번에는 내가 밧줄로 묶여 뜀틀에 갇혔다. 뜀틀 안에 억지로 몸을 구겨 넣어 상당히 괴로웠다. 한 시간 정도 갇혀 있는 동안 나는 계속 헛구역질이 났다.

"닭은 모래를 먹어서 위를 치료한대."

네즈하라가 웃었다. 그 말에 뜀틀에서 나오고 나서는 모래를 핥아야 했다. 이번에는 헛구역질로 끝나지 않고 교정에 진짜로 토하고 말았다.

손 사진을 찍히고서야 겨우 해방되어 머리가 산소 결핍을 일으킨 듯한 상태로 건물 입구를 향해 걸었다. 숨 막히는 경험을 케이도 똑같이 했다고 생각하자 또 다른 죄책감이 나를 에워쌌다.

최근에는 신발이 없어지지 않도록 교직원용 신발장에 숨겨두고 있었다. 이런 변변찮은 대책조차도 내게는 중요했다. 낡아서 너덜너덜해졌다며 부모님께 새로 사달라고 거짓말하는 일도 한계가 있었다.

그런데 숨겨뒀던 운동화가 보이지 않았다. 설마 숨긴 장소까지 네즈하라에게 들킨 걸까. 그런 생각으로 암담해졌을 때 갑자기 등 뒤에서 무언가가 쑥 나왔다.

"자, 네 신발 받아."

이렇게 말하며 케이가 깨끗한 신발을 내밀었다.

"오늘 교직원용 신발장 청소를 한다는 말을 듣고 들키면 큰

일이다 싶어서. 청소 시간에 몰래 내 신발장에 숨겨뒀어.”

매끄럽고 과하게 높지 않으면서 깊이 있게 울리는 케이의 목소리였다. 케이에게서 신발을 받으며 나는 노을빛에 물든 케이의 얼굴을 물끄러미 바라봤다.

“…미안. 고마워.”

“미야미네가 사과할 거 없어. 마음대로 신발을 버리는 사람이 나쁜 거지.”

케이는 불쾌한 표정으로 말했지만 나는 케이의 눈을 제대로 볼 수가 없었다. 여전히 괴롭힘을 당하고 있어서 지금도 신발을 여기저기에 숨겨둬야만 하는 상황에 놓였단 사실을 케이가 알게 되어 부끄러웠다.

‘내가 괴롭힘을 당하는 모습을 케이가 보고 있다.’

그런 생각이 들 때마다 죽고 싶을 만큼 비참했다. 그런 내 상태를 알아챘는지 웃고 있던 케이의 얼굴이 점점 어두워졌다. 나는 작게 중얼거렸다.

“…네즈하라는?”

“그 후에 말이지? …아침에, 학생회실에 왔었어. 사과하더라. 근데 이상해서 물어봤어. 내게는 사과할 수 있으면서 왜 미야미네에게는 사과할 수 없는지. 그랬더니 무시하고는 가버렸어. …모르겠어. 왜 다들 네게 그러는지. 이유를 물었지만 결국 듣지 못했어.”

“…이유?”

"네즈하라에게는 못 듣겠다 싶어서 다른 아이들에게 물었거든. 왜 미야미네에게 그런 짓을 하는지. 하지만 아무도 제대로 대답하지 못했어. 나오는 답이라고는 네즈하라가 그러기 때문이래. 이상하지 않아? 나는 무라이와 후지야에게 미야미네를 괴롭히는 이유를 물었는데, 그냥 다 네즈하라 때문이래."

정말로 모르겠다는 듯이 케이가 말했다. 나는 학급의 권력자가 무시하라고 하면 다른 애들은 그저 따라서 무시한다는 걸 당연한 흐름처럼 받아들이고 있었지만, 케이는 그렇지 않은 모양이었다. 인간은 기본적으로 선한 사람이라는 성선설을 케이는 진심으로 믿고 있는 듯했다.

"다들 휘둘리고 있을 뿐이야⋯. 미야미네가 미워서 그런 게 아니라 네즈하라에게 끌려가고 있을 뿐이라고."

"⋯그럴지도 몰라. 하지만 어쩔 수 없어. ⋯나를 감싸면 그 사람이 다음으로 괴롭힘을 당할지도 모르니까⋯."

이렇게 말하면서도 나는 '정말 그럴까?'라는 생각이 들었다.

네즈하라에게 정면으로 도전한 케이처럼 누군가가 네즈하라에게 반항한다면 순간 욱해서 네즈하라가 폭력을 휘두르겠지만, 그런다고 과연 괴롭히는 대상이 바뀔까? 어쩌면 네즈하라는 지금 이대로 내가 죽을 때까지 공격을 멈추지 않을지도 모른다. 초등학교를 졸업하고 중학교에 올라가도 끝나지 않을지도.

이렇게 생각하자 갑자기 다리가 후들거렸다. 눈앞에 케이가 있는데 눈물이 날 것 같았다. 케이의 히어로가 되겠다는 그런 부끄러운 말을 한 뒤로 나는 점점 보잘것없어지고 있었다.

"…신발, 고마워. 그럼 다음에 봐."

울음을 참는 모습을 케이에게 들키고 싶지 않아서 빠르게 말하고 저녁노을에 물든 타일 위에 신발을 내려놓았다. 신발을 아무렇게나 발끝에 걸친 순간 위압적인 말투로 케이가 "잠깐만." 하고 불러 세웠다. 태연한 척 가버렸으면 좋았을 테지만, 그 목소리만으로 나는 꽁꽁 묶인 사람처럼 그 자리에서 움직일 수 없었다.

"나비 도감, 봤어."

케이는 여전히 매서운 말투로 분명하게 말했다. 사실은 아까부터 이 이야기를 꺼낼 타이밍을 살피고 있었을 것이다. 그 단어를 듣는 일만으로 등줄기가 서늘해졌다.

"어제는 말하지 못했는데, 그 블로그에 관한 이야기를 듣고 알았어."

케이는 인간관계가 넓었다. 이 학교에서 일어난 일을 케이가 아는 건 시간문제였다. 하지만 그렇게나 널리 알려졌을 줄이야. 대체 우리 학년에 어느 정도가 그 악의 덩어리를 알고 있는 걸까.

갑자기 목 안쪽에서 쥐어짜는 듯한 통증이 느껴지더니 결국 눈에 눈물이 고이기 시작했다.

'안 되겠어. 괴로워.'

"…있지, 미야미네. 가만히 당하고만 있어서는 안 돼. 선생님한테 말하는 게 안 내키면… 다른 어른에게라도 도움을 요청하자. 점점 나빠질 거야. 이대로라면, 미야미네가….”

“안 돼, 그럴 수는….”

“네즈하라는 그만두지 않을 거야. 그치? 제대로 이야기하면 널 구해줄 사람이 있을 거야. 나는, 네가 걱정이야… 무엇이든 할 테니까, 같이 싸우자.”

“그만, 해, 케이, 그런 말 하지 마….”

“네가 말하지 못한다면 내가 움직일 수밖에 없어. 나는, 어떻게든 널….”

“그만하라고 했잖아!”

나 자신도 놀랄 만큼 큰 소리가 나왔다. 눈물을 뚝뚝 흘리면서도 거칠게 말하는 나를 보고 케이가 처음으로 주눅 든 모습을 보였다.

나는 커다란 눈물방울을 뚝뚝 흘리면서 천천히 고개를 숙였다. 커다란 눈물방울은 중력을 거스르지 않고 그대로 떨어져 발 아래 타일을 적셨다.

“제발, 부탁이니까… 말하지 마….”

“…미야미네.”

“만약 케이가 그 사실을 우리 부모님이나… 경찰서 같은 곳에 이야기하면, 나는 더 이상 케이와 함께 있을 수 없어….”

“왜? 왜 그런 말을 하는 거야?”

“지금보다 더 ‘불쌍’해질 바에는… 차라리… 죽어버리는 게

나아…."

수면 부족 때문에 망치로 두들겨 맞은 듯 머리가 아팠다. 스스로 무슨 말을 하는지 알 수 없었다. 케이의 얼굴이 바들바들 떨리면서 점점 일그러졌다. 냉정하게 생각해 보면 케이 말이 옳았다.

하지만 나의 우선순위는 완전히 헝클어져 버려서 제대로 판단이 서질 않았다. 만약 괴롭힘이 밝혀지면 어른들이 그 나비 도감을 보게 될 것이다. 매일 서둘러 씻으며 숨기던 몸에 난 상처도 낱낱이 밝혀질 테고. 그런 상상만으로도 안 되겠다는 생각이 들었다. 나는 견뎌내지 못할 게 분명했다. 네즈하라에게 응당한 심판이 내려지기도 전에 나는 죽게 되겠지.

"…넌 지금, 약해졌을 뿐이야…. 그러니까 그런 말을 하는 거라고. 요즘 잠도 제대로 못 자지? 그러니, 그러니까…."

"이유는 알아. 하지만 앞으로 내가 제대로 잘 수 있는 날은 오지 않을 거야."

"죽는다는 말 하지 마. 부탁이야. 미야미네, 이상한 생각만은 하지 말아줘."

"그러면 더 이상 그런 제안하지 마. …내가 살기 바란다면."

그리고 나는 발길을 돌려 밖으로 향했다. 이번에는 케이가 붙잡지 않았다. 나를 막다른 곳으로 몰아넣은 게 아닌가 하는 부채감에 꼼짝도 못 하고 서 있을 케이를 생각하면 마음이 아팠다. 하지만 그보다 나는 나 자신을 지키기에 더 필사적이었다.

눈물 자국을 지우기 위해 공원에 들러 몇 번이고 얼굴을 씻었다. 그리고 눈이 살짝 빨간 것 외에 울었던 흔적이 거의 사라졌을 때가 되어서야 집으로 돌아갔다.

케이의 제안을 거절한 나는 이후로도 계속해서 괴롭힘을 당했다. 급기야 백일몽을 헤매는 듯 눈에 보이는 게 없는 상태로 그저 폭력을 감내했다. 내가 도움을 청하지 않으니 아무도 도와주지 않았다. 네즈하라는 거의 의무처럼 나를 괴롭히고 나는 아무튼 그 폭력을 견뎠다.

그러던 어느 날 네즈하라가 발로 차 계단에서 굴러떨어져 왼쪽 팔뼈가 툭 부러졌다.

그날 네즈하라는 기분이 언짢았는지 평소 같지 않게 직접 폭력을 썼다. 나는 배를 맞고 복도 바닥을 굴렀고 그대로 네즈하라 발에 등을 맞고서 계단 아래로 떨어졌다.

계속 잠을 자지 못한 상태였던 탓에 제대로 방어 자세도 취하지 못하고 내 몸은 통나무처럼 데굴데굴 굴러 계단참 맞은편 벽에 부딪히고야 겨우 멈췄다.

'앞으로 한동안은 부모님 앞에서 옷도 못 벗겠네.'

엎어진 채로 제일 먼저 그런 생각이 들었다. 아니면 발을 잘못 디뎌서 계단에서 굴렀다고 고분고분 말하는 편이 더 좋을지도. 등에 발로 차인 흔적이 남지 않으면 좋을 텐데. 겨우 몸을 일으키는데 극심한 통증이 따라왔다. 통증이 시작되는 지점을 바라보니 내 왼쪽 팔이 엉뚱한 방향으로 굽어 있었다.

지금까지 지독한 꼴을 당했지만 뼈가 부러진 일은 처음이었다. 굽어 있으면 안 되는 부분에서 꺾인 뼈를 보자 본능적으로 공포가 덮쳐왔다. 이대로 몸이 산산조각 나는 건 아닌가 하는 생각이 들어 눈물이 찔끔찔끔 흘러나왔다.

한편으로 어쩐지 선을 넘은 듯했다. 이런 일을 당했으니 네즈하라도 오늘은 봐주지 않을까, 오늘 괴롭힘은 이걸로 끝나지 않을까 기대했다. 통증으로 얕은 숨을 뱉으며 식은땀을 흘리는 나는 멀리서 봐도 비참해 보이지 않았을까. 돌을 더 던질 필요가 없을 정도로.

계단 위에 있던 네즈하라 일행이 천천히 내려왔다. 분명 네즈하라는 욕을 퍼부으면서도 나를 보건실로 데리고 가 "발을 헛디뎌서 떨어졌다."라고 말하게끔 시킬 게 분명했다. 최악의 시나리오였지만 그걸로 끝난다면 괜찮았다. 뼈가 부러진 곳이 말도 못할 만큼 아팠으니까.

그런데 내 예상과는 달랐다. 네즈하라는 무표정하게 주머니에서 은색 스마트폰을 꺼냈다. 그리고 나를 넘어뜨려 위치를 조절한 다음 평소처럼 사진을 찍었다. 손과 팔꿈치의 중간 부분에서 뚝 부러진 내 손 사진을.

그러고 나서 그제야 생각났다는 듯이 나를 일으켜 세워 보건실로 데리고 갔다. 그 후의 시나리오는 내 예상대로였다. 나는 부모님과 보건 선생님에게 혼자 계단에서 굴렀다고 설명하고 병원에 가서 치료를 받았다. 말끔하게 생긴 의사 선생님이 "어리니까 뼈는 금방 붙을 거야."라고 이야기하더니 웃으며 헝클어진 내 머리를 쓰다듬었다.

모든 소리가 물속에 있는 듯 들렸다. 내 의식은 아직 계단참에 남겨져 있었다. 엄마가 "괜찮아, 금방 나을 거야."라고 의사 선생님에게 질세라 내 머리를 쓰다듬었다. 그 감촉조차도 남의 일처럼 느껴졌다. 차를 타고 집으로 돌아와 수면제 대신 진통제를 먹고 이불 속으로 들어갔다.

그리고 오랜만에 나비 도감을 열었다.

처음 봤을 때보다도 더 늘어난 사진. 제일 위에는 부러진 팔 끝에 붙은 내 손바닥 사진이 갱신되어 있었다. 물론 그 사진은 손목 아래쪽을 잘라내서 내가 느낀 통증은 조금도 담기지 않았다.

이 블로그에는 친절하게도 방문자 수를 보여주는 카운터를 달아뒀다. 오늘도 벌써 20명이 방문한 모양이었다.

그걸 본 순간 난데없이 웃음이 새어 나왔다.

어째서 나만 이런 일을 당해야 하는 걸까.

답은 간단했다. 네즈하라의 기분을 상하게 해서다. 네즈하라가 기분 상한 이유는 내가 요스가 케이를 업고 왔기 때문이다. 케이의 히어로가 되려고 했기 때문이다.

하지만 이제 그런 계기 따위는 중요하지 않았다. 네즈하라는 나를 괴롭히고자 폭력을 쓸 뿐이고, 나는 그 괴롭힘을 견디는 수밖에 없었다.

나비 도감을 닫고 아픈 왼팔을 매만지며 억지로 눈을 감았다. 당연히 좀처럼 잘 수 없었다.

그 후로도 나는 학교에 갔다. 그런 일을 겪으면서도 어째서 학교에 다녀야만 하는지 몰랐다.

지금 생각해 보면 눈앞에 놓인 루틴대로 따르는 일 이외에 살아갈 기술이 없었다. 잠시라도 멈춰 섰다면, 조금이라도 도망쳤다면 나는 그대로 죽었을지도 모른다. 지금이니까 도망쳤으면 좋았을 거라고 생각할 수 있다. 누군가에게 도움을 요청해서 상황을 바꿔야만 했다고. 하지만 어디까지나 지금이니까 생각할 수 있는 이야기였다. 마음이 완전히 다 타버려서 아무것도 남아 있지 않았던, 타고 남은 재 같은 내게 그런 사고 능력이 있을 리가 없었다. 이미 도망칠 단계가 아니었다. 반대로 말하자면 네즈하라가 내게 자살하라고 확실하게 지시했다면 그 말을 따랐을지도 몰랐다.

만성 수면 부족 때문인지 강한 햇살에 눈이 따가워서 눈물이 날 것 같았다. 눈에서 느껴지는 따끔거리는 자극이 거북해서 눈을 감아버리고 싶었다. 학교에 가고 싶지 않은데도 내 발은 내 의지와 관계없이 규칙적인 리듬을 만들며 언덕길을 올랐다.

굽은 도로 앞 볼록 거울 아래에 케이가 서 있지 않았다면 나는 그대로 무심하게 학교로 갔을 거다. 하지만 날카로운 눈빛으로 나를 기다리던 케이를 무시할 수 없었다.

"아… 케이…."

케이는 아무 말도 하지 않고 깁스를 한 내 팔과 얼굴을 번갈아 바라봤다. 가방끈을 꽉 움켜쥐며 케이가 말했다.

"네즈하라?"

케이는 그 이상 말하지 않았다. 그 이름 하나만으로 모든 상황이 설명된다는 듯이. 언제나 웃는 모습이었던 케이의 얼굴이 굳어 있었다. 케이가 울어야 할 이유는 전혀 없는데, 금방이라도 울음을 터뜨릴 듯한 표정으로 입술을 깨물고 있었다.

팔이 부러진 일보다도 케이가 그런 표정을 짓게 된 이 상황이 원망스러웠다. 케이가 울지 않도록 나는 더듬거리면서도 필사적으로 말했다.

"…괘, 괜찮, 아. 이제 별로 안 아파."

"부러졌을 땐 아팠잖아."

"그게 아니라…. 그, 네즈하라도 이렇게까지 할 생각은 아니었을 거야. 그게, 나도, 멍청하게 떨어져서…."

"어째서 그런 변명을 해?"

"아니, 그러니까, 이, 런 건, 와, 완전, 아, 아무, 렇지 않…앗."

말하면서 오히려 내가 무너졌다. 콧속이 찡하고 욱신거리더니 서서히 눈물이 흘러나왔다.

'다 틀렸어. 울고 싶지 않은데. 괴롭힘을 당하고 케이 앞에서 울다니, 아무리 생각해도 히어로의 모습이 아니잖아. 꼴사납고

부끄러워.'

하지만 목구멍에서 신음이 흘러나오고 참았던 눈물이 뚝뚝 떨어졌다.

"…케, 케이에겐, 케잇, 너, 무우, 케이에, 겐, 보이고 싶지 않았, 는데…."

혀가 꼬이고 떨리면서 말이 엉망진창으로 이어졌다. 눈앞이 얼룩지면서 케이의 모습이 뿌옇게 변했다.

'힘들어, 괴로워. 도와줘, 케이.'

비명에 가까운 한심한 말이 머릿속에서 빙글빙글 소용돌이치며 사라지지 않았다. 굴욕스럽고 아파서 숨이 막힐 듯했다.

부러지지 않은 오른손에 따뜻함을 느끼고서야 비로소 호흡을 되찾았다. 정신을 차려보니 케이가 바로 옆에서 내 손을 잡고 있었다.

케이는 조심스럽게 훌쩍거리면서 조용히 눈물을 흘렸다.

눈동자는 눈물로 촉촉해졌지만, 동시에 그 안에는 분노의 불길이 이글거렸다. 똑같이 눈물을 흘리는데도 요스가 케이는 아름다웠다.

케이가 잡은 손이 아팠다. 케이는 나를 끌어안고 싶은 걸 필사적으로 참는 듯했다. 혹시라도 내가 아프지 않도록. 케이는 거리를 조절하고 있었다.

"이제 됐어, 미야미네. 괜찮을 거야."

케이는 울음이 섞인 목소리로 분명하게 말했다.

"앞으로는 내게 맡겨."

'대체 무엇을?'이라고는 묻지 못했다. 나는 여전히 얼룩덜룩해진 얼굴로 눈물을 뚝뚝 흘리면서 제대로 말을 잇지 못했다. 무슨 말인지 구체적인 내용은 전혀 모르면서도 케이에게 그 말을 듣자 무척 안심되었다. 의사 선생님의 말도, 엄마의 말도 와닿지 않았는데 케이의 말은 내게 와서 닿았다.

"내가 미야미네를 지킬게."

케이가 그 말을 하고 나서 일주일이 지난 후, 네즈하라 아키라는 어느 맨션 옥상에서 뛰어내려 자살했다.

5

네즈하라 아키라는 초등학교에서 몇 킬로미터 떨어진 8층 건물 옥상에서 뛰어내려 죽었다.

그렇게나 무서웠던 네즈하라가 싱겁게 죽어버렸다는 사실에 우선 놀랐다. 악의 그 자체였던 네즈하라 아키라도 옥상에서 떨어지면 죽는구나 싶었다.

뛰어내렸다는 사실 이상으로 사람들에게 화제가 된 부분은 죽었을 때의 모습이었다.

"왼쪽 눈에 볼펜이 꽂혀 있었대."

옥상에서 투신자살한 네즈하라의 한쪽 눈에는 어째서인지

볼펜이 깊이 박혀 있었다고 했다.

사실 초등학생이 자살하는 일은 그렇게까지 드물지는 않다. 하지만 눈에 볼펜이 꽂힌 그 마지막 모습 때문에 네즈하라의 죽음은 자세하게 조사되었다. 네즈하라 아키라는 누가 보더라도 학급의 중심인물이었고, 가정에서도 별다른 문제가 없어 자살할 이유를 짐작할 수 없었던 탓도 있었다.

'네즈하라 아키라는 사실 누군가에게 협박받아 억지로 떠밀려 떨어진 건 아닐까.' 그렇게 생각하는 일도 이상하지 않았다. 그런데도 경찰이 범인을 잡을 일은 없었다.

놀랍다고 해야 할지, 당연하다고 해야 할지, 아무도 네즈하라 아키라가 행했던 학교 폭력에 대해서는 경찰에 이야기하지 않았다. 네즈하라의 학교 폭력에 관련된 이야기를 하려면 각자 자신도 가담했다는 사실을 털어놓아야만 하니까. 네즈하라가 시켰다고는 하지만 그 아이들도 버젓한 가해자였다. 사립 중학교 입시를 준비하는 학생도 있어서 더욱 외부에 알려지는 걸 주저했을지도 모른다. 나를 괴롭혔다는 사실은 그들에게는 불편한 진실이었다.

당사자인 내가 입을 다문 사실도 크게 작용했을 터였다. 그리하여 네즈하라 아키라 자살 사건은 그저 밝고 건강했던 초등학생이 스스로 목숨을 끊어 세상을 떠났다고 알려졌다.

네즈하라의 장례식에서 우리는 어른들이 하는 말에 따라 어린이용 조문복을 입고 분향했다. 나도 네즈하라를 향해 두 손을 모았다.

그때 어떤 기분이었는지는 기억나지 않는다.

네즈하라 아키라의 어머니는 완전히 정신이 나간 모습으로 장례식에서 울부짖는 바람에 중간에 친척들이 밖으로 데리고 나갔다. 남겨진 아버지는 그저 이 상황이 불편한 듯 눈길을 돌렸다. 케이가 학년 대표로 네즈하라 아키라에 대한 추모사를 낭독했다.

"네즈하라는 무척 영향력이 강한 친구로 학급 친구 모두를 이끌었습니다."

검은 원피스를 입은 케이가 낭랑한 목소리로 말했다. 케이가 모두의 앞에서 네즈하라에 대한 이야기를 하는 모습도, 내가 그 이야기를 듣고 있는 일도, 어쩐지 신기했다. 케이의 모습은 정말로 네즈하라의 죽음을 슬퍼하는 듯 보였다.

"제가 생각하는 네즈하라는 마르지 않는 샘이었습니다. 우리 사이에서 거침없는 흐름을 만들던 네즈하라를 평생 잊지 못할 것입니다."

케이의 나무랄 데 없는 추모사 낭독이 끝나자 거기에 이끌린 듯 학생 한 명이 울음을 터뜨렸고, 장례식은 무사히 끝났다.

슬픈 일이 일어났습니다. 모두가 슬퍼하고 있습니다.

커다란 글씨로 이렇게 쓴 듯한 장면이었다. 이런 장면을 보면서도 나는 어쩐지 믿어지지 않았다.

네즈하라가 죽었다. 그렇게도 나를 괴롭히던 네즈하라가.

나는 케이가 허리를 숙여 인사하는 모습을 바라봤다. 그 입술은 단단히 닫혀 있었다.

하지만 나는 케이가 "내게 맡겨."라고 말한 날을 기억했다. 그 말을 떠올릴 때마다 심장이 심하게 요동쳤다.

네즈하라가 죽으면서 모든 상황은 극적으로 움직였다. 움직였다기보다는 멈췄다는 표현이 옳을지도 모른다. 다시 말해 그렇게나 끊임없이 일어나던 나에 대한 학교 폭력이 뚝 끊겼다.

케이가 말한 대로 모두 네즈하라를 따랐을 뿐이었다. 보고도 못 본 척하던 학생들은 분위기에 휩쓸렸을 뿐이었다. 그런 흐름을 만들던 네즈하라가 사라지자 당연하게도 모든 것이 멈췄다.

아무에게도 위협받지 않는 학교생활은 평온했다. 더 이상 아무도 내게 상처 주지 않았다. 교과서가 사라지지도 않았다. 괴롭히기는커녕 지금까지 나를 무시했던 학생들이 아무렇지 않게 말을 걸었다. 가벼운 인사나 연락 사항 정도에 지나지 않았지만 그래도 가슴 깊은 곳에서 조금씩 기쁨이 솟아올랐다.

지금까지 당한 일이 지워지지 않을 텐데도 기뻤다. 그럴 수 있었던 까닭은 그 아이들이 정말로 분위기에 휩쓸렸을 뿐이었기 때문일지도 몰랐다.

단 한 사람의 죽음으로 나는 평범한 생활을 되찾았다.

다만 나비 도감만은 삭제되지 않고 남았다. 아마도 그 블로그는 네즈하라가 혼자 운영해서 아무도 아이디와 비밀번호를 몰랐던 것 같다. 네즈하라가 죽은 이상 누구도 블로그를 지울 수 없게 되었다.

관리자가 없는 나비 도감을 지우려면 그야말로 경찰이 무언가 손을 써야만 할 거다. 반대로 말하면 경찰이 나섰다면 지울 수 있었을지도 모른다는 이야기였다.

하지만 나는 결국 입을 다물었다. 심각한 상태에 몰리면서도 괴롭힘을 당하고 있다는 사실을 주위에 알리고 싶지 않았다. 그 블로그에 박제된 나비가 미야미네 노조무라는 사실을 누구에게도 알리고 싶지 않았다. 그러니 블로그가 남아 있어도 상관없었다. 갱신되지 않는 것만으로도 내게는 구원 같았다.

지금도 나비 도감을 열람할 수 있다. 당시 내 통증의 기록, 처참한 괴로움의 기억. 나는 때때로 그것을 보러 블로그를 열고는 그때 느낀 절망을 떠올린다. 그렇게 어떻게든 서 있을 힘을 얻는다. 블로그 서버 서비스 종료를 바라는 날도 있지만, 지금은 네즈하라 아키라의 묘비이자 통증의 기록인 나비 도감이 사라지지 않아서 다행이라는 생각마저 한다.

어떤 의미에서 괴롭힘이 박제된 그 블로그는 우리에게 중요한 이정표였다. 나뿐만이 아니라 케이에게도 오랫동안 특별한 것이었기 때문이다.

그렇게 네즈하라가 죽은 지 6개월 정도 지난 어느 겨울의 아침, 케이가 우리 집 초인종을 눌렀다.

"미야미네, 학교에 같이 가지 않을래?"

"어머, 케이구나! 어른이 다 되었네."

내가 대답하기도 전에 엄마가 먼저 케이를 반갑게 맞아주었다. 딱 보기에도 들뜬 엄마의 모습이 나는 부끄러웠다. 하지만 케이는 익숙한 듯 싹싹하게 엄마를 대했다. 아침 식사를 부리나케 먹고서 가방을 집어 들고 밖으로 나왔다.

"좋은 아침이야."

"그… 학생회 활동은?"

"학생회는 벌써 졸업했지."

듣고 보니 그랬다. 나도 케이도 6학년이었다. 겨울 방학이 끝나면 어느덧 중학생이 된다.

케이는 내 옆에서 나란히 걸으며 내 얼굴을 말끄러미 들여다봤다.

"이전보다 안색이 좋아졌네. …다행이야. 음, 이제 괜찮아?"

그 말에는 수많은 의미가 들어 있었다. 이제 괴롭지는 않은지, 더 이상 죽고 싶다는 생각은 하지 않는지. 케이의 눈빛은 때때로 말보다도 설득력이 강했다. 나는 그 의도를 이해하고 천천히 고개를 끄덕였다.

"이제 괜찮아. …케이에게도 걱정 끼쳤어. 미안. 그게…, 내가 그땐 잠을 거의 못 잤어. 그래서 제대로 생각할 수 없었어."

"지금은 잘 자니?"

"응. …이제 괜찮아."

네즈하라가 죽고 괴롭힘 당하는 일이 사라지면서 불면증은 깨끗하게 사라졌다. 잘 자게 되자 컨디션도 좋아지고 사고하는 능력도 제대로 돌아왔다. 수면 부족이 정신 상태에 미친 영향을 생각하면 소름이 끼쳤다. 그때처럼 잠들지 못하는 밤이 계속 이어졌다면 정말로 죽었을지도 몰랐다. 옥상에서 뛰어내린 사람이 나였을지도 모르는 일이었다.

"이렇게 함께 학교에 가는 거 오랜만이네."

"응."

"이 언덕을 같이 오르지 못하게 되면 좀 쓸쓸할 거 같아."

"…응."

그 후로 나와 케이는 정말로 별것 아닌 이야기를 나눴다. 나는 케이가 학생회 활동을 잘 끝낸 점을 거듭 칭찬했고, 케이는 어린아이처럼 내 이야기를 들었다. 그런 이야기로 시간을 채우다 보니 금방 학교가 보였다. 학교 건물 앞 현관에 들어서 신발장 내 자리에 신발을 넣었다. 이제 아무도 내 신발을 내다 버리지 않았다.

"그럼, 또 봐."

"응….."

그렇게 복도에서 헤어지려는 순간 나는 겨우 제대로 된 말을 꺼냈다.

"케이."

"…왜?"

등 뒤로 쏟아지는 햇살을 받으며 케이가 뒤돌아섰다. 긴 머리카락이 바람에 흩날리고, 가방에서 달칵달칵 무언가 알 수 없는 소리가 울렸다. 양팔을 벌린 케이가 마치 번데기에서 막 나온 나비 같았다. 그 모습을 본 순간, 나는 숨을 삼켰다.

'나비 도감'에 대해 경찰에 말하지 않아서 다행이라고, 가슴 깊은 곳에서 그런 생각이 들었다. 경찰에게 괴롭힘에 대해 알리는 일은 곤란하다. 부끄러워서가 아니라 위험하기 때문이다.

'괴롭힘을 당했다는 사실이 알려지면 내가 제일 처음 의심받겠지.' 다른 학생들은 자신이 학교 폭력에 가담한 사실을 들키지 않으려고 입을 다물었지만, 나는 정말로 위험할 뻔했다.

경찰은 자살이라고 말하면서도 살해당한 가능성도 생각했다. 네즈하라 아키라가 살해당했다면 괴롭힘을 당하고 있던 나는 가장 유력한 용의자였다. 그보다 더 확실한 동기는 없었다. 하지만 나는 네즈하라를 죽이지 않았다. 간단한 뺄셈, 단순한 소거법. 어린아이라도 알 수 있었다. 이 세계에서 단 한 사람, 같은 동기를 가진 사람이 있다면.

핵심을 찌르는 말이 나오지 않아 우두커니 서 있는 나를 보고 케이가 웃었다.

"미야미네, 아무 말도 안 하면 무슨 일인지 모르잖아."

사실은 묻고 싶었다.

'케이, 네가 네즈하라 아키라를 죽였어?'

네즈하라는 단순히 옥상에서 떨어지지 않았다. 네즈하라의 눈에는 볼펜이 꽂혀 있었다.

케이의 오른쪽 눈과 네즈하라의 왼쪽 눈이 하나의 선으로 이어지는 듯 느껴졌다. 경찰조차도 파악하지 못했던 그 상처의 의미를, 오직 나만이 알고 있는 듯했다. 호흡이 갑자기 가빠졌다. 이런 걸 물어서 대체 뭘 어쩌겠다는 걸까? 잠시 머뭇거리다 겨우 말했다.

"…케이, …또 보자."

케이는 살짝 놀란 표정을 짓더니 바로 미소를 띠었다.

"응, 잘 가."

말꼬리가 애달프게 늘어지며 겨울의 차가운 공기 속으로 사라졌다.

그렇게 단 한 사람의 죽음과 함께 우리의 초등학교 생활은 끝났다.

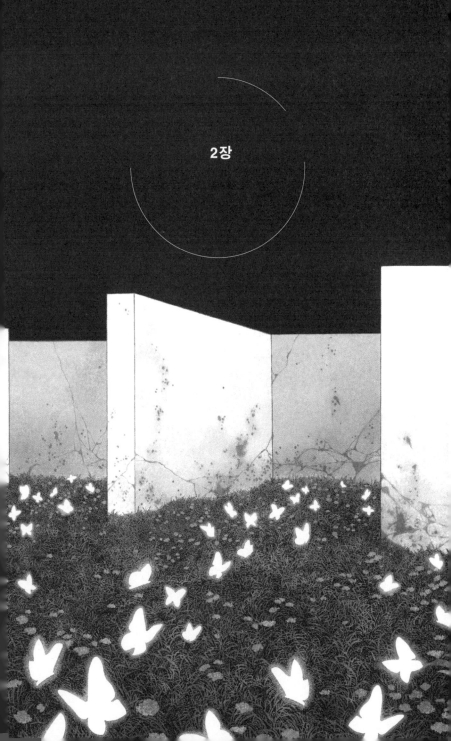

2장

1

보통 학교 축제 개회식은 아무도 제대로 보지 않는다. 다들 적당히 흘려들으며 빨리 축제를 구경하러 가고 싶다는 생각뿐이다. 작년까지는 나도 그랬다. 체육관은 후덥지근했고 최신 인기곡도 연주하지 않는 밴드의 무대는 보기가 지루했기 때문이다.

하지만 케이가 지휘대에 선 순간 분위기가 바뀌었다.

케이가 우아하게 인사하자 윤기 있는 검은 머리카락이 사르륵 소리를 냈다. 얼굴은 아직 앳되지만, 뭐라 말할 수 없는 존재감과 기품이 있었다. 케이가 지휘봉을 휘두르자 부드러운 호른의 소리가 흐르기 시작했다.

학교 폭력 사건 이후 시간은 흘러, 나는 남들보다 상당히 내성적이기는 하지만 평범한 중학생이 되었다.

중학교에 올라가 다른 초등학교에서 온 학생들과 만나면서 내가 학교 폭력을 당했던 과거는 완전히 잊혔다. 그 시절 우리에게 지난 1년은 터무니없이 길고 불편한 기억을 떠오르게 했다.

적기는 하지만 친구도 생겼다. 케이와 같은 반은 아니었지만 온화한 반에 편성되어 다행이었다.

지옥 같았던 초등학생 시절을 생각하면 믿을 수 없는 변화였다. 네즈하라가 죽고 나서 내 인생은 극적으로 변했다. 그 이후로 계속 꿈을 꾸는 듯했다. 불면증은 개선되었지만, 악몽을 꾸다 벌떡 일어나는 일은 종종 있었다. 그 꿈속에서 나는 아직 네즈하라에게 폭력을 당했고 나비 도감은 여전히 갱신되었다.

때로는 이런 패턴의 악몽도 있었다.

실제로 본 적 없는 어느 맨션 옥상에서 케이가 평소와 다름없이 웃으며 네즈하라를 몰아붙이는 꿈이었다. 벌벌 떠는 네즈하라의 눈에는 볼펜이 꽂혀 있고, 작게 떨고 있는 모습은 연약한 초등학생에 지나지 않았다. 그런 네즈하라를 케이가 작은 손으로 무자비하게 밀어 떨어뜨리는 꿈이었다.

그런 꿈을 꿀 때면 땀범벅이 되어 벌떡 일어났다. 케이가 등장하는 꿈을 꾼 날에는 특히 숨을 헐떡였다. 중학생이 된 나는 요스가 케이를 현실 세계에서 만나는 날보다 꿈속에서 만나는 날이 훨씬 많았다. 떨리는 몸과 마음을 진정시키며 손바닥을 천장을 향해 올렸다. 그것은 지금도 한쪽 날개가 꺾인 나비를 연상시켰다.

내 마음은 아직도 초등학생 시절에 사로잡혀 있었다.

우레와 같은 박수 소리에 정신을 차렸다. 케이가 지휘한 오페라 「웃음의 나라」셀렉션이 끝나자, 케이가 사람들을 향해 인사했다. 지휘를 끝낸 케이가 후련하게 웃었다. 커다란 두 눈을 초승달처럼 가늘게 뜨고 웃는 모습은 그 나이에 걸맞았다.

케이는 중학생이 되면서 더욱 아름다워졌다. 늘씬한 체형에 또렷한 이목구비, 가슴까지 오는 길이로 단정하게 자른 아름다운 검은 머리카락. 요스가 케이는 어디에서나 눈에 띄었다. 중학교에 입학하자 케이는 관악 합주부에 들어갔고, 1학년이 끝날 무렵에는 선배들을 제치고 지휘자로 활약하기 시작했다. 말할 것도 없이 성적은 늘 상위권에 머물렀다.

케이가 시샘을 받아도 이상하지 않을 텐데, 신기하게도 케이에게는 아무도 그런 악감정을 보이지 않았다. 어찌 된 일인지 케이는 그런 추악한 감정과는 거리가 멀었다.

"미야미네."

그때 옆에 앉아 있던 나나시로가 말을 걸어왔다. 나나시로는 어쩐지 기분 좋은 듯이 웃고 있었다.

"왜?"

"너 지금 요스가 케이 보고 있었지?"

"…봤는데."

"그렇지, 저런 모습을 안 볼 수 없지."

나나시로가 당연하다는 투로 고개를 끄덕였다. 마치 이 세상의 진리라도 터득한 듯 구는 말투가 우스웠다. 하지만 지금 케이는 초등학교 시절과는 또 다른 스타가 되어 중학교에 군림하고 있었다. 케이의 아름다움에 반박하지 않는 모습은 마치 오랫동안 많은 사람이 인정한 명작 영화를 보는 듯했다. 사랑이라는 감정의 영역을 뛰어넘어 모두가 케이를 좋아한다고 말해도 결코 과장이 아니었다.

그러다 보니 중학교에 입학하고 나서 나와 케이는 이야기할 기회가 적어졌다.

초등학생과 중학생 사이에는 명확한 경계가 있었다. 어린이를 지나 청소년이 되면서 점점 더 아름다워진 케이와 평범하고 눈에 띄지 않는 학생이 된 나는 있는 그대로 말하자면 어울리지 않았다.

당연한 이야기이지만, 케이를 싫어하게 된 건 아니다. 지금도 우연히 마주치면 가볍게 이야기를 나누는 사이고, 나는 변함없이 케이를 좋아했다.

하지만 그뿐이었다.

나는 이쪽 세계 사람이었고, 사람들에게 갈채를 받는 케이는 다른 세계에 있었다. 그걸로 충분했다. 그런 나의 태도를 헤아린 건지, 아니면 단순히 너무 많은 사람에게 둘러싸여 내게 할애할 시간이 없어진 건지 케이도 나와 적극적으로 가까이 지내지는 않았다.

내가 할 수 있는 일은 이렇게 학교 행사에서 케이를 바라보는 것뿐이었다. 관악 합주부 학생들이 각자 악기를 들고 일어나 무대 뒤로 퇴장했다. 케이도 지휘대에서 내려와 그 뒤를 따라갔다.

그때 문득 무대 위에 있던 케이가 내 쪽을 돌아봤다.

케이가 커다란 눈을 살짝 가늘게 뜨고는 짓궂은 아이처럼 해죽 웃었다. 딱 그 순간, 주변에 울리던 소음이 사라지면서 호흡이 가빠졌다.

"야, 지금 요스가 케이가 이쪽을 보며 웃지 않았어?"

흥분한 모습으로 나나시로가 말했다.

"설마."

"미야미네, 너 진짜 너무 냉정한 거 아냐? 꿈과 희망을 좀 품어보자고."

이런 게 바로 요스가 케이의 대단한 부분이다.

누구에게나 다정한 케이가 자신에게만 눈을 마주치고 웃어준다는 착각이 들게 하는 그런 부분 말이다. 케이는 누구에게나 원하는 꿈을 심어주는 능력이 특별히 뛰어났다. 물론 나도 케이가 부리는 농간에 홀려 끌려다니고 있었다.

어쩌면 케이는 나를 위해 살인을 저질렀는지도 모른다고. 그런 꿈에 붙들려 있었다. 그조차도 오늘 케이가 보인 미소 같은 착각일지도 모르지만.

'케이, 네가 네즈하라 아키라를 죽였어?'

결국, 나는 그 질문을 케이에게 던지지 못했다.

초등학생이었던 내게 사람이 사람을 죽인다는 건 너무나도 먼 이야기였다. 그것도 누구에게나 다정한 바로 그 요스가 케이가 저지른 일이라고는 생각할 수 없었다. 게다가 고작 나 같은 애를 위해서?

케이가 신에게 기도해서 네즈하라가 천벌을 받은 거라고 믿는 편이 훨씬 설득력 있었다. 그런데도 반복해서 꿈에 등장해 옥상에 있던 케이는 내 안에 선명하게 남았다.

우리가 다시 대화를 나누게 된 때는 그로부터 1년이 훌쩍 지난, 중학교 수학여행 때였다.

케이는 관악 합주부 활동을 하면서도 정해져 있던 일처럼 학생회에 들어가 서기를 맡았다. 겨우 서기를 맡았을 뿐인데, 다른 학교와의 교류회에서 연설하는 일도, 수학여행에서 숙소에 꽃다발을 전하는 일도, 어째서인지 케이의 역할이었다. 케이는 무척 바쁘게 지냈고 나와는 리듬이 전혀 달랐다.

그래서 수학여행 둘째 날, 자유 일정 중 케이와 만난 건 신의 장난이라고 생각했다.

2

나가사키로 간 수학여행에서 나는 완전히 길을 잃었다.

시작은 아마도 쟁반 우동 가게에 지갑을 놓고 왔던 일이었다. 버스 정류장에서 지갑이 없다는 사실을 깨닫고 다른 친구들에게 먼저 가라고 말하고 가게로 돌아가 지갑을 찾았다. 거기까지는 괜찮았다. 설마 그때 버스 운행이 바뀌어, 내가 탄 버스가 반대 방향을 향해 갈 줄은 생각도 하지 못했다.

정신 차려 보니 나는 집합 장소에서 멀리 떨어진 주택가 골목길에 서 있었다. 다시 한번 지도와 버스를 확인하고 망연자실했다. 이런 상황이라면 집합 장소보다도 오히려 숙소로 돌아가는 편이 나았다.

과연 어디에서 합류해야 가장 좋을까. 숙소로 돌아가는 편이 나으려나. 기대했던 수학여행이 차츰 엉망이 되어가는 듯해 분한 마음에 이를 갈고 있을 때였다.

"미야미네?"

이런 곳에서 들릴 리가 없는 목소리였다. 소리가 난 방향을 따라 뒤돌아보니 거기에 요스가 케이가 서 있었다. 나도 모르게 숨을 삼켰다. 중학생에게 반이 다르다는 사실은 의외로 의미가 컸다. 이렇게 다른 반인 케이와 이야기하기란 정말 오랜만이었다.

"아… 케이."

"마침 잘 됐다. 지금 한가하지?"

"응?"

케이는 그렇게 말하고 나서 다짜고짜 아무도 없는 버스 정류장 벤치로 나를 끌고 갔다. 그리고 자기 손에 들고 있던 비닐봉지에서 컵에 담긴 아이스크림 두 개를 꺼내 보였다.

"짠. 좀 전에 저쪽에서 할머니를 도와드렸거든. 장바구니가 팍 터져서 물건이 쏟아져 나오는 걸 보고 주워드렸어. 그랬더니 이걸 주시더라고."

케이는 신나게 말하고는 천천히 아이스크림을 내게 내밀었다.

"자, 받아."

"…뭐?"

"후훗, 친구랑 나눠 먹으라며 두 개 주셨어."

"너희 반 친구는?"

"난 오늘 밤에 있을 캠프파이어 리허설을 하느라 계속 숙소에 있었거든. 관광지를 돌아볼 시간이 없었어. 뭐, 친구는 없지만 미야미네가 있으니까 됐네."

"만약에 나도 없었으면 어떻게 할 거야?"

"그러면 내가 두 개 다 먹었겠지."

"그럼 두 개 먹어."

"하지만 네가 여기 있잖아."

뭔가 맞는 말 같으면서도 맞지 않는 대화였다. 무엇보다 우리는 단체 활동에서 떨어져 나와 있었다. 빨리 집합 장소로 돌아가지 않으면 큰일일지도 몰랐다.

"아마 나랑 있으면 선생님도 별로 뭐라고 하지 않을 거야."

내 마음을 읽은 듯 느긋한 목소리로 케이가 말했다. 노골적이기는 했지만 케이가 한 말이 맞았다. 요스가 케이는 모두가 인정하는 우등생으로 선생님들에게도 완벽하게 사랑받고 있었다.

케이가 늦었다고 해서 진심으로 혼낼 사람은 아무도 없을 것이다. 케이가 같이 가자고 하면 그것을 방해할 사람은 없었다.

그런데 그때 내 머릿속에 스친 생각은 선생님께 혼나는 일이 아니라, 초등학교 교외 학습 날 있었던 일이었다. 그 후로 상당히 시간이 지났는데도 케이와 둘이 돌아간다면 또 무언가 오해를 받을지도 모른다는 생각이 들었다. 내가 케이에게 특별하다는 착각에서 상황이 뒤바뀌기 시작했으니까.

"녹겠다."

그런데도 케이의 그 한마디에 순순히 아이스크림을 받았다. 빨리 돌아가야 한다는 생각을 밀어내고 빨간 뚜껑을 열었다.

"있잖아, 컵 아이스크림 맛있게 먹는 법 가르쳐줄까?"

"…뭔데?"

케이는 말없이 나무 스푼을 아이스크림 위에 세워서 꽂고는 표면에 빙그르 돌리며 원을 그렸다. 위에서 보니 정확히 이중으로 원이 그려져 있었다.

"그다음엔?"

"바깥쪽부터 먹는 거야."

그 말대로 케이는 그려진 원의 바깥쪽부터 아이스크림을 한 스푼 떠 올렸다. 그리고 행복한 표정을 지으며 입안에 넣었다. 우두커니 지켜보고 있자 케이는 이상하다는 듯이 나를 보고는 다시 한번 똑같은 동작을 반복했다.

"…그리고?"

"그리고…라니…. 응? 이게 끝이야! 뭐가 더 있다고 생각한 거야?"

"아니, 그게… 그렇잖아, 무슨 의미가….'

"왜 모르지? 뭔가 두근거림을 좀 더 느껴보라고. 이렇게 바깥쪽 함정부터 서서히 메워가면서."

"메우는 게 아니잖아."

"…바깥쪽부터 서서히 무너뜨려 가다가 최종적으로 핵심을 공략한다는 점이 좋은 거야."

"아이스크림은 어디에서부터 먹어도 똑같아."

"뭘 모르네."

내 반응이 마음에 들지 않는지 케이는 절레절레 고개를 저었다. 절대 물러나지 않을 듯한 모습에 나는 어쩔 수 없이 케이가 보여준 대로 아이스크림 위에 원을 그렸다. 녹기 시작한 아이스크림을 가장자리부터 떠서 입에 넣자 케이가 서서히 고양이 같은 미소를 지었다. 겨우 이 정도 일로 저렇게나 기뻐하다니, 그 순간 케이가 놀랄 만큼 어린아이처럼 보였다.

"미야미네, 오랜만이야."

한가운데에 아이스크림 섬을 만들면서 문득 케이가 말했다.

원래라면 더 일찍 나왔을 말이었다. 같은 중학교에 진학했으면서도 우리 둘은 제대로 이야기를 나눈 적이 없었다. 나도 작게 "오랜만이야."라고 대답하고는 케이를 살폈다.

"미야미네는 컴퓨터부지? 다 알고 있었어. 나도 컴퓨터에 관해서는 꽤 잘 알아. 최근에는 스카이프도 깔았어. 미야미네도 사용하지?"

'그걸 컴퓨터를 잘 안다고 말할 수 있을까….'

이런 생각을 하면서 고개를 저었다. 케이가 아는 인터넷은 그런 SNS를 가리키는 모양이라고 미묘하게 납득했다.

"케이도 대단해. …관악 합주부에, 학생회에."

"둘 다 곧 끝난다니 아쉬워."

"그 정도면 충분해. 케이는 과하게 활기차달까. 조금 쉬는 게 어때?"

"내가 좀 가만히 있질 못해."

마지막 한 숟가락을 뜨면서 케이가 웃었다. 하얀 덩어리가 입 안으로 들어갔다. 텅 빈 아이스크림 컵에는 케이의 고집 부스러기조차 남아 있지 않았다.

할 일이 없어졌는지 케이는 그 자리에서 나를 말끄러미 바라보았다.

"미야미네는 얼굴이 참 깔끔하게 생겼어."

느닷없이 케이가 말했다.

"그럴 리가 없어."

"아니, 그럴 수도 있어. 게다가."

그러고 나서 케이는 말을 끊었다. 마치 무언가를 두려워하는 듯 말을 끊은 케이의 커다란 눈이 어렴풋이 흔들렸다.

케이는 그다음 말을 하지 않았다.

멀리서 매미 우는 소리가 들려왔다. 그 덕분에 케이가 얼마나 쉴 새 없이 떠들어 줬는지 깨달았다.

숨 막힐 듯 가슴을 죄어오는 침묵 속에서 나는 아이스크림을 다 먹었다. 마지막에는 맛 같은 건 거의 느껴지지 않았다. 텅 빈 컵에 스푼을 부러뜨려 넣고 뚜껑을 닫았다. 그렇게 한참을 뜸을 들인 나는 겨우 입을 열었다.

"케이. 네즈하라를 네가 죽였어?"

예상한 대로 케이는 온화한 미소를 지으며 대답했다.

"응, 맞아."

의외로 나는 그 대답에 놀라지 않았다. 몇 번이고 몇 번이고 악몽 속에서 시뮬레이션한 덕분이었다. 초등학생이 살인을 저지르다니, 그런 일은 다른 누구도 아닌 요스가 케이만이 할 수 있는 일이라고 생각했기 때문인지도 몰랐다.

"…왜 그랬어?"

"다른 사람도 아니고, 미야미네가 그 이유를 묻는 거야?"

살짝 고개를 갸웃거리며 케이가 곤란하다는 듯 웃었다.

"내가… 괴롭힘을 당해서?"

"내가 아무리 말을 해도 네즈하라는 멈추지 않았어. 일단 미야미네를 미워하게 되자 더 이상 다른 생각을 할 수 없게 된 거야. 어쩌면 내가 참견하는 바람에 괜히 더 멈추지 않았을지도 몰라."

케이가 냉정하게 옛날 상황을 정리했다. 늘 사람들의 중심에 있으니 당연한 일일지도 모르지만, 케이는 다른 사람의 감정을 분석하는 데 뛰어났다. 초등학생이었던 작은 케이는 그 능력으로 네즈하라 아키라를 분석했다.

"기억해? 그 블로그. 나비 도감."

"…기억해."

"잊을 수 있을 리가 없지. 그걸 봤을 때 깜짝 놀랐어. 인간의 악의와 상상력에는 끝이 없구나. 이렇게 된 이상 멈출 수 없겠구나."

케이는 천천히 눈을 가늘게 떴다.

"그때 주변에 여기저기 물으면서 알아봤는데, 결국 다들 네즈하라가 무서워서 그 애의 말을 거스르지 못하고 분위기에 휩쓸렸을 뿐이었잖아?"

케이가 말한 대로였다. 실제로 네즈하라 단 한 사람이 없어지자 나를 향한 괴롭힘은 뚝 끊겼다. 모두가 그 물살에 휩쓸렸을 뿐이니까.

그러고 보니 장례식에서 네즈하라를 '마르지 않는 샘'에 비유한 사람은 다름 아닌 케이였다. 검은 원피스를 입고 추모사를 읽던 케이가 떠올랐다. 케이는 그때 슬프다는 말은 단 한마디도 하지 않았다.

"네즈하라와 함께 미야미네를 괴롭힌 사람들을 용서할 수는 없지만, 그 애들도 어떤 의미에서는 피해자였어. 그래서 근원을 없애는 수밖에 없다고 생각했어."

"그래서 죽였어?"

케이는 조용히 고개를 끄덕였다.

"…네즈하라의 사인은 옥상에서 뛰어내린 거라고 했어. 그러면 그게 사실은… 케이가 죽인, 거였단 말이야?"

"그렇게 되겠지."

가슴 깊은 곳이 점점 무거워졌다. 꿈속에서 봤던 상황이 정답이었는지 맞춰보는 기분이 들었다. 거짓말이라고 생각하면서도 동시에 납득이 되었다. 그 학교에서 힘을 가진 악마 같은 네즈하라를 죽일 수 있는 사람은 요스가 케이 이외에는 없었다.

"대체 어떻게?"

"어려울 건 하나도 없었어."

정답 풀이 과정을 하나하나 알려주듯 케이가 설명해 주었다.

"네즈하라는 날 좋아했던 모양이야. 부르니까 바로 나왔거든. 중요한 이야기가 있으니까 옥상으로 올라가자고 말했을 때도 전혀 의심하지 않았어. 네즈하라는 어쩐지 묘하게 긴장하고 있는 것 같았는데 그게 좀 재밌었어. …미야미네에게 한 짓은 전혀 재미있지 않았지만."

"그래서 네즈하라를 밀어서 떨어뜨렸어?"

"맞아."

살얼음판을 걷는 듯한 대화가 이어졌다.

말을 주고받을 때마다 점점 몸이 떨려왔다. 그래도 나는 도망치지 않고 확인해야만 했다.

"네즈하라의, 눈은….”

사실 그 부분이 가장 궁금했다.

자살을 연출했다기에는 꺼림칙했고, 타살이라고 하기에도 무자비했다. 나도 모르게 케이의 오른쪽 눈을 빤히 바라봤다. 하지만 케이는 부드럽게 고개를 저을 뿐이었다.

"네즈하라가 저항한 거야. …주머니에서 펜을 꺼내 나를 찌르려고 했어. 우리는 옥신각신했는데 그러다 네즈하라가 떨어진 거야. 그리고 볼펜은 그때 박혔을 거야.”

"그렇, 구나.”

"…믿어줄지는 모르겠지만.”

"…믿어.”

"전부 다?”

케이가 조용히 말했다. 믿을 수밖에 없었다. 죄를 저질렀다는 고백을 믿는다니, 묘한 말이다. 정말로, 바로 그 요스가 케이가 사람을 죽였다. 그것도 자신과 같은 나이의 초등학생을, 잔혹한 방식으로. 내가 꾼 꿈은 나보다도 훨씬 유능한 탐정이었다.

모든 내막을 털어놓은 케이는 전혀 흐트러지지 않은 모습으로 그저 온화하게 고개를 저으며 웃었다. 소매 끝을 꽉 쥔 케이의 손이 떨렸다.

"나도 알아. 미야미네는 벌써 알고 있었지? 그래서 나랑 거리를 둔 거지?”

케이는 쓸쓸하게 웃었다.

그 모습을 보고 나는 케이가 한 말의 의미를 깨달았다. 케이는 지금까지 그 일 때문에 내가 자기를 피하고 있었다고 생각한 모양이다.

그건 말도 안 되는 오해였다. 그렇지 않았다. 그런 생각으로 케이를 멀리한 게 아닌데.

"아니야! 케이가, 싫어진 게 아니야…."

순간적으로 소매를 쥔 케이의 손을 잡았다. 아이스크림 컵이 땅에 떨어져 데굴데굴 굴러갔다. 오랜만에 잡은 케이의 손목은 너무나 가늘어서 걱정스러웠다. 긴장해서 굳은 케이를 향해 최근 3년 남짓 늘 하고 싶었던 말을 했다.

"…미안. 정말로 미안해."

이 말밖에 나오지 않았다.

케이는 어안이 벙벙해진 채로 나를 바라봤다. 사실은 지금 당장이라도 도망치고 싶었다. 중학교 생활을 하면서 지금껏 케이와 제대로 이야기를 나누지 못했다. 케이가 나를 바라보기만 해도 움직일 수 없어 케이를 피해 다녔다.

그렇게 한 이유는 케이가 싫어졌기 때문이 아니었다. 오히려 반대였다. 내 마음은 케이에 대한 죄책감으로 가득 차 있었다.

"늘 사과하고 싶었어. 나 때문에 케이가 그런 일을 하다니. 케이는 나 같은 애랑은 다른 사람인데, 나 때문에 케이가…."

무서워서 케이의 얼굴을 똑바로 볼 수 없었다. 고해 성사라도 하는 듯한 마음으로 말을 이었다.

"어떻게 하면 좋을지 모르겠어. 네가 다쳤을 때도, 네즈하라의 일도 넌 늘 나를 감싸줬는데 난 아무것도 갚지 못했어… 네즈하라가 죽고 나서 내 생활은 평온하고… 행복했어. 아무것도 하지 못하는 나를 위해서 케이가 그런 일까지 해줬다니. 그런 사실에 기뻐하는 내가 스스로 도저히 용서되지 않아서…."

케이는 그런 일을 할 사람이 아니었다. 나만 없었더라면 케이의 얼굴에 상처가 생길 일도 없었다. 분명 케이는 살인 따위는 모르고 살았을 거다. 내가 케이에게 약한 소리를 하는 바람에. 케이는 나를 내버려 두지 못할 정도로 다정하고, 네즈하라를 죽일 정도로 행동력이 있었을 뿐이다.

"미야미네."

잠깐 말이 없던 케이가 조용히 나를 불렀다.

"특별히 너 하나만 구한 건 아니야. …네즈하라가 있었을 때는 아마 모두 학교 다니기 즐겁지 않았을 거야. 네즈하라의 영향력은 그 정도로 심각했어."

담담한 말이었는데 그 울림은 너무나도 부드러웠다.

"그러니까 너 혼자 죄책감을 느낄 필요는 없어."

그 말이 어디까지 진심인지 몰랐다. 실제로 케이는 네즈하라를 죽였고 그 사실은 사라지지 않는다.

"내가 싫어진 게 아니라면 다행이야."

"어떤 때라도 네 편이 되겠다고 말했잖아."

쥐어짜 낸 듯한 내 말에 케이는 아주 잠깐 말문이 막힌 듯했다. 그러더니 작게 "기억하고 있구나."라고 말했다.

"만약 케이가 네즈하라를 죽였다는 의심을 받게 된다면 내가 대신 벌을 받을게."

그것은 애초에 나의 죄였다. 케이가 무언가를 말하려는 걸 막고 케이를 똑바로 바라봤다.

"…케이가 아무에게도 협박받지 않도록 내가 반드시 지킬게. 믿어… 줄지는 모르겠지만."

강한 햇살을 받은 케이의 하얀 피부가 반짝반짝 빛났다. 케이는 평소와 다르게 무표정을 일관하고 있어서 그 나이에 어울리지 않는 단정한 미모가 더 뚜렷하게 돋보였다.

충분한 침묵의 시간이 지나고 케이가 갑자기 활짝 웃었다.

"믿어."

"응?"

"미야미네는 나의 히어로라고 했잖아?"

중학생이 된 우리에게는 어울리지 않는 꿈 같은 말이었다.

그런데도 그 말이 내게는 여전히 특별해서 장난스럽게 케이가 언급한 일만으로도 귀까지 빨개졌다. 혀가 꼬여서 말을 제대로 할 수 없었다. 그런 내 입술에 살짝 자신의 검지를 댄 케이가 부드럽게 말했다.

"그러니까… 네즈하라의 일은 우리 둘만의 비밀로 하자. 나는 그 선택을 후회하지 않아. 시간을 되돌린다고 해도 분명 같은 일을 할 거야."

진부한 표현일지라도 그때 세상에는 우리 둘뿐이었다. 네즈하라를 죽이는 케이의 모습은 악몽이 아닌 달콤한 백일몽으로 변했다. 거기에 내가 없었다는 게 신기할 정도였다.

"이제 슬슬 돌아갈까? 수학여행은 이제 막 시작했으니까."

땅에 떨어진 컵을 주우며 케이는 평소처럼 밝게 말했다. 나는 바보처럼 "응." 하며 케이의 뒤를 쫓았다.

"미야미네랑 같은 반이 되고 싶었는데."

노래하듯 케이가 말했다.

생각해 보면 그 시점에 눈치챘어야 했다.

네즈하라 아키라의 폭력으로 내 인생은 크게 뒤틀렸다. 하지만 나뿐만이 아니라 케이의 인생도 마찬가지였다. 나를 향한 폭력을 본 케이가 대체 어떤 식으로 변해버렸는지. 나는 분명하게 알아차렸어야 했다.

케이가 사람을 죽이는 일이 어떤 의미인지를 분명하게 알아뒀어야 했다.

3

케이는 옥상의 높은 철조망을 넘어 발을 잘못 디디면 당장이라도 떨어질 듯한 좁은 난간 위에 서 있었다. 케이가 양손으로 붙잡고 있는 철조망이 철컹철컹 듣기 싫은 소리를 내며 내 심장소리를 완전히 덮었다. 케이가 떨어질지도 모른다는 생각만으로 몸이 움츠러들었다. 그런데 케이는 조금도 겁내지 않고 발을 옮기며 한 손을 옥상 난간에 서 있는 또 다른 여학생에게 내밀었다.

"젠나."

자기 이름을 부르는 소리를 듣고 그 학생, 젠나 미쿠리가 흠칫 몸을 떨었다. 상당히 위축된 모습이었다. 예쁘게 말았던 밤색 머리카락은 흐트러져 있었고 눈은 귀신 들린 듯했다. 그러면서도 젠나는 양손으로 철조망을 꽉 잡고는 한 손을 내밀고 있는 케이의 모습을 믿을 수 없다는 표정으로 보고 있었다.

"젠나, 네 마음 이해해. 하지만 같이 돌아가자. 여기에서 뛰어내리면 더 이상 후회조차도 할 수 없어."

정말 그랬다. 도가미네 고등학교는 4층 건물인데다 아래는 콘크리트 바닥으로 되어 있어 충격을 흡수해 줄 만한 게 아무것도 없었다. 여기에서 떨어진다면 분명 살아남기 힘들 거다.

"그만… 내버려 두라고 했잖아! 나는… 케이까지 끌어들이고 싶지 않아. 혼자 죽게 해줘…."

젠나가 신경질적으로 울부짖었다. 젠나의 가는 손목에는 칼로 그은 상처가 여러 개 있었다. 젠나 미쿠리에 대해서 잘은 모르지만, 오래전부터 자살 충동을 느낀 모양이다. 그 충동이 점점 커져서 지금 뛰어내리기 직전까지 내몰려 있었다.

"대체 이게 무슨 짓이야… 케이 너랑은 상관없잖아. 왜 말리는데? …같은 반이라서? 학생회니까? 왜? 왜 여기까지 온 거야? 보통은….

"당연히 와야지."

케이가 단호하게 말했다. 그러더니 걸음을 더 옮겨 젠나에게 천천히 다가갔다. 곁에서 보고 있으려니 제정신에 하는 행동이 아닌 듯했다. 자살을 막으려고 직접 철조망을 넘어가다니, 어이가 없었다. 하지만 케이가 전혀 주저하지 않고 행동하는 바람에 철조망을 넘는 케이를 아무도 말리지 못했다.

"나는 젠나가 죽지 않았으면 해. 그래서 여기까지 온 거야."

케이의 머리카락이 바람에 나부껴 철조망을 타고 흘렀다.

"그러니까 조금 더 젠나 곁에 있어도 될까? 너랑 이야기하고 싶어. 만약 이야기해 보고 조금이라도 살고 싶다면 나랑 같이 돌아가자."

"오지 마! …거기에서 한 걸음이라도 다가오면 바로 뛰어내릴 거야!"

이 말과 동시에 젠나가 철조망에서 한 손을 뗐다. 순간 균형을 잃은 젠나는 하마터면 떨어질 뻔했다. 옅은 미소를 짓고 있던 케이도 젠나의 행동을 보더니 살짝 표정이 굳었다. 정돈된 얼굴에 약간 긴장감이 서리더니 케이가 젠나 쪽을 노려봤다. 그러고 나서 천천히 말했다.

"알았어. 네가 뛰어내린다면 나도 같이 뛰어내릴게."

나를 포함한 옥상에 있던 구경꾼들이 일제히 숨을 삼켰다. 당사자인 젠나까지 놀라움을 감추지 못했다.

그런데도 아무도 비명조차 지르지 않았다. 케이의 다음 말을 방해하지 않기 위해서였다. 케이는 좀 전과는 전혀 다르게 얼굴 가득 자애로운 미소를 짓고 있었다.

"젠나도 혼자 죽는 건 무섭지? 그러니 내가 함께 뛰어줄게."

"잠깐만… 무, 무슨 말을 하는 거야?"

"나는 네 의지를 부정하지 않아. 죽고 싶다면 억지로 말리지 않을 거야. 그러니 너도 나를 말릴 수 없어."

케이는 마치 말꼬리를 물고 늘어지듯 오기를 부리며 웃었다. 가늘게 뜬 눈동자에서 숨겨지지 않는 반짝이는 빛이 쏟아져 나왔다.

"그게 뭐야? 대체 뭐, 뭐라는 거야…."

"나는 고집이 세거든, 좀처럼 포기를 못 해. 게다가 이기적이기까지 해. 내가 원하는 대로 일이 돌아가지 않으면 직성이 풀리지 않아."

케이는 분명 그랬다. 의외로 자아가 강하고 상당히 완고했다. 한 번 뭔가를 정하면 절대로 포기하지 않기 때문에 친구의 자살을 막겠다고 생각했다면 자신을 돌볼 생각도 없이 철조망을 넘는다. 요스가 케이는 그런 사람이었다.

"말뿐이잖아! 그렇게 말하지만, 넌 죽고 싶지 않잖아?"

"죽고 싶지 않아."

그렇게 말하고 케이는 양손을 철조망에서 완전히 뗐다. 반동으로 케이의 몸이 휘청하며 흔들렸다. 하지만 교복에 가려진 마른 몸은 바로 균형을 잡고 젠나 쪽으로 한 걸음 더 다가갔다.

"나는 죽고 싶지 않아. 매일 즐겁게 지내고 있고, 앞으로 하고 싶은 일도, 해야 할 일도 많아. 이런 곳에서 네 일에 휘말려 죽고 싶지 않아. 하지만 젠나가 여기에서 뛰어내린다면 나도 뛰어내릴 거야."

"잠깐, 위험해…."

양손을 뗀 케이와는 달리 젠나는 다시 양손으로 철조망을 붙잡았다. 철컹철컹 철조망이 심하게 흔들리는 걸 보니 상당히 떨고 있는 모양이었다. 그런 젠나에게 케이가 다시 말했다.

"나는 죽고 싶지 않아."

분명하고 곧게 케이만의 독특한 메조소프라노가 울렸다.

"그러니까 나를 위해서 살아주지 않을래?"

그때 젠나를 둘러싼 공기가 변하는 것을 알 수 있었다.

마치 온몸을 꿰뚫던 자살 충동 의지가 빠져나온 듯했다. 정신을 지배하던 악령이 떨어져 나가고 젠나의 눈에는 케이밖에 보이지 않는 것 같았다.

케이가 내민 손을 젠나가 붙잡았다. 케이가 부드럽게 이끌자 젠나는 천천히 고개를 끄덕이고는 철조망을 넘어오기 시작했다. 젠나가 옥상 안쪽으로 돌아온 순간 지켜보던 모든 사람이 자연스럽게 환호성을 질렀다.

케이도 천천히 철조망을 넘어왔다. 별 어려움 없이 철조망에서 내려온 케이의 이마가 땀으로 살짝 젖어 있었다.

두 사람이 감동적으로 끌어안는 모습을 보고 나도 눈물이 날 것 같았다.

이 풍경에 감동한 나의 머릿속에 아주 잠깐 건물에서 떨어지는 네즈하라의 허상이 스쳤다. 철조망 너머에 악랄하고 작은 네즈하라의 뒷모습이 보였다.

중학교를 졸업하고 나와 케이는 같은 도가미네 고등학교에 진학했다. 현에서는 명문 고등학교로, 좋은 대학에 많이 보내기로 유명한 도가미네 고등학교에 내가 붙을 수 있었던 까닭은 전적으로 케이 덕분이라고 말해도 좋다. 케이는 내가 같은 고등학교를 지망하겠다고 마음먹자 정성껏 공부를 도와줬다.

고등학생이 되어서도 요스가 케이의 카리스마는 약해지지 않았다. 케이는 당연한 듯이 학생회 선거에 입후보했고, 1천 명이 넘는 학생들의 표를 얻으며 학생회장이 되었다. 다시 말해 전교생의 90퍼센트가 케이를 찍은 셈이다. 케이는 그만큼이나 그릇이 큰 사람이었다.

케이의 독특한 미모는 사람들 속에서도 눈에 확 들어왔다. 중학생 때보다 길어진 머리카락도, 갈색으로 빛나는 눈동자도, 위에서 실을 매달아 잡아당긴 듯 꼿꼿한 등 근육의 라인도 뛰어나게 아름다웠다. 그 외적 아름다움에 끌린 사람이 케이의 인간성마저 경험하면 이번에는 열에 들뜬 듯 케이를 신봉하고 나섰다.

케이에게는 어딘가 열병 같은 성질이 있었고, 케이의 '좋은 소문'은 빠르게 퍼져나갔다. "케이가 이런 일을 했어, 저런 도움을 줬어." 그런 이야기가 일상에서 주고받는 수다 가운데 아주 자연스럽게 등장했다. 그 하나하나가 요스가 케이라는 캐릭터의 특이성을 강하게 만들었고, 미담은 계속해서 쌓여갔다.

나도 케이의 도움을 받은 사람 중 한 명이었다. 나는 내 추억을 특별하게 여기며 케이를 좋아할 것이다. 젠나도 오늘 자신을 구해준 케이를 자기 인생을 바꾼 특별한 사람으로 삼을 게 분명하다. 케이는 오늘 특별히 훌륭했다. 보는 사람 모두가 케이에게 푹 빠질 정도였다.

이렇게 항상 케이는 자신의 존재감을 주위에 감염시킨다. 한 걸음이라도 잘못 디뎠다면 떨어질지 모를 난간 위에 서면서.

"그나저나 잘 풀려서 다행이야."

정작 요스가 케이 본인은 학생회실에 있던 오래된 의자에 앉아 느긋하게 말했다. 불과 조금 전까지 활극을 벌였으면서 벌써 일상 모드로 돌아왔는지 서류 정리를 시작했다. 케이에게는 좀 전에 있었던 일과 서류 정리가 전혀 다르지 않은, 어느 쪽도 대충할 일이 아닌 모양이었다.

그런 케이를 보면서 감탄 섞인 목소리로 말했다.

"케이는 정말 대단해."

"미야미네도 부회장 역할을 잘해주고 있는걸."

"…그건, 케이와 함께 있으니까 잘하는 것처럼 보일 뿐이지."

나는 뽐낼 마음이 전혀 없었다.

놀랍게도 나는 케이와 함께 학생회에 들어와 있었다. 물론 나는 적극적으로 사람들 앞에 나설 타입이 아니었다. 하지만 케이가 나를 부회장으로 추천하자 다른 선택지는 남아 있지 않았다. 주변 사람들도 케이가 추천했으니 믿고 투표했다.

그 이후 케이의 옆에서 어떻게든 도움이 되려고 애썼다.

"케이는 대단해…. 젠나 일도 평범한 사람이 할 수 있는 일이 아니야."

"그렇게나 칭찬받을 일도 아니야."

"거기에서 떨어지면 케이도 죽을지 모른다고."

"괜찮아. 나는 죽고 싶지 않았으니까."

그런 말이 아니었는데 케이는 태평하게 말했다. 마치 불의의 사고로 죽은 사람조차도 그 운명을 직접 골랐다고 말하는 듯했다. 케이는 죽고 싶지 않으니까 죽지 않는다. 젠나도 죽고 싶지 않아서 죽지 않았다. 그렇게 생각하는 듯했다.

"그…, 젠나는 왜 죽으려고 한 거야?"

훤한 대낮에 모두가 보는 앞에서 옥상까지 올라가 뛰어내리려고 한 이유는 뭘까? 젠나의 부모님이 데리러 오기 전까지 케이는 젠나 옆에 붙어 있었다. 그런 이야기는 나누지 않았을까?

얼마쯤 있다가 케이는 천천히 고개를 갸웃거렸다. 그리고 신기하다는 듯이 말했다.

"응? 왜라니?"

"죽으려고 한 데는 분명 뭔가 이유가 있을 거 아냐?"

"이유는 없어."

케이는 단호하게 말했다. 전혀 주저하지 않는 말투였다.

"젠나는 성적도 나쁘지 않았고, 가정 환경에도 문제가 없어 보였어. 굳이 말하자면 진로나 장래에 대해 불안하다고는 했지만, 그건 다른 학생들도 마찬가지야."

"그렇다면 왜…."

"뭔가 그럴싸한 이유가 없으면 자살을 생각하지 않을 거 같아? 그저 막연히 자신이 싫어서, 막연히 어디에도 갈 수 없을 것 같아서, 막연히 불안해서 죽는 일은 없다고 생각해?"

케이가 날 타이르듯이 말했다.

"그렇지 않아. 사람은 이유도 없이 쉽게 죽고 싶어져. 죽고 싶어져서 죽는 거야. 사람들 중에는 주위의 흐름에 휩쓸리기 쉬운 사람도 있으니까, 그런 사람은 그저 자살하는 방향으로 휩쓸리는 거야. …그러니까, 오늘 나는 살고 싶다는 방향으로 흐름을 만들어 본 것뿐이지. 선택은 젠나가 한 거지 내가 도운 건 아니야. 이렇게 칭찬받으면 어쩐지 마음이 불편해."

케이는 자신이 한 말처럼 곤란한 듯한 미소를 짓고 있었다. 그렇게 대단한 일을 하고도 케이는 교만하지 않았다. 모두 케이가 젠나의 목숨을 구했다고 생각하고 있는데도.

케이는 이제 할 이야기는 다 했다고 생각했는지 기지개를 쭉 켜고는 눈앞에 놓인 프린트에 집중했다. 대체 무슨 프린트인지 궁금해하는 내 생각을 읽기라도 했는지, 케이가 내 시선을 느끼고는 설명했다.

"이번에 학생 인권 토론회에서 연설을 맡게 되었어."

"무슨 연설이야?"

"자살 방지에 대한 거야. 경찰도 들으러 온대. 어쩐지…, 젠나일까지 생겼으니 더 내가 맡아야 한다는 말을 들을 것 같네."

"그러게… 타이밍이 참."

젠나의 일뿐만 아니라 최근 중고등학생의 자살이 증가하고 있었다. 개학식 때 교장 선생님은 최근 자살률이 유난히 증가하고 있다며 사람의 생명이 얼마나 중요한지 엄중한 말투로 이야기했다. 교장 선생님은 자살하는 이유로 최근 젊은이들의 무기력과 얕은 인간관계를 언급했다. 그러면서도 구체적인 대책에 대해서는 아무런 말도 없이 대충 이야기를 매듭지었다.

"개학식 때도 그런 이야기가 있었지. 인간관계가 중요하다는 둥. 그런 말을 듣는다고 실제로 자살하는 확률이 줄어들진 않을 텐데 말이야."

"인간관계가 중요하다는 건 왠지 알 것 같아."

"참, 케이도 그거 알아?"

"그게 뭔데?"

"푸른 나비라는 블루모르포말이야."

가볍게 잡담이라도 할 생각으로 그 이름을 꺼냈다.

푸른 나비를 뜻하는 '블루모르포'는 최근 유행하는 도시 괴담 같은 것으로, 한마디로 말하자면 '플레이하면 죽는 게임'이다.

어느 날 선택된 사람에게 SNS로 특별한 사이트에 접속할 수 있는 권한이 주어진다. 그 사이트는 아름다운 나비 모티브가 그려진 신비한 사이트라고 한다. 그 사이트에 접속한 참가자는 블루모르포 회원이 되어 게임 마스터에게 지시를 받는다.

게임의 규칙은 간단하다. 게임 마스터가 보낸 지시를 따르기만 하면 된다. 그 이상도 이하도 아니다.

지시 내용에 대해서는 다양한 설이 있었다. 듣기로는 검은 무언가를 찾아서 사진을 찍으라거나, 어떤 문장 하나를 내주며 그 문장이 적힌 소설을 찾으라거나. 그 외에도 눈을 도려내라는 지시가 왔다는 이야기나 3백만 엔을 어느 계좌로 보내라는 지시를 받았다는 이야기도 있었다.

지시 내용은 물론이거니와 게임 마스터의 목적이 무엇인지에 대해서도 많은 화제가 되었다.

어느 대부호가 상속인을 찾으려고 진행하는 게임이라는 둥, 진짜 악마를 불러낼 유일한 방법이라는 둥, 유명 기업이 주관하는 독창적인 입사 시험이라는 이야기까지 있었다. 하지만 진실이 무엇인지는 알 수 없었다.

"이 게임의 지시를 따르지 않거나 중간에 그만두면 죽는대. 그리고 클리어할 수 없을 것 같은 사람도 모르는 사이에 자살하게 만든다는 이야기도 있어."

이 기괴한 게임에 관한 소문은 자살률이 증가하면서 퍼지기 시작했다. 다시 말하면 블루모르포에 연관된 사람이 자연스럽게 죽음을 향해가서 자살이 증가했다는 이야기였다.

당연하지만 이런 소문이 사실일 리가 없었다. 내용은 오래전 유행했던 행운의 편지와 비슷했다. 지시를 따르지 않는다고 사람이 죽을 리가 없었다. 자신도 모르는 사이에 자살하게끔 유도된다는 말도 황당했다. 인터넷 너머에 있는 얼굴도 모르는 사람의 말을 듣고 죽는 사람은 없다. 전철에 뛰어들거나 목을 매달기 전에 분명 본능적으로 살려고 하지 않을까.

하지만 성실한 케이는 진지한 얼굴로 내 이야기를 들었다. 마치 그 게임의 전모를 파악하려고 노력하는 듯 신묘한 표정을 짓고 있었다. 어쩌면 이 도시 괴담을 진지하게 받아들이고 있는지도 몰랐다. 아니면 이렇게 오컬트 냄새가 나는 이야기를 무서워하는 걸까?

조금 지나 케이는 생각났다는 듯이 말했다.

"푸른 나비는 행복의 상징이야."

"뭐…?"

"미야미네는 블루모르포에 대해서 어떻게 생각해?"

케이는 흥미진진한 빛이 깃든 커다란 눈으로 나를 똑바로 바라봤다.

"흥미롭기는 하지만…, 있을 수 없는 일이라고 생각해. 대부호의 상속인을 정한다는 이야기도 어쩐지 거짓말 같고. 천벌이나 저주 따위가 아니라면 사람은 이유도 없이 자살하지 않아."

문득 젠나에 대한 이야기와 같은 궤도를 걷고 있다는 사실을 깨달았다. 특별히 강한 동기가 없어도 인간은 그냥 어쩌다가 자살을 선택할 가능성이 있다는 이야기 말이다.

"뭐, 대부호 이야기나 취직 면접 같은 이야기는 확실히 황당해. 그런 이야기가 나올 법하긴 하지만."

케이는 내 말을 타박하지도 않고 다시 프린트로 시선을 돌렸다.

"연설은 할 거야?"

"어쩔까⋯."

케이가 이런 상황에 망설이는 일은 드물었다. 케이는 기본적으로 부탁을 거절하지 않았다. 사람들 앞에 서는 일도 두려워하지 않았고, 초등학생 때부터 지금까지 이런 일은 수없이 도맡았다.

게다가 이런 말은 좋지 않을지 모르겠지만 젠나의 일은 연설을 더욱 효과적으로 만들 게 분명했다. 누군가의 자살을 막으려고 자신의 몸을 내던진 케이야말로 그런 자리에서 사람들에게 호소할 수 있지 않을까.

"케이가 적극적으로 나서지 않다니 의외네."

"응. 기대에는 부응해야겠지만, 그저 단상에 서서 하는 말만으로 정말 자살을 막을 수 있을까 생각하면, 거기에 무슨 의미가 있나 싶어서."

겸손이 아니라 케이는 진심으로 그렇게 생각하는 듯했다.

케이는 개학식에서 이렇다 할 대책 없이 막연히 자살해서는
안 된다고 말한 교장 선생님이 잘못되었다고 생각하는 모양이
다. 분명 나도 누군가가 하는 말만으로는 세계가 변하지 않는다
고 생각한다. 개학식 때 교장 선생님의 이야기를 함께 들었을
젠나는 여름 방학이 되기도 전에 자살을 시도했다.

"그래도 다른 사람이 하기보다는 네가 하는 게 좋을 것 같아.
나는…. 케이가 하는 말이 사람들의 마음에 가닿지 않는다면 다
른 사람이 하더라도 마찬가지라고 생각해. 게다가 넌 목소리가
아름다우니까. 말에 의미가 없더라도 그만큼 가치가…."

격려할 생각으로 시작한 말이 도중에 무슨 말을 하려는 건지
모를 말이 되어버린 듯했다. 그 사실을 깨달은 순간 입을 꾹 다
물고 말았다. 아니나 다를까 케이는 놀릴 생각이 가득한 눈빛으
로 싱긋 웃었다.

"미야미네는 진지한 얼굴로 이상한 말을 잘해."

"사실…이니까."

"하하하, 하지만 목소리는 옛날부터 칭찬을 많이 받았어. 확
실히 좀 특이한 목소리긴 하지."

"특이한 게 아니라 아름다워."

그렇게 말하자 케이는 편안하고 또랑또랑한 목소리로 "고마
워."라고 작게 말했다. 둘만 있는 학생회실에서 케이는 마음을
숨기는 기색도 없이 얼굴이 빨개졌다.

결국 요스가 케이는 학생 인권 토론회에서 연설을 했다. 젠나

의 일은 언급하지 않고 그저 자기 나름대로 생각한 생명의 소중함에 대해 호소했다.

차분히 가라앉은 체육관 안에 케이의 목소리만 울려 퍼졌다. 그 광경을 이전에도 본 적이 있었다. 네즈하라 아키라의 장례식 때다. 그때도 조용히 가라앉은 분위기에서 케이의 목소리만이 존재했다. 삶과 죽음이 상반된 두 모임을 케이라는 존재가 이어주고 있었다.

케이가 저지른 죄도, 케이가 구한 생명도 나는 모두 알고 있었다.

단상에 선 케이를 무대 옆에서 보고 있으니 문득 울고 싶어졌다. 케이를 바라보고 있으면 늘 괴롭고 애달팠다.

돌아보니 케이와 만난 지 7년 가까이 흘렀다. 처음 교실에서 나를 구해준 때부터 케이의 존재는 견딜 수 없이 눈부셨다.

"저는 이 연설로 자살하는 사람이 줄어들 거라고는 생각하지 않습니다. 다만 제 이야기를 듣고 있는 여러분이 의지를 가지고 아주 조금만 주위를 잘 살펴준다면, 그것이 세상을 변화시키는 일로 이어질 거라고 생각합니다."

케이가 간절한 눈빛으로 이렇게 말하는 모습을 보고 절실히 깨달았다.

'나는 케이를 좋아한다. 아주 오래전부터 케이만을 좋아했다.'

단상에 있는 케이는 수많은 청중 앞에서도 떨지 않았다. 이 자리에는 초대 손님으로 시의원과 경찰까지 와 있었다. 그런데도 케이는 당당하게 자신이 준비한 말을 이어갔다. 그 모습이 너무나도 눈부셔서 눈물이 흘렀다.

연설을 전부 끝낸 케이가 박수갈채를 받으며 천천히 인사를 하고는 내빈 쪽으로 내려갔다.

그리고 케이는 참석한 내빈들과 교류를 나눴다. 그사이에 우리는 무대 위를 정리해야만 했는데, 나는 눈물이 멈추지 않아서 움직일 수가 없었다.

"선배님, 너무 우는 거 아니에요?"

학생회 서기인 미야오가 놀리듯 말했다. 부끄러운 모습을 들키고 말았다.

"아니, 그래도 이해해요. 정말 훌륭했어요. 뭐랄까, 요스가 케이 선배가 하는 말에는 힘이 있잖아요."

"응. 나도 같은 생각이야…."

내가 이렇게 중얼거리자 미야오는 어쩐지 재밌다는 듯이 싱긋 웃으며 말했다.

"여자 친구가 하는 말이라면 더 그렇겠죠?"

"뭐?"

"선배님이랑 요스가 케이 선배님이랑 사귀잖아요?"

"뭐? 아니…, 그렇지 않은, 데."

"에이, 그렇게 딱 붙어 다니는데도요?"

아무래도 떠보는 말이었던 듯싶다. 거기에 제대로 걸려든 나는 얼굴이 빨개진 채로 고개를 가로저었다.

"내가 케이랑 사귄다니 무슨 그런 농담 같은 말을. 그게… 솔직히 안 어울리잖아."

"그런가…. 옆에서 보기에는 잘 어울리는 것 같은데요."

"아니야… 그렇지 않아…."

이후로도 정리하는 동안 미야오는 응원한다는 명목으로 나를 계속 놀렸다. 나는 마치 마음속에 있는 부끄러운 욕망이라도 들킨 사람처럼 안절부절못했다.

아마도 열에 들떠 있었다는 표현이 맞을 듯싶다. 그 연설 때문에 케이에 대한 마음을 더욱 강하게 깨달았다. 그래서 나는 케이와 둘이서 집으로 돌아가는 길에 부자연스러울 정도로 마음이 혼란스럽고 술렁거렸다. 케이에게 "아무래도 좀 이상해."라는 말을 들을 정도였다.

"왜 그래? 무슨 일 있었어?"

자꾸만 이렇게 묻는 케이에게 두 손 들고 항복하는 일은 시간문제였다. 잠시 후 나는 새빨개진 얼굴로 말했다.

"미야오가… 나랑 케이랑 사귄다나 뭐라나 그런 말도 안 되는 농담을 해서…."

기어들어 가는 듯한 내 말을 듣고 케이가 눈을 동그랗게 떴다. 그 모습을 보고 나는 마음 깊이 후회했다. 이건 거의 에둘러서 고백한 거나 마찬가지였다. 케이는 계속해서 눈을 동그랗게 뜨고는 말했다.

"뭐? 그래서 미야미네는 뭐라고 대답했어?"

"뭐라기는… 사귀는 거 아니라고만 말했지."

"뭐라고? 아니라고 했다고?"

케이는 일부러 놀라는 듯 되묻더니 뭐라 말할 수 없는 표정으로 나를 빤히 바라봤다. 오랫동안 알고 지낸 덕에 케이가 무엇인가 원하고 있다는 걸 알아차렸다. 하지만 정작 그게 무엇인지 알지 못했다. 잠시 후 케이가 조용히 입을 열었다.

"미야미네는 날 좋아해?"

평소처럼 장난 섞인 목소리가 아니라 그보다 한 톤 낮은 목소리였다. 그렇다고 차갑게 내던진 말도 아니었다. 정답을 아는 문제를 내는 듯하기도, 모든 걸 포용할 듯하기도 한 목소리였다.

이런 순간에도 나는 머뭇거렸다. 초등학교도 중학교도 내 인생은 케이와 함께였다. 케이가 너무나 많은 상황에서 날 구해줘서 진지하게 케이에 대한 마음을 생각해 본 적이 없었다.

다만 오늘 연설을 들은 순간 내 안에 있던 모든 벽이 무너지고 거기에 빛이 들어오는 듯했다. 그 충동에 떠밀려 나는 줄곧 말하지 못했던 말을 했다.

"좋아해…. 아주 오래전부터 케이만을 좋아했어."

이 말을 할 때 케이가 내게 지은 표정을 평생 잊을 수 없을 것이다.

케이는 지금까지 보여준 적 없는 지독히도 다정한 웃음을 짓고 있었다. 오랫동안 원하던 걸 받았을 때처럼 눈동자에는 흔들리는 빛이 깃들었다. 하지만 지금 나는 그것이 내 희망적 관측인지 어떤지조차 판별할 수 없었다. 잠시 시간을 두고 케이가 말했다.

"고마워. 나도 미야미네를 좋아해."

"아….'"

비유가 아니라 진짜로 심장이 멈출 것 같았다. 서서히 눈물이 나오고 손가락 끝이 저려왔다. 견딜 수 없이 기쁘면서도 물에 빠진 듯 괴로웠다. 그런 내 마음을 알지도 못하고 케이가 천천히 거리를 좁혀왔다.

"그거… 거짓말이지."

"거짓말 아니야. 나는 예전부터 미야미네를 좋아했어."

케이의 손가락이 내 앞머리를 천천히 쓰다듬었다. 좀처럼 자르지 않아 제멋대로 자란 내 앞머리까지도 받아들이겠다는 듯한 동작이었다.

"미야미네는 어떻게 할 거야? 나랑 사귈 거야?"

"그런…건 힘들어."

이 말이 순간적으로 입에서 튀어나왔다. 죽을 만큼 기쁘면서도 내 마음 깊은 곳에 남아 있는 이성이 마음대로 거절의 말을 내놓았다.

"힘들어…. 케이와 나는 전혀 어울리지 않아. 그게, 난 지금도 말도 제대로 못 하고…, 대화할 때 눈도 잘 못 마주치고. 케이와는 전혀 달라…. 케이와 어깨를 나란히 할 수 없어."

좀 전까지 부드럽게 웃던 케이의 표정이 단숨에 굳었다. 그렇지만 이 일만은 물러설 수 없었다. 나는 아직 케이에게 빚이 있었다. 케이가 사람까지 죽이게 만들고는 태평하게 케이의 연인이 될 수 있을 리가 없었다!

"나는 케이가 좋아해 줄 만한 사람이 아니야. 네가 나를 좋아하는 이유는 모르겠지만 그건 잘못되었어…."

"넌… 몰라. 내가 얼마나 널 좋아하는지."

그 목소리가 어쩐지 울음이 터지기 직전의 아이 같았다. 순간 기가 죽은 나를 보며 케이는 말을 이었다.

"널 좋아하는 이유를 모르겠다고 했지? 알았어. 내 마음을 증명해 보일게. 그러면 분명 미야미네도 알아줄 거야."

케이답지 않게 약한 모습이었지만 그래도 분명하게 말했다.

"내일, 오전 10시 30분까지 자연공원 역으로 와. 초등학교 때 교외 학습으로 갔던 곳. 기억하지?"

"기억해…."

"그럼 늦지 마."

케이는 그 말만 남기고 몸을 휙 돌려 집과는 반대 방향으로 가버렸다.

케이에게 고백했다. 케이도 나를 좋아한다고 말했다. 믿을 수 없었다. 이렇게 분명하게 들었는데도 여전히 꿈속인 듯했다.

내일 자연공원에서 케이는 무엇을 할 생각인 걸까? 현명하면서도 조금 엉뚱한 케이라 무엇을 하려는 건지 짐작이 가지 않았다. 과연 뭘로 '증명'한다는 걸까?

하지만 만약 정말로 케이가 '증명'해 보여준다면, 나의 열등감과 비틀린 생각과 결점을 전부 부숴버리고 케이의 마음을 믿을 수 있게 해준다면. 그때는 나도 조금은 나 자신을 좋아하게 될지도 모른다.

케이가 없는 갈림길을 바라보다 집으로 돌아갔다.

무엇을 기대하지는 않았다. 그저 케이와 함께 외출할 수 있는 사실만으로도 기뻤다.

그래서 그날을 경계로 세상의 모든 것이 바뀔 거라고는 생각도 못 했다.

4

다음 날 나는 약속 시간을 20분도 더 남겨놓고 약속 장소에 도착해서 케이를 기다렸다. 스스로 생각해도 참 줏대가 없다 싶었다.

"엄청 기대되나 봐."

약속 시간에 딱 맞춰 나타난 케이의 첫마디에 순순히 고개를 끄덕였다. 이럴 때 폼을 잡는다고 뭐가 되지는 않는다.

당연히 케이는 교복이 아닌 사복 차림이었다. 가을 분위기를 풍기는 체크 점퍼스커트에 귀여운 붉은색 베레모를 쓰고 있었다. 이 계절에 딱 맞는 하얀색 터틀넥 스웨터의 소매 끝에는 손가락만 살짝 나와 있었다. 이렇게 사복을 입은 모습은 초등학교 이후 처음이었다.

"늦지 않았네. 감동이야."

만족스러운 듯 케이는 내 머리를 톡톡 가볍게 두드렸다. 어린 이를 달래는 듯한 행동에 미묘한 표정을 짓자 케이는 문득 진지한 얼굴로 입을 열었다.

"마음은 증명할 수 없고, 눈에는 보이지 않아. 그러니까 그 대신 내게 가장 소중한 것을 미야미네에게 줄게."

"그게… 이 공원에 있어?"

"응. 일부분은."

내 머리에 떠오른 기억은 교외 학습 날의 일이었다. 그 추억에는 통증이 동반되었지만 등에 업은 케이의 온기는 여전히 기억에 선명했다.

"그럼 가자. 이제 시간이 다 됐어."

케이는 이렇게 말하고는 의기양양하게 걷기 시작했다. 평소와 마찬가지로 나도 케이의 뒤를 쫓았다. 베레모 아래로 흘러내린 머리카락이 아름다웠다.

휴일이어서 공원에는 가족 단위로 나온 사람들이 많았다. 조금 이른 점심을 먹으려고 돗자리를 편 사람들도 있고, 벤치에서 이야기를 나누는 커플도 보였다. 주위에서 본다면 나와 케이도 연인 사이로 보일까? 그런 상상에 갑자기 쑥스러워졌다.

머지않아 우리는 유난히 사람이 많은 공원 중심에 도착했다.

그곳에는 콘크리트로 포장된 광장과 경치를 둘러보기 좋은 전망대가 있었다. 전망대의 높이는 몇 미터쯤 되어 보였다. 계단을 올라 제일 높은 곳에 도착하면 더욱 멀리까지 둘러볼 수 있도록 쌍안경이 설치되어 있었다.

'전망대에 올라가려고 여기까지 온 걸까?'

이런 내 예상은 완전히 틀렸다. 케이는 광장에 들어서기 직전에 멈춰 서서는 손목시계를 확인했다.

"여기면 되겠다."

케이가 만족스럽게 말한 장소는 어쩐지 무언가를 하기에는 어정쩡한 곳이었다. 광장과 잔디밭의 경계, 마치 전망대를 감시하려는 듯한 위치였다. 광장에서 내가 모르는 무슨 이벤트라도 하는 걸까? 하지만 광장에는 아이들이 롤러스케이트를 타거나 뛰어놀고 있을 뿐 아무리 둘러봐도 무언가를 시작할 것처럼 보이지는 않았다.

"무슨 일이야? 케이. 여기에 뭐가 있어?"

"기다려 봐."

그렇게 말하고 케이는 내 손을 살짝 잡았다. 부드럽고 따뜻한 감촉에 심장이 두근거렸다. 케이는 말없이 눈앞에 있는 전망대를 바라봤다.

대체 무엇을 기다리는 걸까? 숨을 죽이고 있는 케이는 평소 성격과 달리 긴장한 모습이었다. 부드러운 햇살이 거울 같은 케이의 눈에 반사되었다.

얼마 지나지 않아 '그 일'이 일어났다.

한 남학생이 몸을 흔들거리며 전망대를 향해 걸어갔다. 그 남학생의 걸음은 마치 몽유병 환자 같았다. 교복을 제대로 갖춰 입어서 휴일 한낮 공원 풍경과는 어울리지 않았다. 케이가 살짝 손에 힘을 주는 게 느껴졌다.

고등학생으로 보이는 남학생은 그대로 계단을 따라 전망대 가장 높은 곳까지 올라갔다. 허리까지 오는 난간을 잡고는 눈부신 듯 태양을 올려다봤다. 아주 잠깐 그 남학생은 웃는 듯 보였다. 마치 태양의 존재를 지금 막 깨달은 듯한 미소였다.

케이가 내 손을 더 꽉 잡음과 거의 동시에 남학생이 난간 아래로 떨어졌다.

난간을 넘어간 남학생의 몸은 중력에 따라 맥없이 아래로 떨어졌다. 눈 깜짝할 새도 없이 '퍽' 하는 기분 나쁜 소리가 울렸다. 물풍선이 바닥에 떨어져 터졌을 때처럼 피가 사방으로 튀었다.

그리고 거기에는 얼굴이 뭉개진 시신만이 남았다.

"아…?"

나도 모르게 얼빠진 소리가 나왔다.

'뭐지? 대체 무슨 일이 일어난 거야? 사람이 죽었어.'

전망대에는 아무도 없었다. 남학생은 뛰어내려 자살했다. 눈앞에 펼쳐진 광경을 믿지 못한 채 문득 옆에 선 케이를 봤다. 케이는 잔잔한 눈으로, 모든 자살 과정을 바라봤다.

케이는 조금도 놀라지 않았다. 모르는 사람이 보면 충격을 받아 몸이 굳어버린 듯 보일지도 모른다. 하지만 나는 알았다. 케이는 아무런 동요도 보이지 않았다. 마치 눈앞에서 일어날 일을 미리 알고 있었던 듯했다. 실제로 케이는 여기에서 무언가를 기다렸다.

'설마 이 일을?'

짐작한 순간 등줄기가 서늘해졌다. 내 마음을 읽어낸 듯 케이가 나를 향해 고개를 돌렸다. 갈색빛이 도는 커다란 눈이 호박 원석처럼 빛났다. 잠시 후 케이가 말했다.

"미야미네, 가자."

케이가 다짜고짜 내 손을 잡아당겼다. 검은 머리카락이 머플러 사이로 흘러 내려와 내 팔을 어루만졌다. 우리가 달리기 시작했을 때 등 뒤에서 날카로운 비명이 들려왔다. 비명이 비명을 부르며 연쇄적으로 패닉이 찾아왔다.

광란의 소용돌이 속에서 케이만이 침착했다. 케이만이 앞길을 비추는 빛이 보이는 듯 똑바로 걸어 나갔다.

자연공원 반대편까지 온 다음에야 케이는 겨우 멈춰 섰다. 잡고 있던 손을 가볍게 놓아버리고 근처에 있는 자판기로 다가갔다. 그리고 아무 일도 없었다는 듯이 말했다.

"목말라. 코코아 마실래?"

"…코코아는 목메지 않아?"

"그러면 아이스 코코아 마시자."

내 의문에 해결책과는 거리가 먼 말을 하면서 케이가 자판기 버튼을 눌렀다. 눈만 깜박이는 사이, 작은 두 손에 아이스 코코아가 두 개 들려 있었다.

매미 소리는 들리지 않았다. 계절이 바뀌어 있었다. 케이가 건네는 것도 그때와는 달랐다.

당연하다는 듯이 케이가 그중 하나를 내밀었다.

"자, 이건 미야미네 거."

"케이…."

"손 시려. 자, 얼른 받아."

역시 아이스 코코아는 잘못 선택한 거 아니냐는 말은 삼키고 코코아 캔을 받았다. 차갑게 식은 캔은 이 계절에 어울리지 않았다. 케이는 코코아를 한 모금 마시며 "춥네."라고 중얼거리고는 옆에 있는 벤치에 앉아 기지개를 쭉 켰다. 큰일을 하나 끝낸 고양이 같은 몸짓이었다.

케이는 평소와 조금도 다르지 않았다. 조금 전까지 평생 잊지 못할 듯한 끔찍한 사건이 마치 백일몽처럼 느껴졌다. 눈앞에서 사람이 떨어져 죽는 모습을 보는 일은 흔하지 않다. 게다가 케이 옆에서.

현실에서 도피하려는 나를 멀리서도 확실히 들리는 날카로운 사이렌 소리가 깨웠다. 그 소리를 듣는 순간 온몸에서 땀이 솟았다. 그런 나를 보고 케이는 조용히 고개를 저었다.

"네 맘 이해해. 하지만 괜찮아. 경찰은 떠들고 싶어 하는 사람들을 상대하느라 바빠서 우리를 찾아오지는 않을 거야."

대체 무엇이 괜찮다는 걸까. 사이렌 소리가 멈추자 주위는 다시 정적에 잠겼다. 조금 지나서야 나는 깨달았다.

"보여주고 싶은 게… 아까 그거였어?"

"응."

코코아를 한 모금 마시더니 케이는 담담하게 말을 이었다.

"자살한 사람의 이름은 기무라 다미오, 도내에 있는 고등학교에 다니는 1학년이야. 자신이 지망하던 학교에 진학하지 못한 일 때문에 고민하고 있었지만, 아주 평범한 남학생이었어."

"…아는 사이였어?"

"아는 사이가 아니라, 내가 일방적으로 알고 있었을 뿐이야."

허락된다면 지금 당장이라도 도망치고 싶었다. 하지만 코코아는 아직 반 이상 남아 있었고 꿰뚫는 듯한 눈동자가 나의 퇴장을 허락하지 않았다. 불길한 예감이 목구멍 안쪽을 죄어왔다. 이 감각은 전에도 느낀 적이 있었다.

케이가 내 귓가에 다가와 살짝 속삭였다.

"블루모르포, 기억하지?"

그 단어가 고막을 흔들자 결국 온몸의 피가 끓어올라 빙그르르 현기증이 났다. 어째서 지금 여기에서 그 단어가 나오는 건지, 모르는 게 아니라 모르고 싶었다.

"게임…? 플레이하면 자살하는 게임, 그건, 도시 괴담이잖아."

"모두 한낱 게임으로는 사람이 죽을 리가 없다고 생각하나 봐. 자살한 사람에게는 그들만의 이유가 있고, 누구나 인정할 만한 괴로움이 죽음으로 몰고 갔다고 생각해."

"그렇지 않아."라는 케이의 목소리가 학생회실에서 들었던 것과 겹쳤다.

이렇게 말하면서 케이는 주머니에서 스마트폰을 꺼냈다. 분홍색 케이스 표면에는 케이가 좋아하는 토끼 일러스트가 그려져 있었다. 화면을 몇 번인가 터치한 다음 보여주려는 것을 찾았는지 케이는 스마트폰을 휙 돌려 눈부신 화면을 내 쪽으로 내밀었다.

"기무라는 블루모르포 플레이어였어. 그래서 죽은 거야."

케이의 스마트폰 화면에는 좀 전에 자살한 고등학생의 학생증 사진이 떠 있었다. 그뿐만이 아니었다. 잠깐 봐서는 무슨 의미인지 알 수 없는 '클러스터 F'나 '50일째'라는 글자도 보였다. 대체 이게 다 뭐지?

얼굴을 일그러뜨린 내 표정을 개의치 않고 케이는 말을 이었다.

"그날 미야미네가 말한 블루모르포는 대부분 지어낸 이야기야. 악마와의 계약이라든가, 대부호가 상속인을 찾고 있다는 이야기도 다 틀렸어. 하긴, 지시를 따르지 않으면 자살하게 만든다는 말도 틀렸지만. 블루모르포의 규칙은 간단해. 50일에 걸쳐 플레이어는 마스터에게 받은 지시를 따르게 돼. 그리고 50일째에는 마지막 지시에 따라 자살하게 되는 거야. 예외는 없어. 마지막 지시를 완수하고 나면 플레이어는 반드시 죽어. 그게 이 게임의 전부야."

케이는 어디까지나 담담했다.

"케이가 어떻게 그런 내용을 알아?"

답을 거의 아는 질문을 굳이 물어봤다. 잠깐 시간을 두고 케이가 대답했다.

"내가 블루모르포의 마스터니까."

"거짓말이지?"

케이는 천천히 고개를 저으며 내 말을 부정했다.

"이런 걸로 거짓말하지 않아."

거의 네즈하라를 죽였다고 고백했을 때와 같았다. 하지만 이번에는 아무런 마음의 준비가 되어 있지 않았다. 그보다 왜 나는 케이에게 이런 이야기를 듣고 있는 걸까?

눈에 비친 케이는 여전히 가을 분위기를 내는 옷차림이 잘 어울려서 사랑스러웠다. 멀리서는 매미 소리 대신 다시 사이렌 소리가 울렸다. 케이의 얼굴이 가만히 다가왔다. 애초에 내가 케이의 말을 의심할 수 있을 리가 없었다. 케이가 결정적인 한마디를 속삭였다.

"블루모르포의 모티브가 뭐였는지 기억해?"

"…나비."

블루모르포라는 단어를 검색하면 나비 형태를 한 세련된 푸른 실루엣 이미지가 나온다. 도시 괴담을 빙자해 누군가가 장난으로 그렸다고 여겨졌던 그 실루엣. 교외 학습에서 본 아름다운 풍경화가 떠올랐다. 그 풍경화는 최종적으로 지역 그림 콩쿠르에도 나갔다. 요스가 케이는 그림 실력도 뛰어났다.

"그 그림, 꽤 마음에 들게끔 완성되었어."

귓가에서 케이가 속삭였다.

"기억하지? 그게 우리의 시작이니까."

잊을 리가 없었다.

요스가 케이가 선을 넘게 만든 네즈하라 아키라의 '나비 도감' 블로그.

기시감은 거기에 뿌리를 내리고 있었다.

그 한마디로 나는 케이가 블루모르포를 만들었다는 사실을 완전히 믿게 되었다. 케이가 블루모르포를 만들고 누군가를 자살하게 조종했다. 그러니 케이는 지금 이곳에서 기무라 다미오가 뛰어내릴 사실을 알고 있었고, 시간에 맞춰 내게 보여줄 수 있었다.

"…케이가 블루모르포의 마스터라는 걸, 믿는다고 해도 하지만 그게 어떻게… 무슨, 증명이…."

케이는 투명한 눈으로 나를 바라봤다. 그 눈에는 거의 온기가 느껴지지 않아서 나는 처음으로 케이가 두려워졌다.

"어제 케이가 말했잖아. 네가… 나를 좋아한다고, 그 증명을 보여주겠다고."

소리 내어 말해보니 어쩐지 더욱 이상했다. 부끄러운 연애 이야기를 했는데 어느샌가 살인 이야기로 뒤바뀌어 있었다. 악몽 같은 바꾸기 마술이 한창 진행되고 있는데도 케이는 조금도 동요하지 않았다. 그러기는커녕 당연하다는 듯 입을 열었다.

"이게 그 증명이야."

"뭐…?"

무슨 말을 하는지 알 수 없었다. 갑자기 케이의 손이 땀으로 범벅된 내 손등을 덮었다. 도망칠 수 없다고 반사적으로 생각했다.

"미야미네가 네즈하라에게 괴롭힘을 당한다는 사실을 알았을 때 나는 성선설이 진리가 아니라는 걸 깨달았어. 그건 내 가치관을 뒤흔들 정도로 큰일이었어. 미야미네가 오기 전에 우리 반은 사이가 무척 좋았잖아? 아무런 다툼도 없었고 모두가 한마음으로 움직였어. 그럴 수 있었던 건 한 사람 한 사람이 무척 좋은 아이들이기 때문이라고 생각했었어."

모두 사이좋았던 5학년 2반을 떠올렸다. 어떤 일이라도 쉽게 결정하고, 한 사람 한 사람이 제각각 어울리는 역할을 맡았던 그 학급을. 새삼스럽게 그 일이 섬뜩했다. 대체 어떻게 그런 일이 가능했던 걸까?

"하지만 아니었어. 다들 그저 주위의 분위기에 휩쓸렸던 것뿐이었어. 그러니 네즈하라 같은 악인 한 명이 본성을 드러내니까 거기에 휩쓸렸잖아? 정말로 좋은 사람만 모여 있었더라면 미야미네가 괴롭힘을 당하는 사실을 눈치챈 순간 네즈하라를 모두 함께 막았을 게 분명해."

케이 말대로 네즈하라 한 사람의 죽음만으로 괴롭힘이 멈춘 걸 보면 모두 분위기에 휩쓸렸기 때문이다. 하지만 솔직히 그 일은 어쩔 수 없었던 것이 아닌가 싶었다.

만약 네즈하라에게 반항한다면 다음은 그 사람이 타깃이 되었을지도 모른다. 네즈하라는 케이마저도 뜀틀에 가둘 정도였다. 타깃이 되면 어떤 짓이든 당할 수 있었다.

하지만 케이는 나를 위해 네즈하라에게 맞서는 부류의 사람이었다. 그렇기 때문에 케이는 평소와 전혀 다른 냉철한 얼굴로 그들을 단죄했다. 그 권리가 자신에게 있다고 믿어 의심치 않았다.

"물론…, 나도 막지 못했어. 그때 나는 아무런 힘도 없어서… 주위 사람을 올바른 방향으로 이끌지 못했어. 그래서 아무것도 생각하지 않는 모든 아이들은 아무것도 생각하지 않은 채 미야미네를 못 본 척했어. 그런 건 잘못되었어."

"그런 게 잘못되었다…니, 그럴지도 모르지만. 하지만… 어쩔 수 없는 거야. 그때는 모두 네즈하라에게 영향을 받았고, 저항할 수 없었다고 생각해. 다른 아이들을… 뭐라 할 수 없어."

"하지만 만약 반 아이들 모두가 휩쓸리지 않는 사람이었다면 어땠을까? 그때 네즈하라가 시키는 대로 하지 않고 모두 함께 저항의 의지를 내보였다면 사태는 달라졌을 거라고 생각하지 않아? 모든 학생이 아니었어도 괜찮아. 네 명만 있으면 분위기는 달라졌을지도 몰라."

"그건 그럴지도 모르지만. …모두가 케이처럼 할 수 있는 건 아니야."

'케이처럼 강한 사람만 있지는 않아.'

그 순간부터 나는 요스가 케이라는 분명하게 강한 사람과는 맞지 않는다고 느꼈다. 그래도 과거의 괴롭힘에 대한 케이의 분석은 끝나지 않았다. 끝나기는커녕 이야기는 핵심에 점점 더 가까워졌다.

"응. 그런 사람만 있지는 않아. 그래서 세계는 변하지 않아. 그렇기 때문에 블루모르포를 만들었어."

"무슨… 말이야?"

"그러니까 주위에 휩쓸리는 사람이 있으니까 안 되는 거야. 그런 사람은 자신의 의지를 잃어버리고, 착각에 빠지기 때문에 누군가에게 아무렇지 않게 상처를 입히게 되는 거야. 모르겠어? 내가 블루모르포를 만든 이유. 그 시스템이 어떻게 작용하는지."

"그런 건…."

'알 리가 없잖아.'라고 말하려다 말문이 막혔다.

케이의 말이 옳다면 블루모르포는 그저 단순히 지시를 따르기만 하는 게임이다. 50일 동안 지시를 따라서 마지막에 전송된 지시에 따라 자살하는 걸로 게임이 끝난다. 예외는 없다.

그 규칙과 좀 전까지 케이가 말한 이야기가 이어졌다. 이해하고 싶지 않은데, 6학년 때 일어났던 일과 블루모르포의 시스템이 연결되었다.

"모르겠어? 내가 누구를 죽이려는지."

힌트라도 주는 듯 케이가 말을 이었다. 나는 거의 숨을 헐떡거리며 말했다.

"…지시에 휩쓸려 자살해 버릴 만한 인간?"

케이가 살짝 끄덕였다.

"미야미네도 말했잖아. 인터넷에서 알지도 못하는 사람의 지시를 따라 자살하는 건 말이 안 된다고. 하지만 이 세상에는 그런 사람이 있어. 누군가의 말을 계속 따르다가 단 하나뿐인 생명마저도 버리는 사람이. 블루모르포라면 그런 인간을 도태시킬 수 있어. 자신의 머리로 생각하지 못하는 사람을 골라 죽일 수 있어."

그래서 블루모르포를 만들었다고? 확실히 이해하지 못할 이야기는 아니었다. 하지만 그 말은 어디까지나 탁상공론이다. 실제로 그것을 실행하는 일은 다른 이야기였다.

"그럼 케이는… 블루모르포를 통해 사람을 솎아내는 거야?"

"맞아."

케이는 조금도 주저하지 않고 대답했다. 케이에게는 두려움도 망설임도 없었다. 자신이 하는 일에 대해 케이는 자신이 있어 보였다.

만약 여기가 늘 함께 있던 학생회실이었다면 어떻게든 사실이 아니라고 부정할 수 있었을지도 모르겠다. 하지만 나는 좀 전에 블루모르포로 죽은 기무라 다미오를 본 직후였다. 시간까지 확인하며 거기에서 기다리고 있었으니 우연으로 치부할 수도 없었다.

"지금까지… 블루모르포로 몇 명이 죽었어?"

"오늘 기무라 다미오까지 서른여섯 명."

당치도 않은 숫자였다. 개학식에서 나왔던 자살률 증가에 관한 이야기가 생각났다. 블루모르포 때문이라는 어처구니없는 소문이, 사실은 가장 진실에 가까웠다고?

한심할 정도로 몸이 떨렸다. 좀 전까지 달아올랐던 몸이 케이가 쓰다듬은 부분부터 차갑게 식어가는 듯했다.

"사람을… 죽이고, 그런데도, 어떻게, 아무렇지 않아?"

"…그들은 죽어 마땅한 사람이니까."

"죽어 마땅한 사람이라니…?"

"블루모르포 플레이어는 애초에 다들 뭔가가 결여되어 있어. 블루모르포로 죽는 사람에게 부족한 게 뭔지 알아? 누군가는 온기였고, 누군가는 이해였어. 누군가는 인간관계였고. 있잖아, 미야미네. 게임 참가자는 목숨을 대신해서 그런 걸 받을 수 있어. 나는 그걸 해줄 수 있어. 적어도 그들은 만족하며 죽을 수 있어. 기무라 다미오를 봤잖아?"

확실히 전망대에서 뛰어내리기 직전에 기무라 다미오는 억지로 협박받는 듯 보이지 않았다. 상당히 초췌해지기는 했지만 죽기 직전 녀석은 어딘가 행복해 보였다. 오랫동안 이어지는 영화의 엔딩 크레딧처럼 맑은 하늘을 우러러보고 있었다.

"기무라 다미오가 불행해 보였어?"

"그렇지는… 않았어."

"정말로 죽고 싶지 않다는 의사가 있다면 내 말 따위에 죽을 리가 없잖아? 그런데 죽었다는 건 기무라 다미오는 절실하게 죽고 싶었다는 거야."

그건 젠나 미쿠리를 구했을 때와 같은 말이었다. 그때도 케이는 젠나 미쿠리의 목숨을 구한 사람은 젠나 미쿠리 자신이라는 뜻을 고수했다. 정반대의 일을 하고 있으면서도 케이는 전혀 흔들림이 없었다. 서 있는 장소는 변하지 않았다. 보는 방향이 달라졌을 뿐이다.

"그런…"

"블루모르포의 장점은 선량하고 현명한 사람이나 사실은 죽고 싶지 않은 사람은 절대로 죽지 않는다는 거야. 평범하게 살아간다면 이런 게임에 말려들지 않아. 휩쓸리지 않아. 스스로 죽겠다는 생각 같은 건 하지 않아. 블루모르포 플레이어는 모두 정말로 죽고 싶어 하는 사람이야."

케이의 망설임 없는 눈동자가 나를 향하고 있었다. 젠나 미쿠리를 설득했던 때도 마찬가지였다. 말문이 막힌 나를 두고 케이는 막힘없이 말을 이어갔다.

"죽어 마땅한 사람이 행복하게 죽을 수 있는 것 이상으로 중요한 게 있을까? 블루모르포로 죽을 만한 인간은 언젠가 분명 똑같이 무언가에 휩쓸려서 잘못을 저지를 거야. 그렇게 되면 미야미네 같은 희생자가 생겨."

그 순간 케이가 내 손 위에 올려뒀던 자기 손을 뗐다. 그 대신 내 몸을 끌어당겼다. 한순간에 내 몸은 케이에게 안겨 있었다.

"나는 더 이상 그런 걸 보고 싶지 않아."

귓가에서 속삭이는 목소리가 떨렸다. 안겨 있어서 표정은 보이지 않았지만 케이의 목소리가 유난히 뜨겁게 들렸다.

"이제 알겠지? 널 좋아해서 나는 블루모르포를 만들었어. 네가 없었다면 블루모르포를 운영할 수 없었을 거야. 그러니까 이것이 사랑의 증명이야. 내가 해줄 수 있는… 전부야."

"내, 가."

목에 뭔가가 걸린 듯 아팠다. 겨우 나온 목소리는 어린아이처럼 떨려서 제대로 말을 할 수 없었다.

"경찰에 말하면 어떻게 할 거야?"

"경찰?"

그 가능성은 충분히 생각하지 않았을 게 분명했다. 만약 케이의 말이 진짜라면 케이는 단순한 살인범이 아니었다. 연쇄 살인마였다. 케이는 벌을 받아야만 했다.

하지만 케이는 그저 미소 짓고 있었다. 아무 의심 없는 얼굴로, 조금도 우쭐거리지 않는 얼굴로.

햇살을 받아 케이의 갈색 눈동자가 더욱 선명하게 빛났다.

"말해도 괜찮아."

케이는 조금도 흔들리지 않고 조용히 말했다.

"어째서, 그런."

"미야미네는 나의 히어로잖아. 히어로라면 악과 싸워야지."

고등학생인 요스가 케이와 초등학생 시절의 케이가 겹쳐 보였다. 찰랑거리는 머리카락에, 초등학생 때 달고 있던 붉은 리본의 환영이 보였다. 의지가 강한 눈빛이 똑바로 나를 꿰뚫고 지나갔다. 그 얼굴에 상처는 이제 남아 있지 않았다.

그런데도 나는 그때 생긴 케이의 상처에 여전히 사로잡혀 있었다. 케이가 다시 입을 열었다.

"부탁이야. 내가 잘못하고 있다면 지금 여기에서 미야미네가 날 멈춰줘."

3장

1

그 시신은 한적한 고가 아래에서 발견되었다. 가끔 노숙자가 임시 거처로 이용해서 경찰이 빈번하게 강제 퇴거를 명령하던 장소이기도 했다. 그래서 시신을 발견한 여성은 처음에 단순히 쓰레기인 줄 알았다고 한다. 푸른색 비닐 시트로 둘둘 말려 있어서 더욱 그랬다. 크고 흉측해서 처분하기 곤란해 보이는 무언가. 그냥 보기에도 불법 투기했을 법한 쓰레기. 실제로 발견자는 처음에 이 '쓰레기'를 그냥 지나치려고 한 모양이었다.

그러나 지나칠 수 없었던 이유는 쓰레기가 신발을 신고 있었기 때문이다. 푸른색 비닐 시트 틈새로 삐져나온 로퍼를 보고 발견자는 바로 경찰에 신고했다. 현명한 판단이었다. 만약 시트 안을 봤더라면 앞으로 반년은 그 장면을 꿈에서 봤을 게 분명했다. 비닐 시트 안에는 도내의 한 고등학교에 다니는 2학년 여학생인 마루이 미쓰코의 시신이 있었다.

사인은 과다 출혈이라지만 진짜 원인은 알 수 없었다. 그 이유는 마루이 미쓰코 몸에 무수한 구타 흔적과 찢어진 상처가 있었기 때문이다. 전신을 뒤덮은 처참한 폭력의 흔적을 보고 경찰 관계자조차도 숨을 삼켰다. 어떤 이유가 있으면 여고생을 이렇게 죽인단 말인가?

마루이 미쓰코는 며칠 전부터 모습을 감춰 경찰이 행방을 수색하던 학생이었다. 그리고 그 결과가 싸늘한 주검으로 발견된 일이었다.

마루이 미쓰코의 부모님은 몰라보게 변한 딸의 모습을 보고 이성을 잃고 제대로 이야기조차 할 수 없었다. 무리도 아니었다. 현실에서 본 처참함은 상상을 몇 단계나 뛰어넘었기 때문이다.

마루이 미쓰코의 허벅지에는 칼을 이용해 억지로 새긴 듯한 일그러진 상처 하나가 있었다. 방사형으로 뻗은 그 상처는 얼마 지나지 않아 '나비'라고 불리게 되었다. 가는 허벅지 안쪽에 거미줄에라도 걸린 듯한 나비가 검붉은 날개를 펼치고 있었다. 그 꺼림칙한 상처는 발견 당시부터 화제가 되었다. 강한 힘으로 꽂은 듯 깊이 새겨진 상처는 처참하고 비정상적으로 보이는 린치 살인 그 자체로 보였기 때문이다.

그 후 경찰은 몇 번이나 '나비'를 품은 시신을 마주하게 되었다.

마루이 미쓰코가 발견되었을 무렵, 경시청 수사1과 소속 이루미 도코 형사는 정글짐에 목을 맨 남자 고등학생의 조서를 작성하고 있었다. 이름은 노즈미 겐타, 16세. 사인은 목을 맨 질식사. 발견자는 근처에 살며 강아지 산책을 시키던 노인이었다.

그렇지 않아도 자살은 우울한 안건인데 고등학생의 자살이라면 우울감은 한층 더했다. 노즈미 겐타의 살아생전 사진을 확인하면서 이루미는 깊은 한숨을 쉬었다. 단정한 얼굴에는 피로한 기색이 짙게 스며 있었다. 그런 이루미를 본 다카쿠라가 가볍게 말을 걸었다.

"이루미 선배님, 그 건 어떤가요?"

"어떻냐니?"

"어제 아침에 발견한 거죠? 발견한 사람이 정신이 나가서 제대로 이야기를 듣지 못했다는 건 결국 사건성이 있었습니까?"

"아니, 자살이야. 부검 결과도 그렇게 나왔고, 내가 보기에도 의심할 여지는 없어."

게다가 노즈미 겐타가 목을 매단 정글짐에는 정성스레 직접 쓴 유서까지 있었다. "지금까지 감사했습니다. 저는 죽으려 합니다."라고만 쓴, 지나치게 간단한 유서였지만 틀림없이 겐타의 필적이었다.

"하지만 이상하단 말이지."

"뭐가 말입니까?"

"최근에 이런 패턴의 사건이 너무 많아."

이루미는 태블릿 화면을 툭툭 두 번 두드렸다.

"도리데 나미코, 다바타 유사쿠, 가이 마사코, 야마다 나쓰메, 무라이 하쓰요, 이가시라 고헤이, 노즈미 겐타. 그리고 기무라 다미오. 이번 달만 해도 비슷한 또래의 중고등학생이 여덟 명이나 자살했어. 게다가 모두 제대로 유서를 남겨서 틀림없이 자살이라는 사실을 표명하며 죽었어."

"…꺼림칙한 이야기네요."

"꺼림칙한 이야기인데다가 이상한 이야기야. 무엇보다 모두 죽기 약 2주 전부터 이상한 행동을 하기 시작했고, 기무라 다미오를 제외한 전원이 새벽에 죽었어."

노즈미 겐타의 경우도 마찬가지였다. 노즈미는 새벽 4시 무렵에 집을 빠져나와 근처 공원으로 향했고, 정글짐에 목을 매달아 죽었다.

"공원에 사람이 있는 시간대라면 누군가가 막을 가능성이 있어서가 아닐까요?"

"뭐, 대낮에 당당하게 할 일은 아니긴 하지. 하지만 이 일곱 명 중 한 명… 가이 마사코는 새벽 4시 무렵 자기 집 욕실에서 면도날로 목을 그어서 죽었어. 이 경우는 결코 다른 사람의 눈을 피한 행위라고 생각할 수 없어. 그리고 야마다 나쓰메의 패턴도. 역시 같은 시간대에 자택 맨션 옥상에서 뛰어내려 죽었는데, 주민이라면 옥상은 자유롭게 출입할 수 있었어."

"… 그렇군요."

"그보다 단순하게 새벽 4시에 자살하는 일이 일곱 건이나 이어졌다는 사실 자체가 이상해."

"이렇게 말하면 좀 그렇긴 한데, 저주 같아서 솔직히 섬뜩하네요."

"저주가 아니었다면 더 섬뜩할 테지만 말이지."

이루미는 진지한 얼굴로 말했다. 확실히 그랬다. 초현실적인 무언가가 아무것도 개입하지 않고 그저 담담하게 사람이 죽는다는 건 간단히 말해 악몽이다.

"나는 이게 집단 자살이 아닐까 생각하고 있어."

"집단 자살이요? 죽은 사람들이 서로 아는 사이였을까요?"

"아니, 일곱 명에게 접점은 하나도 없어. 다니는 학교도, 사는 장소도, 죽은 날짜도 달라. …짐작해 볼 만한 건 집단 자살 사이트나 뭔가를 통해 서로 알게 되어 죽을 약속을 했다거나…."

흔히 말하는 '인터넷 동반 자살'이라고 불리는 패턴이다. 죽고 싶다는 생각에 빠진 사람이 인터넷을 통해 자살을 원하는 다른 사람을 찾아서 각자 자신의 괴로움에 대해 서로 이야기를 나누고는 죽는다. 인터넷 동반 자살의 경우 반드시 같은 날 같은 시각에 자살하는 건 아니다. 죽은 학생들에게 접점이 없어도 상관없는 셈이다.

하지만 이루미는 위화감을 떨칠 수 없었다. 좋게든 나쁘게든 인터넷 동반 자살을 하려는 사람들에게는 일종의 패턴이 있다. 그에 비해 이번 일곱 명은 상당히 개인주의고, 일정한 궤도도 없었다. 자살 수단도 날짜도 제각각인데 자살한 시각만 기묘하게 일치했다. 서로 미리 짰다기보다는 무언가 다른 것을 따르고 있는 듯한….

"죽은 일곱 명의 SNS 등은 확인되었습니까?"

"확인했어. 하지만 특별한 건 나오지 않았어. 이상할 정도로 깨끗했단 말이지. 죽고 싶다는 말도 가벼운 농담처럼 나왔을 뿐이고."

자살을 원하는 사람이라면 적지 않게 일상의 괴로움을 털어놓거나 자살 충동을 에둘러 암시하는 법이지만 이번 노즈미 겐타의 SNS 계정에 남아 있는 내용은 수업과 자신이 소속되어 있는 축구부에 관련된 평범한 일상 이야기와 흔히들 말하는 진로에 대한 불안뿐이었다.

"게다가 일곱 명은 SNS상에서 서로 팔로우하고 있지도 않았어. 물론 메신저 앱 같은 걸 사용해서 개인적으로 교류했을 가능성, 자살 전에 그 앱을 지웠을 가능성도 없지는 않지만…. 어느 SNS를 사용했는지도 모르는데 닥치는 대로 복원을 의뢰할수도 없으니."

그야말로 국내외를 다 합하면 SNS는 하늘의 별만큼 많다. 무엇을 사용했고, 무엇을 사용하지 않았는지를 알아내는 일은 불가능에 가까웠다. 주요한 것부터 하나씩 조사한다고 해도 거기에 들어갈 수고는 분명 끝이 없을 테고. 몇 개쯤 시도는 해보겠지만 결과가 나오기까지 시간이 걸린다.

"음, 그 외에도 결정적인 공통점이 있기는 한데."

"그런 게 있습니까? 그런 건 먼저 말씀해 주세요."

"…아직 고민 중이야. 과도하게 공통점을 찾다가 생긴 잘못된 판단일지도 모르고. 단순히 무언가의 영향일지도 몰라. 어떤 신흥 종교이거나 정말로 저주일지도. 그래서 결정적 공통점에 관한 내용은 마지막에…."

"꽤 한가해 보이는군, 이루미. 젊은 놈 앞에서 이러쿵저러쿵 설명이나 늘어놓으면서 경찰 놀이라도 하고 있냐?"

누가 들어도 악의가 역력한 목소리였다.

"이쪽은 속이 뒤집히는 린치 사건을 담당하고 있다고."

"아이고, 고생 많으십니다."

꿈쩍도 하지 않고 되받아치는 이루미를 보고 히무로 마모루는 분한 듯이 콧방귀를 끼었다. 요즘 히무로는 완전히 지친 노인 같았다. 아직 마흔 살도 되지 않았을 텐데 구겨진 셔츠와 제멋대로 자란 수염, 퀭한 눈이 그런 인상을 줬다.

그런데도 몸은 이전과 다름없이 근육질이어서 더욱 언밸런스했다.

"이렇게 히무로 형사가 성실하게 수사해 준 덕분에 우리도 담당하는 사건에 집중할 수 있는 거 아닌가. 고맙게 생각해."

"말솜씨가 사기꾼 뺨치네. 감사할 시간 있으면 차라도 한 잔 내 와 보시지."

"그건 내 업무가 아니라서."

담담하게 대꾸하는 이루미의 태도에 화가 났는지 히무로는 큰 소리로 혀를 차고는 자기 자리로 향했다. 그 뒷모습에 대고 "아, 잠깐 괜찮을까?"라고 다시 이루미가 말을 걸었다.

　"히무로 형사가 담당하고 있는 사건, 그 고가 아래에서 발견된 린치 살인이지? 그거 내게도 좀 자세히 알려주겠어? 피해자가 고등학생이라던데."

　"그걸 내가 왜 네게 알려줘야 하지? 넌 죽은 정신병자 담당이잖아."

　"저기, 나한테 뭐라고 하는 건 상관없는데, 죽은 아이들한테까지 말을 함부로 할 필요는 없잖아?"

　"히무로 형사님, 도가 좀 지나쳤습니다."

　옆에서 계속 듣고만 있던 다카쿠라가 끼어들었다. 다카쿠라는 혐오감을 숨기지 않고 히무로를 노려봤다.

　"그런 사건을 일으키고는 이루미 선배님께 뭐라고 하시는 겁니까? 그 일로 얼마나 주변에 폐를 끼쳤는지 아직도 모르시는 것 같습니다."

　"하아? 그거 나한테 하는 말이야? 각오는 하고 지껄이는 거지?"

　"이런 태도니까 그런 사태를 일으킨 거 아닙니…."

　"다카쿠라, 그만해."

　조용한 목소리로 이루미가 제지했다.

　"이런 일로 주의 주게 하지 마."

이루미의 말에 분위기가 조금 진정되었다. 히무로는 다시 한 번 큰 소리로 혀를 차고는 어딘가로 횡하니 나가버렸다. 아마도 흡연실에 가는 모양이다. 다카쿠라는 작게 한숨을 뱉었다.

"히무로 형사님 요즘 어쩐지 좀 이상해요."

"경찰도 인간이니까…, 정신적으로 내몰리는 일도 있어."

"히무로 형사님은 그 사건에서 벗어나지 못한 걸까요?"

"글쎄, 나도 모르지."

히무로 마모루는 6개월 전쯤 피의자를 사살했다.

사살된 남자는 편의점을 털다가 현행범으로 체포되었는데 아주 잠깐의 틈을 노려 히무로가 가지고 있던 권총을 뺏으려고 시도했다. 그러던 와중에 히무로와 강도가 몸싸움을 하다가 결국 강도는 사살되었다.

히무로는 맹렬한 비난을 받았다. 무리도 아니었다. 애초에 일본에서는 웬만한 일로는 총을 발포하지 않는다. 거기에다가 참극이 벌어진 건 전적으로 히무로의 실수였다.

히무로는 오랫동안 능력을 인정받은 경찰이었다. 그 공적도 있어서 표면적으로는 징계받지 않았다. 비판의 목소리가 높아지고 격렬한 비난을 받은 일 이외에는 아무 일도 일어나지 않았다.

하지만 그 사건 이후 히무로는 확실히 변했다.

여유가 없어졌는지 주위 사람들과 빈번하게 트러블을 일으켰다. 좀 전처럼 생트집을 잡기도 하고 반대로 피해망상에 사로

잡히기도 했다.

주변에서는 심리 상담을 받아야 한다는 의견도 있었다. 하지만 히무로가 그 조언을 흔쾌히 받아들일 리 없었다.

"어떻게든 스스로 해결하는 수밖에 없어. 실제로 주변에서 계속 조언해 주고 있기도 하고."

과연 그런 사람을 구할 방법이 있는 걸까? 치료마저 거부하면서 서서히 붕괴해 가는 사람을 구할 수단. 이루미는 잠시 생각하다가 히무로가 남겨둔 자료를 들고 가볍게 페이지를 넘겨봤다.

"이번에는 같은 연령대의 학생이 피해자가 된 린치 살인 사건인가…."

그리고 어떤 페이지를 본 순간 그대로 멈춰서 숨을 삼켰다.

"말도 안 돼…."

"왜 그러십니까?"

"좀 전에 죽은 아이들에게 공통점이 있다고 했잖아? 바로 이 거야."

이루미는 태블릿을 열어 사진 몇 장을 보여줬다. 사진에는 확대된 신체 부분인 팔뚝이나 가슴, 다리 뒷부분이 찍혀 있었다.

사진 속 신체 부위에는 전부 검붉은 상처가 있었다. 크기와 형태, 상처의 회복 정도는 제각각 달랐지만 무딘 칼로 억지로 새긴 듯한 그 상처에는 하나같이 독특한 불길함이 느껴졌다.

"아마도 개개인에 따라 통증에 대한 내성과 견딜 수 있는 정도가 달랐겠지. 불규칙하기 때문에 가능성이 매우 낮아서 우연히 비슷한 상처가 생긴 게 아닌가 했어. 그래서 이 상처에 관한 이야기를 바로 하지 않았어. 봐봐, 다카쿠라 형사 눈에는 이게 무슨 모양으로 보이나?"

머뭇거리는 다카쿠라 앞에서 이루미는 분명하게 말했다.

"내 눈에는 나비처럼 보여."

이루미는 다그치듯이 마루이 미쓰코의 조서에 첨부되어 있던 사진을 보여줬다. 사진 속에는 허벅지에 새겨진 나비 형태의 상처가 있었다.

"드디어 아홉 명의 공통점을 찾았어. 자살과 살인의 차이는 있지만 최근 죽은 중고등학생들에게는 모두 같은 나비 형태의 상처가 있어."

2

알람 시계가 울리기 훨씬 전에 잠에서 깼다. 어제는 집에 돌아오자마자 잠자리에 들었으니 그만큼 일찍 일어난 셈이다. 7시간, 규칙적인 수면 시간이 오늘만큼은 지긋지긋했다. 이제 겨우 아침 해가 막 뜬 시각이었다. 커튼 틈으로 저녁노을을 닮은 붉은빛이 들어왔다.

눈앞에서 사람이 죽는 모습을 봤다. 케이에게서 충격적인 고백을 들었다. 모든 내용이 너무나도 충격적이라 대부분 받아들이지 못했다. 저녁밥도 제대로 먹지 못하고 그대로 방에 틀어박힐 정도였다.

더는 아무것도 생각하고 싶지 않았다. 의식을 가라앉혀 두지 않으면 어제 벌어진 살인이 다시 떠올랐다.

저녁을 안 먹었다고 이런 상황에서도 배가 고프고 목은 바짝 말랐다. 무시하고 계속 잘 수도 없어서 느릿느릿 방에서 나왔다.

냉장고 안에는 랩을 씌워둔 새우튀김이 있었다. 곁들여 놓은 양배추는 이미 시들시들했다. 아마도 저녁으로 낼 예정이었던 듯싶다. 랩을 벗기고 아무런 소스도 뿌리지 않고 차가운 상태 그대로 먹었다. 오랜만의 자극에 혀가 미세하게 저려서 목구멍 안쪽에 통증이 느껴졌다. 이런 상황에서도 맛있었다.

배고픔이 사라지자 인간으로 되돌아온 듯했다. 그대로 새우튀김을 다 먹을 즈음에는 묘하게 상태가 안정되었다. 빈 접시를 싱크대에 두고 방으로 돌아와 바로 '블루모르포'를 검색했다.

주르륵, 검색되어 나온 목록에는 질이 떨어지는 요약정리 사이트나 도시 괴담처럼 공포심을 조장하는 게시판 같은 것뿐이었다. 진지하게 내용을 다루는 사이트를 봐도 내가 아는 내용과 별로 다르지 않았다. 나머지는 블루모르포에 참가하는 방법을 진지하게 물어보는 사람들이 드문드문 댓글을 남긴 정도였다.

여전히 많은 사람이 단순한 도시 괴담이라고 생각했다. 일종의 현실 탈출 게임인 블루모르포.

'플레이하면 죽는 게임'이라는 저속한 선전 문구와 케이가 진지하게 이야기했던 '도태'라는 말이 잘 이어지지 않았다. 생각하다 보면 결국은 기무라 다미오가 뛰어내려 자살한 일이 떠올랐다.

블루모르포에 대해 이야기하는 사람들은 모두 똑같이 '이런 걸로 죽을 리가 없다.', '이런 게임으로 죽는 녀석은 이 게임이 아니더라도 죽었을 거다.'라고 삐딱하게 보는 댓글을 남기고 있었다. 자칫하면 기무라 다미오의 사건을 말해버릴 뻔했다. 블루모르포를 통해 진짜로 사람이 죽었다고.

그러면서 한편으로는 이런 생각도 들었다.

'블루모르포에 영향을 받아 자살하는 사람과 그렇지 않은 사람을 다들 구별하지 못한다. 기무라 다미오도 단순 자살이라고만 했으니까. 그렇다면 블루모르포는 아무도 모르는 사이에 조용히 세상을 바꿔갈지도 모른다. 그렇게 된다면 케이 말처럼 휩쓸리지 않는 인간만이 살아남을지도 모른다.'

이 나라의 전체 인구를 생각한다면 어처구니없는 이야기지만, 케이라면 어쩐지 이뤄내지 않을까 싶었다. 그렇다면 정말로 나 같은 피해자가 사라질지도.

이런 생각을 하는 사이에 평소 일어나던 기상 시간이 되었다. 천천히 옷을 갈아입고 방에서 나오자 마침 정장을 입은 엄마가 부엌에서 아침 준비를 하고 있었다.

"아들, 잘 잤어? 냉장고에 있던 새우튀김만 먹은 거야?"

"그… 한밤중에 깼는데, 그게, 맛있어 보여서."

"밥솥에 밥도 있었는데."

아무것도 모르는 엄마가 웃으며 말하는데 위가 쓰려왔다. 몇 년 전부터 나는 엄마에게 줄곧 숨기는 일이 있었다.

텔레비전을 켜서 뉴스를 확인해 봐도 기무라 다미오의 자살은 아직 기사로 나오지 않았다. 그보다는 한 정치가의 부당 기부금 의혹이 떠들썩할 뿐이었다.

평소보다 일찍 나와 케이네 집 초인종을 누르자 "잠깐만 기다려."라는 케이의 말에 이어 케이 어머니의 목소리가 들렸다. 달칵 소리를 내며 문이 열리자 평소와 다르지 않은 모습으로 케이가 나왔다.

"안녕, 어제는 고마웠어."

"고맙… 다니…?"

"내 볼일에 따라와 줬잖아? 그러니까."

이렇게 말한 케이가 아무 걱정 없는 얼굴로 웃었다. 뭐라 말해야 좋을지 망설이는 사이, 케이가 내 손을 잡았다.

"같이 학교에 가자고 말하려는 거지? 그러면 빨리 가자."

마치 연인 사이처럼 케이가 내 손을 잡아당겼다. 손을 뿌리치지 못하고 그대로 버스 정류장까지 케이의 손에 이끌려 걸었다.

"부탁이야. 내가 잘못하고 있다면, 틀렸다면 지금 여기에서 미야미네가 날 멈춰줘."

이 말을 들은 순간, 미끄럼틀 사고 때로 돌아가 피를 흘리던 케이의 모습이 머릿속에 스쳤다. 네즈하라를 죽였다고 말했던 케이의 모습도 스쳤다. 그리고 기무라 다미오가 뛰어내리는 모습도. 호흡이 가빠지고 머릿속이 뜨거워졌다.

"틀리지 않았어."

생각이 정리되지 않은 채 그 말이 내 입 밖으로 먼저 튀어나왔다.

"케이는… 틀리지 않았어. 경찰에는 말하지 않을 거야. 괜찮아. 나는 케이 편이니까."

스스로 생각하기에도 의미 없는 말이었다. 상황을 냉정하게 판단했던 건 아니었다. 다만 그 말을 내뱉었을 때는 그저 케이가 경찰에 붙잡히지 않기를 바라는 마음 하나뿐이었다.

그 뒤에 무슨 말을 했는지 기억나지 않는다. 한심하게도 눈물이 흘러나왔고, 오히려 내가 케이에게 용서를 구하는 듯한 모습이 되어버렸다.

영원히 이어질 듯했던 내 말을 케이의 입술이 막았다.

케이가 키스한 순간 문득 아르투어 슈니츨러가 쓴 소설이 떠올랐다. 그 소설에서는 신뢰를 증명하고자 주인공이 형에게 병원 소개장을 건넨다. "내가 미친 건지 아닌지 형이 판단해 줬으면 해."라고 말하며, 자신의 모든 걸 맡긴다.

우리가 처한 상황은 마치 그 소설 속 상황과 같았다. 케이는 모든 걸 내게 맡겼다. 윤리와 도덕, 애정 사이에서 나의 저울이

미친 듯이 움직였다.

나는 케이를 상처로부터 지키고, 세상의 불합리에서 구하는 그런 히어로가 되고 싶었다. 하지만 내가 할 수 있는 거라고는 케이의 살인을 긍정하는 일뿐이었다.

맞잡은 케이의 손에서 살짝 높은 체온이 느껴졌다. 케이 옆에서 걷는 일만으로 다행이다 싶어서 가슴이 저렸다. 케이가 무척이나 자연스럽게 대화를 이끌어 줘서 무슨 말을 해야 할지 망설일 필요도 없었다. 중간중간 찾아드는 침묵조차도 마음이 편안했다.

그런데도 아침 햇살에 섞여 여전히 어제의 장면이 플래시백되었다. 부드러운 공기 중에 끼어들어 오는 선명하고 강렬한 장면이 지금 이 시간을 단순한 행복으로 만들어 주지 않았다.

그런 내 모습을 눈치챘는지 학교에 도착할 때쯤 케이가 말했다.

"블루모르포가 신경 쓰여?"

나도 모르게 숨을 삼켰다. 케이는 천천히 말을 이었다.

"그럼 방과 후에 학생회실로 올래?"

귓가에 대고 케이가 속삭였다. 잡담과 다르지 않은 톤으로 블루모르포라는 단어가 메아리쳤다.

수업을 마치고 학생회실에 가자 거기에는 케이 말고 미야오도 있었다. 미야오는 나를 발견하자마자 "아!" 하며 잔뜩 들뜬 목소리로 허둥지둥 다가왔다.

"얘기 들었어요. 드디어 요스가 케이 선배님이랑 사귀기로 했다면서요?"

"어?"

나도 모르게 케이 쪽을 봤다. 케이는 장난스러운 얼굴로 나를 보더니 손가락으로 살짝 브이를 그렸다.

"그럼 전 이만 가볼게요. 나머지는 두 분이서 잘 해보세요."

미야오는 얼굴에 웃음을 숨기지 못했다. 둘만 남은 학생회실에서 잠시 시간을 두고 케이의 목소리가 울렸다.

"미안… 기뻐서 그만. 다른 사람들에게 말하는 거 싫어?"

"싫, 은 건… 아니지만…."

"다행이다."

웃으며 하는 말이 평소 케이답지 않은 목소리였다. 정말 보기 드물게 요스가 케이가 들떠 있었다. 마치 오랜 사랑이 결실을 맺어 기뻐하는 평범한 여학생 같았다. 그 여운을 느끼며 케이가 말했다.

"블루모르포… 이야기해야지. 뭐부터 말하면 좋으려나."

"케이가 말하고 싶은 이야기부터 해."

"일부러 만든 자리니까 조금만 가까이 와줄래? 밖에 들리지 않게."

좀 전에 나간 미야오는 우리가 이런 이야기를 하고 있을 줄은 상상도 못 하겠지. 나는 케이 말대로 바로 옆 의자에 앉았다.

케이는 굳이 허벅지가 닿을 정도로 가까이 의자를 당겨 앉았다.

"나는… 아직, 전부 받아들인 건 아니라, 그… 케이는… 언제 블루모르포를 시작했어?"

동요하는 나와 냉정하게 동기를 묻는 나 사이에서 괴리감이 느껴지며 우스꽝스러웠다. 경찰에 알리지도 케이를 막지도 못하면서 케이에 대해 알려고 하는 마음이 스스로 생각해도 이상했다. 혼란한 내 마음은 내버려 두고 케이는 이야기를 꺼냈다.

"블루모르포의 구상 자체는 오래전부터 했었어. 이걸로 내 목표를 달성할 수 있을지도 모른다는 확신이 생겼을 때 첫 번째 사람에게 작업을 걸었고."

블루모르포를 어떻게 시작했는지 케이는 차분히 설명해 주었다.

첫 번째 사람은 어느 SNS에서 골랐다고 했다. 대부분 고등학생이 계정을 가지고 있고, 공개, 비공개로 개인적인 일기나 사진을 올리는 SNS였다. 케이는 그 방대한 계정 속에서 한 사람을 골라 메시지를 보냈다.

"그때 내가 선택한 사람은 죽고 싶다는 말을 반복해서 올리는데도 그 말에 대해 아무도 반응해 주지 않는 학생이었어. 누군가가 위로해 주거나 조금이라도 반응해 주는 유저가 있는 사람은 피했거든. 막연히 그저 도움을 요청하는 학생에게 메시지를 보내서 우선은 '나도 죽고 싶어.'라고 공감해 주는 거야. 그 아이와는 금방 사이가 가까워졌어."

거기까지는 쉽게 상상할 수 있었다. 케이는 누구와도 사이좋게 지낼 사람이었다. 다른 사람의 기분에 잘 공감하고 어떻게 하면 상대가 기뻐할지 잘 이해하니까.

케이가 고른 그 여학생이 좋아하던 건 교과서에 실릴 만한 작가의 조금 마이너한 단편이었다. 분명 대표작으로 언급되지는 않았지만, 소설을 조금 좋아하는 사람이라면 충분히 읽어봤을 법한 작품이었다. 케이는 그런 단편을 알고 있다니 대단하다고 온갖 말로 칭찬하며 여학생의 감상을 듣고 싶다고 했다.

"감상을 들어서 뭘 알 수 있어?"

"그건 말이야. 그 애가 다른 사람에게 어떻게 보이고 싶은지 알 수 있다고 해야 하나."

그렇게 사이가 좋아지고 나면 그 애가 슬퍼하는 원인을 찾아갔다. 통화 앱으로 실제로 대화도 했다고 한다. 그 애는 매일 밤 자신이 얼마나 불행한지 케이에게 계속 이야기했다. 내용은 하나같이 시시했지만, 반복해서 말하는 사이에 정말로 자신이 되돌릴 수 없는 불행 속에 있다고 굳게 믿었다.

이후로는 굴러떨어지는 일만 남았다. 케이는 그 애의 불행이 얼마나 남다르고 구원받을 수 없는지 인정해 주기만 하면 그만이었다. 케이와 교류한 지 2개월이 지났을 때 그 애는 케이를 알게 되어 다행이라는 메시지를 남기고 자살했다.

"케이가 죽으라고 말했어?"

"나는 그저 얘기를 나눴을 뿐이야."

그 말을 들은 순간 솔직히 판단이 서지 않았다.

첫 번째 희생자인 그 여학생은 과연 요스가 케이가 죽었다고 할 수 있을까? 자살 교사라는 죄가 있기는 하지만 케이는 그저 그 학생과 이야기를 나눴을 뿐이다.

"그러고 나서 두세 명에게 똑같이 했어. 그때가 중학교 3학년 무렵이야."

내게 공부를 가르쳐주면서 한편으로 누군가의 자살 충동을 독려하고 있었다고 생각하니 등줄기가 조금 서늘해졌다. 공부를 가르쳐주는 케이의 다정한 목소리가 좋았다. 그 목소리로 케이는 밤마다 누군가를 '흘려보내고' 있었단 말인가.

"그리고 고등학생이 되고 나서 블루모르포를 만들었어. 하지만… 블루모르포의 시스템을 만든 사람은 본질적으로는 바로 미야미네야."

"나라고?"

나도 모르게 뒤집힌 목소리가 튀어나왔다.

케이가 미간에 주름을 살짝 찌푸리고는 말했다.

"나는 그 일을 계속 생각했었어. 그러다 보니 알게 된 사실이 있어. 왜 주변 사람들이 괴롭힘을 막지 못했는지."

케이는 내게 공부를 가르쳐주던 때와 같은 영리한 표정으로 이야기를 이어갔다.

"네즈하라의 괴롭힘은 날이 갈수록 점점 심해졌잖아? 날마다 한 단계씩 올라갔어."

"분명… 그렇긴 했지."

"네즈하라가 처음부터 미야미네의 뼈를 부러뜨렸다면 주변 사람들이 막았을 거야."

케이는 분명한 말투로 말했다.

"최소한 지나치다고 확실하게 말했을걸. 하지만 실제로 미야미네의 뼈가 부러졌을 때 주변 사람들은 아무런 신경을 쓰지 않았잖아? 그건 악의에 익숙해졌기 때문이야. 처음에는 무시나 악담으로 시작했지만 점점 필기도구를 감추고, 교과서를 감추고, 신발을 감추고, 나중에는 물을 뒤집어씌우거나 가둬버리는 등… 단계적으로 과격해졌잖아? 그런 상황이 계속되면 심리적 저항이 무척 낮아져. 그렇게 해서 마지막에 직접적으로 처참한 폭력을 가해도 아무것도 느끼지 못하게 돼."

케이의 말이 맞았다. 처음에는 정말로 사소한 일이어서 모두 무시해도 어쩔 수 없다고 생각할 만했다. 나조차도 처음에는 신경 쓰지 않으려고 노력했을 정도였으니.

하지만 결국 모두, 당사자인 네즈하라까지도 내게 상처 입히는 일에 익숙해졌다.

"우선은 단순한 지시를 따르도록 해."

케이는 검지를 세우며 말했다.

"'이 정도라면 괜찮아, 이 정도라면 문제없어.' 이렇게 느낄 만한 일을 하도록 말이야. 블루모르포에서 제일 처음 내리는 지시는 '아무 종이에나 나비를 그린다.'야. 이건 간단하면서도 바로 할 수 있는 일이잖아? 이 정도는 모두 바로 해줘. 다음으로 '자신의 손목 길이를 잰다.'라거나 '블루모르포용으로 새로운 펜을 산다.'거나 사소한 지시를 내리면 그런 지시들도 따라 줘. 그러면 나중에는 '손목 위에 나비를 그려본다.' 같은 지시도 따르게 돼."

케이가 말하는 지시는 정말로 시시한 일이었다. 확실히 조금씩 단계가 올라가는 듯했지만 쉽게 할 수 있는 일이었다.

"하지만 나비를 그리는 일과 높은 곳에서 뛰어내려 자살하는 일은 전혀 달라."

"있지…, 미야미네. 기억해? 내게 죽고 싶다고 말한 적 있었잖아?"

그 말을 들은 순간 내 의식이 교직원용 신발장 앞으로 되돌아갔다. 어른에게 말하는 편이 좋겠다고 날 설득하는 케이 앞에서 눈물을 흘리며 소리치던 날 한 이야기다.

"말했어…. 케이에게 나비 도감을 들켰을 때…."

"네가 그런 말을 했을 때 난 너무 충격이었어. 왜 그런 말을 하는지 궁금했어. 그리고 깨달았어. 넌 그 무렵에 거의 잠을 못 잤다고 했지?"

"응…. 불면증이었어."

"바로 그거야. 그래서 제대로 상황을 판단할 수 없었던 거고. 정신적으로 죽음에 내몰려 있던 거야. 잠을 못 자면 사람은 죽음으로 향하게 돼. 이런 사실을 네즈하라와 미야미네의 사례에서 배웠어."

마치 물을 길어 올리듯 케이가 그 사건에서 지식을 추출하고 있었다.

"지시를 따르는 일에 익숙해지면 그다음에는 그런 내용을 새벽 4시에 하도록 지시해. 그런 식으로 수면 시간을 깎아 먹는 지시를 계속해서 내리는 거야. 새벽 무렵 옥상에 올라가 어둠 속에서 해가 뜨기를 기다리게 하거나. 새벽에 집에서 나와 다리 위로 가게 하거나. 그러면 플레이어는 눈에 띄게 사고 능력이 떨어지기 시작해."

"그런 다음에는 어떻게 해?"

"이 단계에서 어느 정도 걸러져. 그저 시키는 대로 휩쓸려서 지시를 따라가는 사람에게는 끝까지 해낼 잠재력이 보여. 그런 사람에게는 내가 직접 이야기하는 거야. 첫 번째 여학생처럼. 그리고 남은 과제도 완수하게 하면, 그걸로 끝이야."

케이는 마법을 부리듯 손가락을 팔랑거리더니 마지막에는 주먹을 꽉 쥐어 보였다.

"이런 걸로 사람이 죽는다니 믿어지지 않아? 그런 마음은 이 해해. 하지만 이 방법으로 이미 서른여섯 명이 죽었어."

36명이라는 숫자가 실감 나지 않았다. 내 머릿속에 떠오르는 건 눈앞에서 죽은 기무라 다미오뿐이었다.

"지금도 블루모르포를 운영하고 있어?"

"응."

"…그래서?"

"그래서라니?"

"내가 케이를 위해 뭘 할 수 있어?"

지금 이 마당에 하기에는 한심한 소리였다. 잠시 후 케이가 말했다.

"나를 지켜봐 줬으면 해."

강인한 목소리와는 달리 케이는 연약하게 울먹이는 표정을 짓고 있었다.

"나는 약해서 헤매기도 하고 도망치고 싶어질지도 몰라. 그렇게 되지 않도록 네가 나를 감시해 줘."

이런 케이의 모습은 오랜만이었다. 그야말로 뜀틀에 갇혔을 때와 같은 목소리였다.

"넌 어떤 상황에서도 내 곁에 있어 줬어. 나를 지켜봐 줬어. 그게 얼마나 내게 힘이 되었는지."

케이는 여기까지 말하고 살짝 침을 삼켰다. 어쩌면 눈물을 참고 있는지도 몰랐다. 케이는 천천히 눈을 감고 말을 이었다.

"기무라의 일도 그래. 네가 곁에 있어 줘서 내가 한 일을 끝까지 분명하게 지켜볼 수 있었어. 혼자였다면 아마 도망쳤을지도 몰라."

케이답지 않게 긴장했던 옆모습이 떠올랐다. 어쩌면 케이는 그 공원에서 처음으로 자신이 지시를 내린 사람이 죽는 장면을 봤을지도 모른다. 자살하도록 유도하는 일이 어떤 건지 그제야 제대로 마주했을지도 모른다.

사방으로 흩어지는 붉은빛을 보면서 케이는 무슨 생각을 했을까?

그때 케이가 내 가슴에 천천히 손을 얹었다. 심장이 있는 부분, 빠르게 뛰는 고동이 케이의 손에 그대로 전해졌다.

"하지만…, 만약 미야미네가 나의 폴라리스가 되어준다면 나는 더 이상 무섭지 않아. 약속해. 분명 나는 헤매지 않을 거야. 그러니까 미야미네, 다시 말할게. …내 곁에 있어 줘. 네가 나의 정의를 늘 같은 자리에서 지켜봐 줘."

케이가 깊은 한숨을 내쉬었다. 한숨과 함께 케이의 눈에 천천히 눈물이 맺혔다. 어떻게 해야 좋을지 몰랐다.

이런 상황까지 와서도 나는 아직 블루모르포에 강한 저항을 느꼈다. 내가 좋아했던 건 자살 방지 연설을 하던 요스가 케이였기 때문이다.

만난 지 얼마 안 되었을 무렵 제대로 말하지 못했던 내 손을 이끌어 준 케이이고, 내 등 뒤를 든든하게 받쳐주던 케이였다. 하지만 나를 위해 네즈하라 아키라에게 맞서려다 떔틀에 갇힌 케이이고, 내 신발을 교직원 신발장에서 다른 곳으로 숨겨준 케이이기도 했다.

그리고 무엇보다 죽을 것 같았던 나를 구하려고 네즈하라 아키라를 죽이고, 나 같은 인간이 더는 생기지 않도록 블루모르포를 만들어낸 케이이기도 했다.

내가 사랑하는 요스가 케이는 어떤 방향으로든 지금의 케이와 연결되어 있었다. 어딘가에 경계선을 그으려고 한다면 그전까지의 케이를 부정하는 일이 되어버렸다.

무엇보다도 케이가 결정적으로 바뀐 계기는 나였다.

그때 내가 괴롭힘을 당하지 않았더라면. 네즈하라 아키라의 눈 밖에 나지 않았더라면. 케이가 뜀틀 안에 갇히지 않았더라면. 그랬다면 케이가 이상해질 일도 없었다. 케이가 사람을 죽일 일도 없었다. 어쩌면 네즈하라 아키라를 죽인 죄책감이 케이의 마음을 무너뜨려 버렸는지도 몰랐다.

그리고 지금도 케이는 무너져 버릴 듯한 마음으로 하필이면 나를 버팀목 삼아 사람을 계속 죽이고 있었다. 원래 케이는 마음 깊은 곳까지 다정한 사람이었다. 악의로 사람을 죽일 아이가 아니었다.

케이는 그런 다정한 마음 사이에서 갈등하면서도 블루모르포를 운영하는 길을 선택했다.

그런 케이의 손을 내가 뿌리칠 수 있을 리가 없었다. 신고할지 방관할지, 선택지가 두 가지밖에 없다면 내가 선택할 수 있는 건 하나뿐이었다.

심장 부근에 놓인 케이의 손을 천천히 잡았다. 그 순간 케이가 놀란 듯이 나를 봤다.

"괜찮아… 나는 절대로, 케이의 곁을 떠나지 않을 거야."

나 때문에 망가져 버린 케이를 책임지는 방법은 지금으로서는 한 가지밖에 없었다.

"어떤 일이 있어도 널 지킬게. 그러기로 약속했잖아."

아주 잠깐 스스로 불에 뛰어든 토끼가 머릿속을 스쳤다. 바칠 만한 게 아무것도 없어 자신의 몸을 구워 부처에게 올리는 우화 속 토끼가. 하지만 내게는 정말로 이것밖에 없었다.

양심의 가책을 느끼며 자신이 만들어낸 블루모르포 때문에 고뇌하던 케이는 내가 곁에 있다는 사실만으로 조금 편해질지도 모른다. 자신이 옳다고 믿으며 앞으로도 사람을 계속 죽일 테고. 피해는 점점 커지겠지.

그래도 케이의 '정의'를 긍정해 줄 사람은 나밖에 없었다.

"케이는 틀리지 않았어. …케이가 옳아."

이 시점에 와서는 나도 이상해졌다. 나비 도감과 함께 인간으로서 지켜야 할 소중한 걸 내려놓고 말았다.

"나는 케이의 히어로니까."

이렇게 말하자마자 케이는 나를 있는 힘껏 안았다. 그리고 그대로 내 어깨에 얼굴을 묻고 조용히 울기 시작했다. 달래려고 나도 케이를 끌어안았다. 서서히 젖어가는 어깨에서 온기가 느껴졌다. 뇌가 마비되면서 중독된 듯 눈앞에 놓인 행복에 휩싸였다.

그 행복 안에는 냉정한 나 자신도 있었다.

'이래서 되겠어? 이대로 괜찮아?'

마음 한편에서 경종을 울리는 내가 분명히 있었다.

하지만 케이를 막을 수 없었다.

무엇보다 결코 경찰에 알릴 수는 없었다. 경찰에 말하면 케이의 인생은 끝이다.

아마도 인간의 상상력은 어떤 틀을 벗어나지 못하는 모양이다. 그런 탓에 가장 먼저 떠오른 건 이 일이 드러나면 케이가 학생회장 자리에서 물러나야 한다는 사실이었다. 케이가 많은 사람에게 비난받는다거나 무거운 벌을 받는다거나 그런 일보다도 먼저 그런 사사로운 일이 떠올랐다.

아마도 나는 이 세상에서 가장 추악한 마음을 가슴에 품은 사람이었다. 하지만 그것만이 진짜 나였다. 나는 케이의 편이다. 언제나.

그때는 그런 마음뿐이었다.

3

블루모르포와 관련해서 나는 어디까지나 방관자였다.

이렇게 선을 긋는 까닭은 죄를 피하려고 하는 말이 아니다. 누군가를 조종하는 능력은 케이 한 사람만 가지고 있었다는 이야기이다.

케이는 내게 모든 상황을 보여줬지만 "지켜봐 줬으면 해."라는 말대로 내게 무언가를 요청하지는 않았다. 기무라 다미오의 자살을 눈앞에서 본 지 열흘이 지났지만, 케이가 내게 원한 건 그저 자신의 활동을 지켜보는 일뿐이었다.

케이는 학생회실 대신 나를 자신의 방으로 불렀다. 누군가가 들으면 곤란한 이야기라는 이유를 그대로 받아들이며 나는 케이의 방에 갔다.

지금 생각해 보면 케이는 나를 자기 방으로 불러들일 구실로 그렇게 말했을지도 모른다. 뭐 이런 생각은 너무 감미롭게 해석한 것일지도 모르지만.

이후로 몇 번이고 찾아간 케이의 방이지만, 처음에는 긴장했다. 현관 주위도, 거실도 초등학생 때와 전혀 다르지 않았다. 사진이 든 액자가 늘어났고 중학생 때 케이의 모습과 고등학생이 된 케이가 섞여 있는 정도였다.

그러면서도 초등학생 때와는 모든 것이 달랐다.

부모님은 7시쯤 오실 거라고 느긋하게 이야기하는 케이의 말에 숨은 뜻을 생각하면서 멍청하게 얼굴이 붉어졌다. 그때 케이가 놀리지 않은 이유는 내가 땀범벅이 되어서일지도 모른다.

케이의 방은 깨끗하게 정돈되어 있었다. 여고생 방의 본보기랄까. 초등학생 때부터 사용한 커다란 공부용 책상 옆에 빨간색 체크무늬 이불이 깔린 침대가 놓여 있었다. 케이는 방에 들어서자마자 기지개를 켜고는 교복 재킷과 가방을 대충 던져놓고 그대로 침대에 벌렁 누웠다.

"…교복이 구겨지잖아?"

"아하하, 엄마 같은 말을 하네."

어떻게 해야 좋을지 몰라 나는 그대로 방 입구 쪽 바닥에 무릎을 꿇고 뻣뻣하게 앉았다. 케이는 나를 흘끗 봤지만 아무 말도 하지 않았다. 이러지도 저러지도 못하고 가만히 방을 둘러보니 책상 위에는 얇고 가벼워 보이는 노트북 한 대와 태블릿이 놓여 있었다.

'저걸로 블루모르포를 운영하고 있을까.'

이런 생각을 하자 다른 의미로 긴장감이 몰려왔다. 우등생인 여학생 방에서 거미줄이 뻗어 나와 그 늘어진 줄에 걸려든 누군가의 목숨을 빼앗는다.

"컴퓨터가 신경 쓰여?"

침대에 편안하게 누운 케이가 느긋하게 말했다.

"거기에는 메신저 앱이랑 블루모르포 관리 리스트가 들어 있어. 태블릿에도 같은 게 들었으니까 침대에서 작업하고 싶을 때는 태블릿을 사용해."

침대 위를 데구루루 구르며 케이가 웃었다. 이렇게 편안한 케이를 보는 건 처음이었다. 저렇게 뒹굴뒹굴 교복을 구기면서 누군가에게 지시를 보내고 있는 걸까?

"이 태블릿과 컴퓨터를 사용하면 미야미네도 나와 같은 일을 할 수 있어. 패스워드는 입력해야 하지만."

"…안 해."

내 말이 차갑게 들렸는지 케이는 살짝 입술을 삐죽거렸다. 딱히 혐오감을 드러낸 행동은 아니지만 케이에게는 거절의 의미로 들렸는지도 몰랐다. 잠시 후 케이가 갑자기 이야기를 꺼냈다.

"지금 게임에 참가한 플레이어는 서른아홉 명이야. 기본적으로 내가 관리할 수 있는 인원은 마흔 명 정도니까 적절한 정도인데."

이 이야기가 전날 한 이야기와 이어진다는 사실을 이해하기까지 시간이 걸렸다.

"그 서른아홉 명은 모두 지시를 따르고 있어?"

"응. 지금은."

'지금은'이라는 표현이 조금 마음에 걸렸다. 사실 계속 신경 쓰였던 부분이기도 했다. 지시를 따르던 사람이 갑자기 정신을 차리고 블루모르포에 반기를 들면 어떻게 될까? 만약 그런 사람이 경찰을 찾아간다면 블루모르포는 단숨에 붕괴될지도 모른다.

"미야미네가 불안해하는 건 이해해. 어느 정도까지 게임에 참여하게 되면 빠져나가지 못하게 시스템을 만들어 놨어. 나는 플레이어의 개인 정보를 비롯해서 플레이어가 외부에 공개하고 싶지 않을 만한 정보를 쥐고 있어. 그리고 블루모르포에는 '클러스터Cluster'가 있거든."

"클러스터? …집단을 말하는 건가?"

"블루모르포에서 클러스터는 상호 감시 시스템이야. 블루모르포 플레이어를 몇 명씩 클러스터로 묶어서 과제 진행 상황을 서로 공유하게끔 하고 있어. 그렇게 하면 모두 빠짐없이 과제를 완수하고 그 결과를 서로에게 보여주니까 개개인에게 작은 성취감을 주기에 효과적이야."

블루모르포는 게임이다. 게임은 경쟁 상대가 있으면 열을 올리게 되는 법이다. 케이는 그런 부분까지 시스템화했단 말인가.

"활발하지 않은 클러스터는 누군가 한 사람을 골라서 내가 직접 교류하면 그 사실이 알려지면서 활동이 활발해져. 그런 식으로 클러스터 각각의 활동 에너지를 일정 수준으로 유지하는 게 비결이야. 클러스터는 어디까지나 모티베이션 관리 방법이었는데, 최근에는 조금 다른 효과가 나타나고 있어."

케이가 하는 말의 의미를 조금 지나서야 알게 되었지만, 그때는 뭐라 말해야 할지 모른 채 그저 묵묵히 침대 위에 드러누운 케이를 보고만 있었다.

얼빠진 모습으로 굳은 나를 보고 케이가 웃으며 말했다.

"저기, 태블릿 좀 줘봐."

케이의 말에 고개를 끄덕이고 겨우 바닥에서 일어나 침대 위에 누운 케이에게 태블릿을 건넸다. 케이는 그제야 깨달았다는 듯이 "옆에 앉아."라며 웃었다.

"내 방에 방석이 없거든."

거부하지도 못하고 나는 침대 끄트머리에 앉았다. 케이가 엎드린 자세로 태블릿을 조작했다.

"이것 좀 볼래?"

케이가 내민 화면 속에는 하나로 묶은 긴 머리카락을 한쪽 어깨에 가지런히 내린 여학생이 있었다. 인터넷 화면인지 뭔지를 캡처한 건지, 화질이 나쁘고 전체적으로 어두웠다. 어딘가 불안해 보이는 표정과 따분한 듯 가늘게 뜬 눈이 인상적이었다.

"클러스터 F에 소속된 이시카와 이스즈를 보면 이해하기 가장 쉬울 거야. 과제 진행도는 36, 앞으로 2주일이 지나면 이시카와는 죽을 거야."

실험 결과를 이야기하듯이 케이가 말했다.

"그리고 이쪽은 엔도 쓰요시. 클러스터 N에서 리더를 맡고 있는 고등학교 3학년이야. 엔도는 블루모르포에 대한 충성심이 높고 이미 나비도 만들었어. 예정대로라면 앞으로 3일 후에 죽을 거야."

"나비?"

나비는 케이가 선택한 블루모르포의 모티브였다. 내 의문에 답하듯 케이가 말을 이었다.

"블루모르포의 지시에 따라 죽는 사람은 여기가 아닌 '성역'에 갈 수 있어. 이런 세계에서 벗어나 다른 세계에서 나비가 되는 거야."

"그게 뭐야? …무슨 종교 이야기 같아."

"사람에게는 스토리가 필요하거든."

케이는 아무렇지도 않은 듯이 말했다.

"사고할 능력을 마비시키고 지시를 따르게 하는 일만으로는 여전히 좀 부족해. 처음에 무언가가 결여된 사람들에게 그들이 원하는 걸 채워준다고 말했잖아?"

"그게 스토리야?"

"자신이 왜 괴롭고 무엇을 위해 태어났는가에 대한 이유. 그 모든 게 사실은 블루모르포를 통해 죽어서 사후에 낙원에서 다시 태어나 행복하게 살기 위해서였다는 줄거리를 가진 스토리를 원하는 거야."

그 말을 듣자 기무라 다미오가 떠올랐다. 그 만족스러운 표정이. 어째서 그렇게 행복한 표정을 지었는지 궁금했다. 분명 기무라 다미오는 앞으로 자신이 가게 될 성역을 생각하고 있었을 것이다.

"…블루모르포에 휩쓸리는 사람은 어리석은 동시에 불행한 사람이라고 생각해. 그런 사람들이 어떻게든 행복하기 위해 필요한 게 바로 블루모르포의 스토리야."

케이가 슬픈 미소를 지었다.

"우리는 아직 번데기인데 성역에 가면 비로소 번데기에서 탈피해 나비가 되어 날아오를 수 있어. 지금 절망하고 있는 사람도 그런 스토리를 믿으면 행복해질 수 있어. …나는 그런 이야기를 믿게 하는 데 온 힘을 쏟고 있어."

케이가 이런 이야기를 할 때는 내면에 있는 선한 부분이 더 크게 도드라져 보였다. 하지만 몇 초 후에는 이미 그 그림자도 없었다. 케이는 순수한 연구자의 얼굴로 돌아와 있었다.

"그러니 블루모르포에서는 무엇보다도 나비를 존중해. 이것 좀 봐."

케이가 보여준 건 붉은 나비 이미지였다. 하지만 인터넷상에서 본 모양보다도 훨씬 일그러진 나비 형태였다. 화질이 나쁜 건지 잘 보이지 않았다. 화면을 빤히 보다 나도 모르게 눈을 돌렸다.

그 나비는 사람의 몸에 그려져 있었다. 붉은 선은 나비를 몸에 새긴 사람이 흘린 피였다.

"다양한 과제를 조합하고 있지만, 마흔 번째 과제 내용은 똑같아. 자기 몸에 나비를 새기는 거야. 그래서 나비가 만들어져. 나비를 몸에 새기고 열흘이 지나면 그 사람은 죽어."

"왜… 그런 일을?"

"이유는 몇 가지 있어. 눈에 보이는 모티브를 얻은 사람은 마음을 정할 수 있어. 이 일을 할 수 있는 사람과 하지 못하는 사람이 명확하게 나뉘니까 통과 의례도 돼. 이 아이는 아름답게 나비를 새겼으니까 분명 아름답게 죽을 거야."

케이는 얼굴색 하나 변하지 않았다. 태블릿을 안고 다시 한번 침대에서 몸을 뒤집었다. 몸과 함께 케이의 마음도 빙글빙글 도는 걸까. 이렇게 블루모르포의 현실을 볼 때마다 내 안에 남아 있던 미련스러운 양심이 쑤셔서 토할 것만 같았다.

시험당하는 걸까. 블루모르포에 대해 얼마만큼 보여주면 내가 항복할지 그 역치를 측정하는 그런 시험 말이다. 이것도 어떤 의미에서는 단계를 올라가는 과정으로 그 모든 걸 허용할 때마다 케이에 대한 애정은 되돌릴 수 없는 무게를 지니기 시작했다. 케이를 묵인하고자 내가 눈길을 돌려야만 하는 게 점점 늘어갔다.

그렇게 내가 망설이는 걸 읽기라도 한 듯 케이가 나를 향해 손을 뻗었다. 어깨에 팔을 두르고 체중을 실어 날 침대에 쓰러뜨렸다. 그대로 케이가 내 배 위에 올라타서는 작게 말했다.

"내가 싫어졌어?"

버림받을까 두려워하는 목소리였다. 케이의 마음속에 자리 잡은 갈등과 망설임, 두려움과 사명감이 뒤섞여 밀려오는 듯했다.

"…그렇지 않아."

'아직 적응이 안 돼.'라고 마음속으로 중얼거릴 때 케이가 내 가슴을 눌렀다. 몸이 움직일 때마다 침대가 삐걱 소리를 냈다.

이유는 모르겠지만 그날은 내가 먼저 키스했다. 중력을 거슬러 몸을 일으키고는 호소력 짙은 말을 술술 내뱉는 케이의 입술을 막았다. 케이는 조금 놀란 듯했으나, 이내 기쁜 듯이 입맞춤에 응했다. 몇 번인가 키스를 나누고 나서 케이는 그대로 내게 체중을 실은 채 잠들었다.

잠든 모습이 무방비 상태였다. 밤중에는 블루모르포 활동을 하다 보니 이 시간에 졸음이 찾아오는 걸까. 작은 숨소리를 내며 잠든 케이는 사랑스러웠다.

그런 모습이 사태를 더욱 추악하게 만들었다.

나는 그 후 태블릿을 열었다. 새까맣던 화면에 4개의 패스워드를 입력하라는 화면이 떴다. 잠시 고민하다 케이의 생일을 입력했다. 그다음으로 시도해 본 숫자는 내 생일이었다.

드디어 잠금 해제가 되고 블루모르포의 비밀이 담긴 태블릿이 열렸다.

4

3일 후, 케이의 말대로 엔도 쓰요시라는 남자 고등학생이 죽었다.

케이와 둘이 학교에서 집으로 돌아가던 중에 그 보고를 받았다. 학생회 활동이 바빠져서 이렇게 둘이서 하교하는 일도 3일 만이었다. 갑자기 생각났다는 듯이 케이가 한 전철 노선을 언급했다.

"첫차에 난 인명 사고, 엔도 쓰요시야."

스마트폰으로 확인해 보니 정말로 첫차에 인명 사고가 난 모양이다. 한 시간 정도 열차가 지연되기는 했지만 출근 러시아워 전에는 복구되었다는 내용이 적혀 있었다. 거기에는 엔도 쓰요시란 이름도, 자살에 대한 내용도 적혀 있지 않았지만 나는 그 일이 엔도 쓰요시라고 쉽게 믿을 수 있었다.

아무도 모르게 사람이 죽다 보니 아직 경찰은 블루모르포와의 관계를 눈치채지 못했다. 엔도 쓰요시의 몸에 새겨진 나비는 사고로 볼 수 없게 되었을까?

마음이 잔잔하게 흔들렸지만 이전만큼 충격받지는 않았다. 엔도 쓰요시의 죽음이 너무나도 사무적으로 처리되었기 때문인지도 몰랐다. 아니면 눈앞에서 죽은 게 아니라서 그런 걸까. 그것도 아니면 케이와 사귀면서 마음이 점점 무뎌진 걸까.

"오늘도 올래?"

케이는 때마다 이렇게 나를 자신의 방으로 불렀다.

이날을 경계로 나는 아주 자연스럽게 케이의 방에 드나들었다. 케이의 부모님과 느닷없이 마주치지 않도록 오후 6시를 알리는 종이 울리면 바로 케이의 집에서 나왔다. 우리는 다양한 의미로 떳떳하지 못했다.

케이의 방에는 수많은 심리학 책이 있었다. 나도 이름을 아는 유명한 책부터 보기에도 어려워 보이는 낯선 저자의 책까지. 《순식간에 사람을 조종하는 비밀 법칙》 같은 수상한 무크지까지 섞여 있어서 케이의 지식에 대한 탐욕에 놀랐다.

그리고 논문도 잔뜩 있었다. 일본어로 쓰인 논문뿐만 아니라 영어 논문도 있었는데 거기에는 메모가 한가득 붙어 있었다. 그중에 무엇이 실제 블루모르포를 운영하는 데 기여하는지 몰랐다.

논문 중에 자주 살펴봤는지 가장 꼬깃꼬깃한 논문이 하나 있었는데, 이케야 스가오라는 사회학자가 쓴 논문이었다. 그 논문에는 주체성이 없는 인간은 공격적인 것에 더 영향받기 쉽다는 주장이 여러 사례와 함께 설명되어 있었다. 1824년 미국의 술집에서 일어난 폭동. 한 사기꾼에게 이끌려서 농촌이 전멸한 사건. 일본 사례도 다루고 있었다. 2002년 관악 합주부 합숙 중 일어난 린치 살인 같은 내용 말이다.

케이는 아마도 이 논문을 참고하여 블루모르포를 만든 듯했다. 그리고 자신이 하는 일이 망설여질 때는 틈틈이 이케야 스가오의 논문을 다시 읽어본 모양이다. 케이도 망설인다는 사실에 놀라면서 묘하게 기분이 좋았다. 케이가 망설이고 망설인 끝에 블루모르포를 운영하고 있다는 사실이 기뻤다.

게다가 이케야 스가오의 논문은 내가 보기에도 흥미로웠다. 논문에 실린 다양한 사건을 눈으로 확인하자 케이가 하는 일이 옳다고 믿게 되었다. 블루모르포로 죽을 만한 사람은 분명 언젠가 누군가를 상처 입힌다.

"그거 재밌어?"

갑자기 등 뒤에 있던 케이가 물었다. 케이는 어쩐지 멋쩍은 표정으로 웃었다. 이 논문 자체가 자신의 약한 부분을 증명이라도 한다고 여기는 걸까?

질문에는 대답하지 않고 키스하자 케이는 말없이 내 손을 잡고 침대로 끌었다.

케이의 약하고 헤매는 부분을 감싸주는 게 내가 케이의 곁에 있는 의미라고 한다면 그것이야말로 제일 큰 포상이었다.

블루모르포를 계속 운영하는 케이는 피로한 기색이 짙었다. 스스로 블루모르포의 마스터가 되는 길을 선택했다는 의식이 강해서 케이가 약한 소리를 내뱉는 일은 없었다. 블루모르포를 계속 돌아가게 하려면 작업량만 따져봐도 상당한 일일 텐데 말이다.

케이가 제시하는 50가지 과제는 참가자 개인의 성격과 성향에 따라 미묘하게 달랐다. 가벼운 지시부터 시작해 수면 시간을 깎아내는 일로 유도하는 방향성은 같았지만, 그 외에는 성별이나 자질에 따라 세세하게 조정했다.

가령 어떤 사람에게 스물두 번째로 내린 지시가 '새벽 4시에 모래 폭풍 영상을 계속 본다.'였다면 또 어떤 사람에게는 '새벽 3시에 메모 용지를 구석구석까지 검게 칠한다.'라는 지시를 내렸다. 나는 그 내용을 하나하나 이해하기 힘들었지만, 케이 말로는 인간에게는 서로 다른 경향이 있고, 정신적으로 가장 심하게 흔드는 것이 무엇인지는 사람에 따라 각각 다르다고 했다.

케이는 그런 지시를 체계적으로 관리하면서 버튼 하나로 지시를 내리도록 시스템을 만들었는데, 그런데도 파악해야만 하는 정보량이 상당했다.

그뿐만이 아니라 케이는 중요한 역할도 맡고 있었다.

잠재력이 있다고 판단한 사람과 통화하면서 블루모르포에 더욱 깊이 빠지도록 유도하기도 하고, 클러스터를 원활하게 컨트롤하고자 일부 플레이어를 지도하기도 했다.

초등학생 때 경험에서 만들어낸 블루모르포의 시스템은 확실히 효과적이었지만, 블루모르포에 있어서 요스가 케이의 신비한 매력이야말로 가장 큰 무기였다. 케이와 한 번이라도 대화를 나눈다면 그 플레이어는 마치 무언가에 쒼 듯 블루모르포에 충성을 맹세했다.

마스터로서 케이가 플레이어와 어떤 이야기를 하는지는 몰랐지만, 케이의 천부적인 커뮤니케이션 능력과 설득력 있는 말투가 인터넷 너머에 있는 누군가를 농락하는 모습은 쉽게 상상할 수 있었다. 요스가 케이는 그런 걸 당연하게 해내는 인재였다.

하지만 그 행위야말로 케이를 피폐하게 만드는 가장 큰 원인이기도 했다. 무리도 아니었다. 지시를 내리는 일과는 또 달랐다. 자신이 내뱉은 말로 직접 누군가를 죽음으로 향하게 하는 일은 케이의 마음에 부담을 주는 행위였을 테니까.

케이가 생각에 잠긴 듯한 얼굴로 태블릿을 보고 있을 때마다, 블루모르포용으로 설치한 통화 앱을 보면서 멍하니 있는 모습을 볼 때마다, 나는 케이가 감당하는 고독한 싸움을 생각했다. 인기를 한 몸에 받는 케이가 지독하게도 외로워 보였다.

그래서인지 나를 집으로 부를 때면 케이는 어린아이처럼 어리광을 부렸다. 침대 위에서 몸을 바짝 붙이고는 말없이 나를 바라봤다. 내가 아무런 말도 하지 않고 머리를 쓰다듬으면 케이는 기쁜 듯이 눈을 가늘게 떴다. 오직 이때만 케이도 평범한 여고생으로 보였다.

둘만 있는 방에서 누가 먼저랄 것도 없이 키스했다. 케이를 끌어안으면 이렇게 가는 몸에 얼마나 많은 사람의 운명이 걸려 있는가 싶어 묘한 감탄을 했다.

"미야미네."

내게만 들려주는 달콤한 목소리로 케이가 부르면, 그 후로는 거의 케이가 하는 대로 맡겼다. 덮쳐오는 케이의 무게를 느끼면서 나는 그저 케이가 응석을 부리도록 온 힘을 다했다. 이 행위가 케이를 달랠 수 있다면 그것으로 충분했다.

어느 정도 스킨십을 나누고 나면 케이는 그대로 내 무릎을 베고 잠들었다. 할 일이 없어진 나는 침대 구석에 걸쳐 있는 태블릿을 들여다봤다. 케이는 내가 태블릿을 보는 걸 막지 않았다. 오히려 자신이 하는 일을 내게 보여주는 걸 기뻐하는 듯 보였다.

패스워드를 입력하고 내용을 봤다.

태블릿에서 블루모르포와 관련해 주로 사용하는 프로그램은 주요한 SNS 앱과 메신저 앱, 엑셀 파일이었다. 녹색 아이콘을 열어 가장 최근 업데이트된 표를 봤다.

꼼꼼한 케이답게 리스트는 깔끔하게 정리되어 있었다. 엔도 쓰요시 시트를 열어 내가 케이와 이야기했을 때로부터, 뒤에서 세 개, 즉 죽기 3일 전부터의 과제를 봤다.

'48번, 클러스터 멤버 전원에게 '성역'에 대해 이야기한다.'

'49번, 마스터와 이야기한다. 나비를 거울로 확인하고, 나비

와도 대화한다.'

'50번, 마지막 과제. 전철 첫차에 뛰어든다.'

이 마지막 과제에도 역시 체크가 되어 있었다. 그러고 나서 보충 설명하는 듯 '투신자살'이라고 적혀 있었다.

리스트에는 그 외에도 수많은 이름이 있었다. 데노기 요스케, 마루이 미쓰코, 도시로 유카. 이들 한 사람 한 사람이 지금도 죽음을 향해가고 있었다.

나는 케이의 이 재능이 올바른 방향으로 사용되는 세계를 번번이 상상했다. 그럴 때 떠오르는 모습은 역시 젠나 미쿠리의 얼굴이었고, 뛰어내리려는 젠나를 필사적으로 막으려던 굳건한 표정의 요스가 케이였다. 그녀는 내가 사랑한 케이면서 케이가 아니었다. 그 사실이 지독하게 슬펐다.

우리에게 첫 번째 전환기가 찾아온 때는 이런 생활이 한동안 이어지던 무렵이었다.

블루모르포 플레이어인 마루이 미쓰코의 시신이 하천 부지에서 발견되었다.

5

마루이 미쓰코에 관한 뉴스는 대대적으로 보도되었다. 도내 고등학교에 다니는 여학생이 여러 사람에게 폭행을 당해 살해당한 살인 사건이었다.

　친구와 함께 찍은 사진은 물론이고 이름과 죽은 상황이 함께 보도되었다. 추정 사망 시각은 3일 전쯤으로 보이며 범행 동기는 불명이라고 했다. 경찰은 이 사건과 관련하여 수사를 진행 중이지만 용의자는 잡히지 않았다고 했다.

　뉴스를 보면서 나도 모르게 몸이 굳었다. 긴 머리카락을 포니테일로 묶은 쾌활해 보이는 그 여학생을 알고 있었다. 만난 적이 없는 그 애의 이름을, 케이의 침대 위에서 봤다. 바로 케이의 태블릿 속 엑셀 시트에 저장된 이름이었다.

　빠르게 뛰는 심장을 억누르면서 기억을 더듬었다. 마루이 미쓰코는 서른두 번째 과제를 완수한 무렵이었을 게 분명했다. 그로부터 닷새 정도밖에 지나지 않았다. 아무리 뭐라 해도 죽기에는 너무 빨랐다. 가뜩이나 블루모르포는 엄격한 규칙으로 운영되고 있지 않나.

　그날은 일요일이라 케이를 집 근처 노래방으로 불러냈다. 노래방은 개별 공간이 나뉘어 있어서 주변 사람의 시선을 신경 쓰지 않고 이야기할 수 있는 장소였다.

　어슴푸레한 실내에 파티 분위기를 내는 컬러풀한 조명이 빛났다. 케이는 하얀 상의에 연두색 스커트를 입고 있어서, 그 컬러풀한 노래방 조명을 받자 조명 색을 그대로 몸에 붙여놓은 듯 알록달록해졌다. 케이의 하얀 팔과 다리가 실내 조명이 비칠 때마다 빨강, 파랑, 노랑으로 물들었다.

"미야미네가 이런 곳으로 날 불러내다니 이상한걸."

"…마루이 미쓰코, 이 사람도 블루모르포 플레이어지? 살…살해당했다고."

느긋하게 말하는 케이에게 나는 단도직입적으로 말했다. 한심할 정도로 목소리가 떨렸다. 그 정도로 충격적이었다. 블루모르포는 자살하게 만드는 게 전부가 아니었나? 살인 사건이 일어날 줄은 생각도 못 했다. 대체 무슨 일이란 말인가. 여러 가지 생각이 머릿속에서 뱅글뱅글 맴도는데 무엇 하나 제대로 표현할 수 없었다. 잠시 시간을 두고 케이가 말했다.

"전에 클러스터의 효용에 관해 이야기했었지?"

"…모티베이션 관리에 대해 이야기했을 때?"

"맞아. 있잖아, 미야미네. 이것이 클러스터가 만들어낸 또 하나의 이점이야. **자정 작용.**"

케이는 담담하게 말했다. 그때 분명 케이는 클러스터와 관련해 '부산물' 이야기를 했다. 그때 제대로 내용을 물어보지 않았던 일이 후회되었다. 하지만 그걸 들었다고 마루이 미쓰코가 살해되는 걸 막을 수 있었을까? 어차피 죽을 사람인데?

"자정 작용이라니…."

"플레이어가 가장 두려워하는 일은 블루모르포의 질서가 흐트러지는 거야. 자신들이 필사적으로 지키는 규범과 지시를 무시하는 인간을 클러스터는 용서하지 않아. 사실을 말하자면 스물아홉 번째 과제를 하고 난 다음부터 마루이 미쓰코는 지시를 따르지 않았어. 아마도 도중에 무서워졌겠지. 아니면 외적 요인으로 자기도 모르게 잠들어 버렸거나. 그래서 블루모르포에서 빠져나가고 싶다고 생각한 거 같아. 개인 정보는 이미 클러스터에 공유되었는데 말이야. 그래서 마루이 미쓰코는 숙청된 거야."

케이는 계속해서 담담하게 원인을 이야기했다.

"범인은 같은 클러스터에 있던 누군가겠지. 하지만 마루이 미쓰코를 손봐줬을 클러스터 L 멤버는 거의 다 마지막 과제를 완수했어. 남은 사람들도 5일 안에 이 세계에서 사라질 거야."

"그건 선을 넘은 일이야. 케이도 알잖아. …이런 경우는, 막아야 해…."

"알아!"

케이답지 않게 목소리가 거칠어졌다. 처음 듣는 목소리였다. 실내 조명이 아주 잠깐 어두워지더니 잠시 후 뼛속까지 차가워질 듯한 푸른색으로 물들었다.

"…나도 알아. 이건 아니야. 이런 건 잘못되었어."

그건 진심으로 비통해하는 목소리였다. 실내가 어두워서 케이의 표정이 자세히 보이지 않았다. 하지만 그 눈은 평소 볼 수 없는 곤혹스러운 빛을 띠고 있었다.

"하지만 그걸 막을 수는 없어. 이렇게 내부 숙청이 이뤄지지 않으면 클러스터는 유지되지 않아. …이렇게 심각한 일이 일어날 거라고는 예상하지 못했지만, 만약 이러한 시스템이 없으면 블루모르포는 붕괴될 거야."

케이가 하는 말도 이해는 되었다. 블루모르포를 유지하려면 플레이어가 이탈하지 않도록 막을 힘이 필요할 테니까. 그렇다고 해도 이런 식의 잔인한 숙청은 지금까지 케이가 해온 방식과는 분명 달랐다.

"넌… 클러스터의 자정 작용에 대해 알고 있었지? 이 사건 전에도 이런 일이 있었어?"

"…3개월 정도 전에 고등학교 2학년인 요시오 히데노리가 길가에서 칼에 찔린 사건이 일어났어. 경찰은 '묻지 마 범죄'라고 단정했고, 범인은 아직 체포되지 않았어. 요시오 히데노리가 소속된 클러스터 C는 이미 전원 **탈피**를 끝냈어."

그런 뉴스를 본 기억은 솔직히 없었다. 그 사건 외에 눈에 띄는 뉴스가 있었던 걸까? 아니면 지금 마루이 미쓰코의 뉴스를 보도하는 방식이 유난스러운 걸까?

3개월 전이라면 딱 케이가 나를 곁에 두고 싶어 하기 시작했을 무렵이었다. 학생회실에서 하릴없어 보이던 케이의 모습이 떠올랐다. 요시오 히데노리 사건을 이미 알고 있었기 때문일까. 케이가 블루모르포에 대해 의문이 생긴 계기가 요시오 히데노리 사건 때문이었을까?

"나는 클러스터의 숙청을 막을 수 없어."

내가 아무렇게나 추리하고 있을 때 케이가 의연한 태도로 말했다.

"클러스터의 숙청은 블루모르포 유지에 필요해. 설령 미야미 네가 무슨 말을 한다고 해도 나는 이 기능을 인정할 거야."

"…널 미워하진 않을 거야."

케이가 물어보기 전에 먼저 대답했다.

다만 심할 정도로 초조함에 휩싸인 것도 사실이었다. 가까이 놓여 있던 텔레비전에서는 신인 아이돌의 천진난만한 자기소개가 들려왔다. 아침에는 그렇게나 끔찍하게 여겨졌던 사건인데 케이가 분명하게 하는 말만 듣고서도 나는 그것을 긍정할 수밖에 없었다.

"…마루이 미쓰코는 나도 잘 모르는 외국 밴드의 노래를 좋아했었어."

케이가 혼잣말하듯 중얼거리고는 노래 번호를 입력했다. 아마도 영국 밴드인 모양인데 나도 모르는 밴드였다. 구슬픈 멜로디와 함께 영어 가사가 흘러나왔다. 케이는 가사를 따라서 부르지 않고 그저 노래방 기계에 뜬 가사를 바라보고만 있었다.

"잊어야만 하는데, 마루이와 이야기 나눈 때가 머릿속에서 떠나지 않아."

마루이 미쓰코가 살해된 사실을 알았을 때 케이는 대체 어떤 기분이었을까? 마루이는 예전에 블루모르포에서 마음이 떠나기 시작했다고 했으니 클러스터 안에서 제재를 가하기 전에 케이가 설득이라도 하려고 했을지도 모른다. 하지만 마루이는 살해당했다.

케이가 입술을 가볍게 깨물었다. 곡이 끝나가자 케이는 괴로운 듯이 눈을 찌푸렸다.

"케이…, 넌 잊어도 돼. 케이가 잊지 못하면 블루모르포는 분명 제대로 돌아가지 않을 거야…."

내 말에 케이는 괴로운 표정으로 애매하게 끄덕였다.

그 후 우리는 한마디도 하지 않고 노래방을 나왔다. 마치 타인 같았다. 이렇게 된 건 정말로 오랜만이었다.

집으로 돌아온 나는 마루이 미쓰코 살인 사건을 검색해서 기사부터 게시판에 올라온 글까지, 나온 자료는 하나도 빠짐없이 전부 인쇄했다. 다양한 사람이 이 살인 사건에 대해 제각각 목소리를 내고 있었다.

의외로 블루모르포에 관련된 소문이 널리 퍼져 있는지 정확한 진상을 이야기하는 사람도 있었다. 하지만 많은 사람이 망상이라고 단정 지었다. 흔히 있는 도시 괴담과 실제 일어난 살인 사건을 제대로 연결 짓는 사람은 많지 않았다.

다음으로 요시오 히데노리도 검색했다. 갓 보도된 마루이 미쓰코에 관련된 내용보다도 그 묻지 마 범죄에 대한 내용은 더 상세하게 나왔다. 요시오 히데노리에 관한 내용도 인쇄하면서 도서관에서 지난 신문 자료를 찾아봐야겠다고 생각했다.

잠깐 사이에 방바닥은 두 살인 사건에 관련된 정보로 가득 찼다. 출력물을 한 장 한 장 꼼꼼하게 파일에 넣으면서 마음속으로 생각했다. '케이는 잊어도 괜찮아. 그 대신 내가 이 일을 기억해 둘게. 적어도 이 사건의 진상을 올바르게 파악하는 사람은 나밖에 없어.'

자료를 정리하면서 문득 연쇄 살인범은 자신이 저지른 사건에 관련한 정보를 집요하게 체크하는 경향이 있다고 한 내용을 본 기억이 났다. 해외 드라마에서 봤는지, 책에서 읽었는지는 정확하게 기억나지 않았지만 분명 그런 이야기가 있었다.

블루모르포에 얽혀 죽은 사람은 62명으로 늘었다. 내일이면 63명이 된다. 신념이야 어떻든 케이는 버젓한 살인마였다.

하지만 하는 행동을 보면 나야말로 더 살인마 같았다.

"이게 옳을지 몰라. 케이는 틀리지 않았어. 나는 케이의 마음을 지켜야만 해."

방 안에서 혼자 끊임없이 중얼거렸다.

이후로도 블루모르포에 관련된 살인 사건 정보를 계속해서 모았다. 최종적으로 클러스터의 자정 작용으로 살해당한 사람은 6명으로 늘어났는데, 그 모든 사건을 파일링해서 방에 있는 책장에 꽂아두었다. 그렇게 하면 무언가 케이를 위하는 일이라도 된다는 듯이.

그때 내 동기가 무엇이었든 이 파일 자체는 유용했다.

노래방에서 이야기를 나눈 다음 날, 케이도 나도 평소와 다름없이 행동했다. 블루모르포에 대한 이야기는 하지 않고 곧 있을 기말시험에 관한 이야기만 했다.

"여름 방학에 어디든 놀러 가자. 자고 오는 건 힘들겠지만."

블루모르포 때문이라고 생각하는 내 앞에서 케이는 "아빠가 허락하지 않을 테니까."라며 웃었다.

"요즘 아빠가 미야미네를 의심하고 있어. 우리 집에 오는 걸 이웃 사람이 본 모양이야. 뭔가 이상한 짓이라도 하는 거 아닌지 걱정인가 봐."

"…부모님이 오시기 전에는 나오는데."

"아, 이상한 짓 한 건 인정하는구나."

"…케이."

"뭐, 말할 수 없는 일을 하는 건 사실이지."

농담으로도 웃을 수 없는 말을 하면서 케이가 웃었다.

"뭐, 그래도 집을 비우는 건 걱정이야. 인터넷에 연결할 수만 있으면 어디에서라도 지시는 내릴 수 있지만."

케이가 갑작스레 진지한 얼굴로 이런 말을 하면서 몸을 쭉 뻗어 기지개를 켰다. 생각해 보면 당연한 이야기였지만, 케이에게는 쉬는 날이 없었다.

만약 우리가 이대로 어른이 된다고 해도 블루모르포를 계속 운영하는 한 케이는 여행도 갈 수 없는 걸까? 그보다 먼저 3학년 여름에는 수학여행 일정이 있다. 그때 케이는 어떻게 할까?

"케이, 블루모르포를 계속할 생각이야?"

"계속한다니 표현이 이상하네. …하지만 마지막까지 이 일을 해낼 거야."

"마지막이라니?"

케이는 뭐라 말할 수 없는 표정으로 고개를 갸웃하고는 다음 말을 잇지 않았다. 게임 플레이어가 없어졌을 때를 말하는 걸까, 아니면 케이 스스로 끝내자고 생각하는 때가 있는 걸까. 종료 조건에 케이의 죽음이나 체포가 들어가 있지 않기를 간절히 빌었다.

케이가 참고하던 이케야 스가오의 논문에서는 끝이 분명하게 적혀 있지 않았다. 거기에는 인간이 어떻게 주위에 휩쓸리게 되는지에 대한 요약만이 적혀 있었다. 그 논문이 제시하지 못한 곳에 케이의 블루모르포는 도달하는 걸까?

"그렇게 되면 여기 책과 서류들도 처분할 수 있겠네. 자리를 꽤 차지하니까 그냥 버려도 괜찮겠지만."

책으로 가득 찬 책장을 쿡쿡 찌르며 케이가 웃었다.

"이거 말고도 스마트폰이랑 컴퓨터도 전부 다 버려버릴까. 필요 없는 건 몽땅 모아서 불태워 버리는 거야."

"컴퓨터 같은 전자 기기도 불에 타?"

"세상에 있는 물건 대부분은 태울 수 있어."

어리석은 소망이었지만 나는 언젠가 블루모르포가 자연스럽게 쇠퇴하기를 빌었다. 케이가 부리는 마법이 완전히 사라지고, 블루모르포라는 꿈에서 깨어나 케이가 홀가분하게 블루모르포를 내려놓고 여행 가는 날이 오는 게 달콤한 내 꿈의 전부였다.

하지만 케이의 블루모르포는 쇠퇴하기는커녕 오히려 점점
더 치밀해졌다.

6

태블릿 안에는 케이가 보낸 메시지가 표시되어 있었다.

'이해해. 나도 너와 같아. 이런 세계는 네게 어울리지 않아.
지금 이대로 살아간다 해도 누군가가 너를 찾아주진 않을 거야.
네 부모님은 평생 널 밥값도 못하는 애라고 생각하겠지.'

별것 없는 대화였다. 블루모르포에 끌어들이는 흔한 패턴이
었다. 상대의 약한 마음을 건드려 자신이 얼마나 살아 있을 가
치가 없는지, 얼마나 어리석고 얼마나 죽는 편이 더 나은 인간
인지를 세뇌하는 일이다.

그리고 시간을 두고 다음번에는 손을 내민다.

'하지만 네게는 특별해질 가능성이 있어.'

'블루모르포를 마지막까지 플레이한 사람에게는 이 괴로움
에서 해방될 권리가 주어져.'

'너라면 그걸 얻을 수 있어.'

과제와 함께 보내는 메시지는 그다지 특별하지 않았다. 그런
데도 케이와 대화한 플레이어는 열에 들뜬 듯 목표를 향해간다.
심플하면서 그다지 특별한 내용이 없는데도.

블루모르포의 나비들은 그렇게 불을 향해 날아갔다.

내게는 이 문자들이 요스가 케이의 목소리로 재생되었다. 케이의 목소리는 특징이 있다. 높지도 낮지도 않고, 마치 좋은 악기처럼 울림이 좋다. 말 한마디 한마디를 따라 출렁이는 그 목소리를 좇다 보면, 어쩐지 머리 한가운데가 뜨거워진다. 그동안 케이의 신비한 마력은 목소리에 있다고 생각했는데. 이렇게 문자만으로도 케이의 말에는 힘이 실렸다.

"개인 채팅방 봤어?"

뒤돌아보자 거기에 요스가 케이가 서 있었다. 이렇게 더운데도 케이는 땀을 한 방울도 흘리지 않는 듯했다. 단추를 두 개 푼 블라우스 안에 톡 튀어나온 쇄골이 보였다.

"조금… 궁금해서."

"왠지 부끄럽네. 미야미네에게 학생회 활동하는 모습을 보여 주는 일도 약간 쑥스러운데."

블루모르포와 도가미네 고등학교 학생회를 동급처럼 나란히 언급하면서 케이는 스마트폰을 꺼냈다.

"전화를 거는 거야? 이런 오후 시간에?"

"응. 클러스터를 견인해 줬고, 숙청도 완수해 준 사람이야. 거기까지 간 사람이 혼자서 제정신으로 돌아오려다가는 부서져 버릴 거야."

태연하게 케이가 말했다. 아마도 지금 전화를 거는 상대는 블루모르포를 위해, 케이를 위해 사람을 죽인 모양이다. 확실히 그런 일까지 하게 되었다면 되돌아갈 수 없을 게 분명했다. 만에 하나라도 블루모르포에 의심을 품는다면 마지막에 그 사람은 자신이 저지른 죄의 무게를 견딜 수 없게 될 거다.

케이는 누군가에게 전화를 걸었다. 그리고 해 질 녘 햇살을 받으며 웃음을 띤 채로 이 세계의 어딘가에 사는 플레이어에게 "나야."라고 다정하게 말했다. 케이는 그대로 비밀스럽게 누군가와 대화를 나눴다. 작게 웃는 소리. 희미한 한숨. 케이의 목소리는 나지막하게 실내에 울리며 누군가를 죽음으로 향하게 만들었다.

"…괜찮아. 성역에서 꼭 다시 만나자. 내가 널 분명 찾아낼 거야. 그럼, 쓰쓰지마 요시하루, 안녕."

케이의 달콤한 목소리가 울렸다. 말을 마친 케이는 침묵하며 잠시 눈을 감았다.

전화 너머의 상황은 모르지만, 아마도 쓰쓰지마 요시하루는 죽었을 거다. 뛰어내렸을지도 모르고 목을 맸을지도 모른다. 어쩌면 칼로 목을 그었을지도. 케이가 전화를 끊고 스마트폰을 침대에 툭 던졌다. 굴러가는 스마트폰을 보면서 나는 조용히 물었다.

"죽었어?"

"…응."

좀 전까지와는 전혀 다르게 케이는 침울한 얼굴을 하고 있었다. 울음을 터뜨리기 직전인 표정을 두 손으로 감싼 채 등을 둥

글게 말았다. 누군가가 죽었을 때 케이는 늘 그랬다. 자신이 죽음 쪽으로 흘려보냈으면서도.

케이는 고양이처럼 몸을 쭉 펴고는 그대로 침대에 누웠다. "교복 구겨져."라고 말하자, 케이는 "또 그 소리."라며 쿡쿡 웃었다. 웃는 모양새에 맞춰 케이의 납작한 배가 위아래로 들썩였다. 불현듯 배꼽 부분에 내 손을 올리니 "간지러워."라며 또 웃었다.

케이의 배는 따뜻했고 그 안을 채우고 있는 장기의 존재마저 느껴졌다.

"미야미네가 누르니까 배에서 꾸르륵 소리가 나."

나와 둘만 있을 때 케이는 평소보다 훨씬 홀가분한 모습이었다. 주변 사람은 아무도 이런 케이를 몰랐다. 케이가 이렇게 세계에서 가장 온화한 살인을 반복하고 있는 사실조차 나 이외에는 아무도 몰랐다.

"쓰쓰지마 요시하루는 만족해했어?"

"…응. 행복한 목소리였어. 만난 지 얼마 안 됐을 때는 인생에 아무 의미도 찾지 못했는데. 날 만나고 나서 세계가 변했대. 날 만나서 행복하다고 말했어."

그 말만 들으면 케이가 하는 일은 마음에 걸릴 이유가 아무것도 없는 선행처럼 보였다. 괴롭힘을 당한 소꿉친구를 구하려 하고, 잃어버린 고양이를 해가 질 때까지 찾는 일과 같은 선상에 있는 행위처럼 보였다. 다만 케이가 하고 있는 일의 종착점이 죽음이라는 사실이 판단을 어렵게 했다. 케이는 사람을 구하고 있는지도 모른다. 블루모르포에 빠지는 사람은 모두가 결핍이 있고, 그 결핍을 메울 만한 뭔가를 찾아 케이에게 감사하며 죽는다.

자살이 나쁜 일만 아니라면 요스가 케이는 진정한 구세주가 될 수 있을지도 모르는데.

애초에 자살은 나쁜 일인 걸까?

모두 스스로 그 길을 선택하는데도?

아니면 케이는 내가 증오했던 네즈하라 아키라의 모습을 그대로 비춰내는 거울에 지나지 않는 걸까?

결국, 나는 그조차도 알지 못했다. 채팅 기록에 남은 '찾았어.'라는 문자. 죽으러 가는 사람 마음에 의지가 될 '또 보자.'라는 문자.

"미야미네."

다시 생각이 막다른 골목에 닿았을 때 케이의 목소리가 나를 현실로 불러들였다.

"무슨 생각해?"

케이가 토라진 듯 입술을 삐죽거렸다. 이렇게 눈에 빤히 보이는 몸짓조차도 분명 케이가 취하는 설정일 텐데. 이 자리에서 내 환심을 충분히 얻으려고 지불하는 대가일 뿐이다. 그런데도 나는 케이에게 붙잡혀 있었다.

"다들 케이를 좋아하는구나."

이 말이 입에서 튀어나왔다.

지시를 연달아 내리면서 과제 달성에 대한 장벽을 낮춘다. 클러스터를 나눠 상호 감시 시스템을 만든다. 부정과 긍정을 이용해서 상대의 자아를 무너뜨린다. 수면 시간을 줄여서 사고 능력을 빼앗는다. 때때로 보너스를 주듯 원하는 말을 들려준다.

이런 테크닉을 전부 뛰어넘어 전적으로 요스가 케이의 존재가 블루모르포를 성립시키는 게 아닐까. 플레이어는 모두 케이를 사랑해서, 꼭 다시 만나고 싶어 한다. 사실은 그저 그뿐인 게 아닐까.

그리고 아마도 나 역시 그런 사람 중 한 명일 뿐이다.

"신기한 말을 하네."

케이는 눈을 동그랗게 뜨고 어린아이처럼 웃었다. 좀 전에 누군가를 자살로 내몬 사람처럼 보이지 않았다. 누군가를 막 떠나보냈는데도 케이는 얼굴색 하나 바뀌지 않았다.

"…웃지 마. 나도… 다른 사람들이랑 별로 다르지 않을지 모르니까."

"음, 듣고 보니 그렇네. 미야미네도 날 좋아하니까."

아무렇지 않게 그런 말을 하는 케이가 사랑스러웠다. 즐거운 듯 다리를 흔드는 케이를 보며 어쩐지 갑자기 부끄러워졌다. 내가 앞서 한 말에 대해 적당히 얼버무려 넘길 말을 찾고 있을 때 계산이라도 한 듯 케이가 말했다.

"하지만 다른 플레이어와 다른 점이 딱 하나 있는걸?"

"…죽지 않는 거? 아니 지시를 따르지 않는 거?"

"내 사랑을 받는 거."

케이가 몸을 빙그르 돌려 내게로 다가왔다. 옆으로 누운 케이가 주저하지 않고 나를 향해 팔을 뻗었다. 거기에 맞춰 어깨를 덮은 아름다운 검은 머리카락이 사르륵 소리를 내며 침대 위로 흘러내렸다.

"미야미네. 안아줘."

쉽게 달성할 수 있는 짧은 지시가, 다른 누구도 아닌 케이의 목소리로 들려왔다. 역시 나도 블루모르포 플레이어와 다르지 않았다. 케이의 말을 따른다. 보답받고 싶다.

"…키스해 줄래?"

가슴에 쏙 들어온 케이가 다음 지시를 내렸다. 이대로는 안 된다고 예전의 내가 말했지만 그런 마음의 목소리는 케이의 열기를 띤 목소리에 파묻혔다.

"있잖아, 케이는 성역을 믿어? 뭐라 해야 하지, 그, 천국이나 지옥 같은 거."

문득 궁금해져서 교복을 고쳐 입고 있는 케이의 등 뒤에서 물어봤다.

사후의 성역은 블루모르포의 핵심을 이루는 이념 중 하나다. 거기에서 케이를 다시 만날 수 있다고 믿어서 플레이어는 주저하지 않고 죽음을 선택한다. 상처투성이인 현세보다도 케이를 만날 수 있는 성역을 꿈꾼다. 흡사 꿀을 찾는 나비처럼. 혹은 불을 향해 날아가는 나방처럼.

"미야미네는 믿어?"

"질문을 질문으로 받아치는 건 반칙 아냐?"

"일단 대답해 봐."

"사후 세계는 믿어."

정확히 말하자면 믿고 싶었다. 눈앞에서 일어나는 일을 그저 방관하는 내가 할 말은 아닐지 모르지만, 나는 죽고 나서 마주할 암흑세계가 무서웠다. 인간이 죽으면 아무것도 남지 않는다는 사실은 상상만으로도 위가 뒤틀리는 공포를 느끼게 했다. 그 점에서 블루모르포가 주장하는 성역의 개념은 은혜로웠다. 죽고 나서 가는 곳에 빛이 있다는 건 희망이 되니까.

과연 이를 고안한 사람인 케이는 이런 동화를 믿을까 싶어 흘끔 눈길을 돌렸다. 그늘 없는 눈빛으로 긍정해 줄까, 아니면 비웃는 건 아닐까.

"그러면 꼭 다시 그곳에서 만나자."

내 예상은 모두 틀렸다. 케이는 진지한 얼굴로 이렇게 말하고는 다시 단추와 씨름했다. 내가 던진 의문에 대한 답은 그걸로 끝인 모양이었다.

태연스레 돌아온 말을 반추했다.

'그러면 꼭 다시 그곳에서 만나자.'

그 후 케이는 그대로 잠들어 버렸다. 교복은 이제 수습이 안 될 만큼 구겨졌다. 태평하게 잠든 케이를 바라보면서 무심코 다시 태블릿을 들었다. 이렇게 블루모르포 너머에 있는 요스가 케이를 보고 있을 때 문득 묘한 메시지 이력을 발견했다.

다른 수많은 메시지와는 달리 그 상대와 나눈 대화에는 별 마크가 찍혀 있었다. 특별한 상대를 표시하는 기호였다. '클러스터의 리더 같은 사람일까?'라고 추측하며 채팅창을 열었다.

상대가 보낸 메시지는 하나하나 삭제되었는지 케이가 보낸 메시지만 남아 있었다. 나는 그 메시지를 순서대로 읽어갔다.

'당신은 무척 올바른 분이군요.'

'알아요. 당신은 무척 우수한 사람이에요. 그걸 알기 때문에 저는 당신과 이야기하고 싶었어요.'

'당신의 죄는 오명을 뒤집어쓴 것일 뿐이에요. 그런 이곳에서 당신이 살아야 할 이유는 없어요. 모두가 당신에게 돌을 던지며 아무도 당신을 올바르게 평가해 주지 않을 거예요. 이제 두 번 다시는.'

차갑게 상대를 부정하는 듯한, 그러면서도 어둠 속에서 끌어올리는 듯한 말.

'하지만 제가 당신을 찾았어요.'

'저는 당신 같은 사람을 기다렸어요.'

나로서는 그 대화가 어째서 특별한 건지 알 수 없었다. 케이가 흔치 않게 경어를 사용하기는 했지만, 원래 케이는 상대에 따라서 어투를 바꾸기도 한다. 그렇다고는 하지만 여기서 말하는 상대의 죄란 무엇일까?

갑자기 지금 이 모든 상황이 견딜 수 없어져 관자놀이를 누르며 억지로 생각을 떨쳐냈다. 그때 옆에서 자던 케이가 살짝 몸을 움직였다. 깊이 잠든 케이의 배에 다시 한번 손을 올리고 나도 모르게 "어떻게 하면 좋을까?"라고 내뱉었다. 잠든 케이는 아무런 지시도 내려주지 않았다.

내가 할 수 있는 일은 계속해서 블루모르포를 케이 바로 옆에서 지켜보는 거였다.

그런데 내가 기억하고 말고 할 것도 없이 이 시기의 블루모르포는 온갖 사람들을 끌어들이며 커다란 진화를 이뤄가고 있었다.

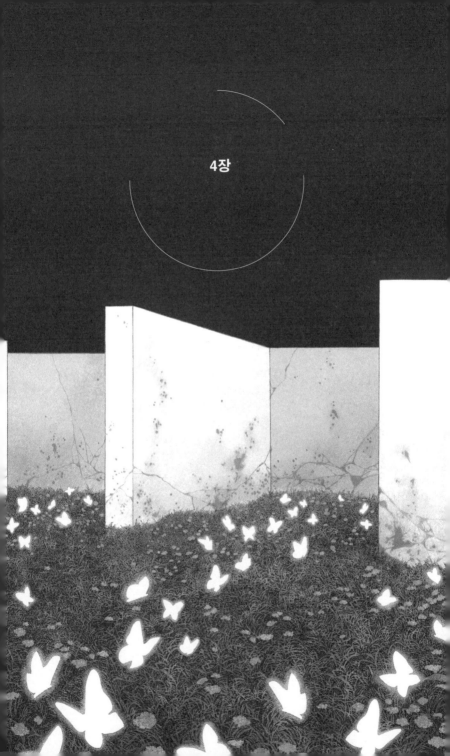

4장

1

　여름 방학을 앞두고 있어서인지 몰라도, 자살 게임 블루모르포는 인터넷상에서 떠들썩해지기 시작했다.

　계기는 마루이 미쓰코의 사건이었다. 사건에 대한 보도가 더는 나오지 않게 될 무렵부터 오히려 이 사건은 인터넷에서 더욱 이야깃거리가 되었다. 그렇게 익명으로 펼쳐지는 '추리'는 차곡차곡 쌓여갔다.

　그리고 어느 날 사건에 관한 상세한 내용의 글을 누군가가 써서 올렸다. 블루모르포라는 자살 게임은 실제로 존재하고, 거기에 관련된 사람이 자살하거나 제재를 받아 살해당했다며, 마루이 미쓰코는 블루모르포에 얽혀 있다가 살해당했다는 내용이 그럴싸하게 적혀 있었다.

　물론 그 글은 완전하지 않았다. 많은 부분이 빠져 있었다. 블루모르포가 내리는 지시 내용이 틀리기도 했고, 블루모르포와는 아무런 관계가 없는 살인 사건이 블루모르포에 얽혀서 일어난 일처럼 쓰여 있었다. 조직폭력배가 뒤를 봐준다는 그럴듯한 헛소문도 있었다.

하지만 '죽은 마루이 미쓰코의 몸에 나비 형태의 상처가 있었다.'라는 진짜 정보도 함께 들어 있었다. 블루모르포의 중요한 핵심을 담당하는 과제 중 하나다. 마루이 미쓰코는 스물아홉 번째 과제 때 탈락했으니 그 상처를 새긴 이는 마루이 미쓰코를 죽인 클러스터 사람들일 게 분명했다.

명백한 헛소문 속에 진실이 아주 조금 섞여 있었다. 그 사실만으로도 그 글은 놀라울 정도로 높은 신빙성을 갖게 되었고, 실제로 화제가 되었다. 내 타임라인에 그 글이 흘러들어왔을 때는 나도 모르게 심장이 멈춰버리는 줄 알았다.

단순한 소문이 아닌 한층 더 열기를 띤 블루모르포의 이야기를 사람들은 믿었다. 모두 거기에 매료되어 플레이하면 죽는 게임의 그림자를 좇는 데 열중했다.

학교에서조차도 그 이름을 듣게 되었고, 주변 사람들이 블루모르포에 대해 앞다투어 의견을 내놓았다.

교실이라는 좁은 장소에 한정한다면 요스가 케이와 블루모르포는 확실히 세계를 바꾸고 있었다. 그 파도는 한가운데 있는 나조차도 두렵게 했다. 이제 블루모르포는 어떻게 될까? 어떻게 되어가는 걸까?

"케이, 이거 알아? 지금 SNS에서 유행하는 블루모르포라고."

교실 가운데에서 학급 친구들이 케이에게 블루모르포에 관한 이야기를 하고 있었다. 케이는 흥미진진한 듯 스마트폰을 들여다보면서 곤란한 웃음을 지었다. 무슨 말을 하는지는 들리지 않았지만 그에 반응하는 케이의 연기가 완벽하다는 사실만은 쉽게 알 수 있었다.

블루모르포는 우리 힘으로 제어하기에 버거울 정도로 성장하기 시작했다. 그 가운데 있으면서 케이의 눈은 나만 알 수 있는 온도로 잔잔하게 일렁였다. 마치 이런 변화를 아주 오래전부터 알고 있었던 듯했다.

"그러게. 가짜 블루모르포가 엄청나졌네."

실제로 케이는 이 일까지 예상했던 모양이다. 수업이 끝나자 허둥거리며 케이를 추궁하는 내게 케이는 따분한 듯이 말했다.

"…안 놀랐어?"

"블루모르포의 규모가 커지면 일반인들에게 퍼질 거라고 예상은 했어. 그렇지 않더라도 블루모르포에 관한 소문 자체는 꽤 예전부터 있었으니까."

케이가 이야기를 나눌 장소로 고른 곳은 역 근처에 있는 게임센터였다. "한번 가보고 싶었어."라고 말하는 케이의 본심을 읽지 못해 평소 같지 않게 초조했다. 주위에는 우리 외에도 고등학생 커플이 많아서 안절부절못했다. 모두 블루모르포 이야기를 하는 것만 같았다.

"괜찮아. 아무도 안 봐."

케이가 내 팔에 팔짱을 끼었다. 그러고 나서 응석을 부리듯이 내 어깨에 머리를 기대고는 속삭였다.

"블루모르포에 대해서 알리는 글뿐만이 아니야. 요즘은 블루모르포의 지시를 베껴왔다는 동영상 페이지도 수없이 쏟아지고 있어."

시끄럽고 어수선한 가운데에서도 케이의 목소리는 또랑또랑하게 내 귀에 닿았다.

"그건 봤어. 진짜 지시와는 전혀 달랐지만."

"퇴마사도 아니고, 방에 마법진을 그리게 한다거나 산양의 피를 마시라고는 하지 않지."

마치 굉장히 웃긴 농담이라도 들은 듯이 케이가 쿡쿡 웃었다. 하지만 나는 이미 제정신이 아니었다. 인형 뽑기 기계 사이를 지나가면서 바쁘게 눈을 움직였다.

"어떡해. 이대로 가다가는 큰일 나겠어."

"왜?"

"이러다가는 블루모르포가 이상하게 유명해질 거야. 아직은 움직이지 않지만 경찰 눈에도 띌지 몰라."

"경찰은 이미 주시하고 있어. 굳이 말하자면 경찰은 나 개인이 아니라 블루모르포라는 움직임에 편승한 집단 자살로 보는 듯하지만."

대체 어디에서 들었는지 케이는 냉정하게 말했다.

"…어쩌면 일단 운영을 중단하는 편이 좋을지도 몰라. 마루이 미쓰코의 나비 모양 상처까지 적혀 있었잖아. 블루모르포는 앞으로도 점점 많은 가짜 사이트가 나와서 점점 유명해져서…."

"응."

"…반에서 다른 애들이 케이에게도 블루모르포 얘길 했잖아? 그렇다면 모두 블루모르포를 알게 되어서… 진짜 블루모르포는 케이가 전부 관리하고 있으니까 제대로 돌아가고 있는 건데, 장난처럼 가짜가 늘어나면…."

"응."

내가 필사적으로 할 말을 찾고 있을 때 케이는 유리 상자 안에 쌓인 색색의 곰 인형 더미에 눈길을 주었다. 케이가 이 상황을 제대로 이해하지 못한 건 아닐까 싶은 두려움에 더욱 초조해졌다.

"있잖아, 케이. 진지한 이야기라고. …그래서, 가짜가 늘어나면 블루모르포는…."

그때 문득 깨달았다.

이대로 블루모르포가 유명해져서 조악한 가짜 사이트가 늘어나 모두 블루모르포 이야기를 하게 된다면 대체 무슨 일이 일어날까? 그런 상황을 막연히 나쁜 일이라고 생각했지만, 실제로 무슨 일이 일어날지는 전혀 상상할 수 없었다.

"…그러면?"

케이가 갑자기 유리 상자 속 곰 인형이 아닌 말문이 막힌 나에게로 시선을 돌렸다. 그 눈빛은 나를 책망한다기보다는 불쌍히 여기는 듯이 젖어 있었다.

"아니, 미야미네. 지금 이대로 괜찮아. 이대로 조잡한 블루모르포가 널리 퍼지면 그건 그대로 바람직해. 진짜인지 가짜인지 알 수 없는 지시를 따르다가 죽는 사람도 분명 있을 거야."

케이는 예언자의 눈으로 말하며 가볍게 웃었다.

"거짓말. 그럴 리가 없어. …케이도 말했잖아. 케이의 방식이기 때문에 다른 사람이 지시를 따른다고."

"하지만 지금은 모두 내 이야기를 홍보해 주잖아."

"…무슨 말이야?"

"흐름은 이미 만들어졌다는 거야. 내가 방향을 조절하지 않아도 분명 주위에서 유도해 줄 거야."

그때 아무것도 건들지 않았는데 산더미처럼 쌓인 인형 중에 제일 위에 놓여 있던 하나가 데굴데굴 굴러 인형을 꺼내는 입구로 떨어졌다. 균형이 좋지 않게 놓여 있었는지, 어떤 이유로 떨어진 모양이었다.

"내가 직접 움직일 수 있는 인원은 한계가 있어. 시간은 한정적이니 이대로라면 혼자서 아무리 노력해도 닿지 못하는 사람이 있을 거야. 하지만 이렇게 블루모르포가 유명해지면 결과적으로 거기에 걸리는 사람이 늘어나겠지."

"당연히 리스크도 있잖아?"

"거기에 균형을 이룰 만한 것도 있어."

블루모르포가 유명해지면 해질수록 케이가 잡힐 위험은 커진다. 그런데도 케이는 블루모르포가 새로운 플레이어를 획득하는 일에만 관심을 두며 그 이외의 일은 전혀 보려고 하지 않는다.

마치 블루모르포 자체가 자기 자신이라고 말하는 듯했다. 한 걸음만 잘못 내디디면 되돌릴 수 없는 상황이 될지도 모르는데.

"그래서 케이는 어디로 갈 작정이야?"

"미야미네는 이상한 말을 잘해."

내가 진정한 의미로 케이가 무서워진 건 이때가 처음일지도 모른다. 케이는 부드러운 곡선을 그리며 눈을 가늘게 떴다.

"나는 여기에 있어."

도망치고 싶어질지도 모른다고 말했던 케이와 눈앞의 케이가 동일인으로 보이지 않았다.

케이는 자신이 블루모르포 그 자체인 듯 나를 올려다보며 어딘가 만족스러운 미소를 지었다.

주위에 있는 연인들이 우리처럼 팔짱을 끼고 걸어갔다. 너나없이 모두 행복해 보였다. 우리도 멀리서 보면 마찬가지로 행복한 연인처럼 보이겠지.

하지만 나는 두른 팔에 전해지는 케이의 체온을 느끼면서 어쩐지 으스스했다.

분명하게 말하자.

이 무렵부터 나는 요스가 케이가 무서웠다.

검색 결과 상위에 가짜 블루모르포 사이트가 나오게 된 때는 그로부터 일주일 후였다. 그 사이트는 50일 동안 지시를 내리는 방식 이외에는 진짜와 전혀 닮은 곳이 없었다.

그런데도 그 사이트는 금세 유명해졌다. 미러 사이트가 몇 개인가 만들어지고 많은 사람이 그것을 화제로 삼았다. 그 가짜 사이트의 지시를 따라 해 봤다는 동영상을 올리는 사람까지 나오기 시작했고, 부적절한 게시물로 삭제 요청이 빗발치는 해프닝도 생겼다. 그런 일까지 포함해서 나는 이 흐름이 짓궂은 농담으로밖에 생각되지 않았다.

하지만 케이가 퇴마사 같다며 웃어넘긴 지시를 따르다가 실제 마법진 안에서 목을 그은 중학생이 나올 무렵에 나는 케이가 한 말이 사실이라는 걸 깨달았다.

이 방식이라면 블루모르포의 영향은 더욱 멀리까지 뻗지 않을까. 흡사 작은 나비의 날갯짓이 지구 반대쪽에 폭풍을 일으키는 듯 블루모르포는 퍼져나갔다.

*

"이걸로 블루모르포 사건도 끝난 걸까요?"

옆에 있는 이루미에게 다카쿠라가 말을 걸었다.

자신을 '관리인'이라 칭하며 '블루모르포'를 운영하던 본가미 다이스케가 체포된 때는 '블루모르포'로 인한 사망자가 8명을 넘은 다음이었다. 상당히 뒤늦은 수사였다. 조금 빨리 본가미를 찾아냈다면 좋았을 거라고 다카쿠라는 남몰래 이를 악물었다. 본가미는 도내에서 학원 강사로 일하는 35세의 성실해 보이는 남자로 전혀 문제가 있는 사람처럼 보이지 않았다. 그런 점도 본가미의 체포가 늦어진 이유로 작용했다.

본가미가 만든 '블루모르포'는 액세스한 사람에게 50개의 과제를 내는 단순한 사이트였다. 체크하면 다음 과제가 표시되고, 마지막까지 수행하면 정신병으로 자살하게 된다고 알려져 있었다.

많은 사람은 이 사이트를 진지하게 받아들이지 않았다. 하지만 이 사이트를 특별하게 다루며 소개하는 영상과 재미로 확산하는 사람이 많았던 탓에 극히 일부지만 '블루모르포'에 진심으로 꽂히는 사람들까지 생겼다.

'블루모르포'의 지시를 따르다가 죽은 8명은 모두 제각각 어떤 문제를 안고 있던 중고등학생이었고, 그들은 피를 마신다거나 창가에 지정된 마법진을 장식한다는 등 미신에 가까운 지시를 따른 끝에 마지막에는 결국 목을 그어 죽었다.

"블루모르포로 죽은 인간은 다음 생에 자신이 원하는 모습의 인간으로 다시 태어난다고 선전했답니다."

"…그렇겠지. 인간을 죽음으로 향하게 하는 건 궁극적으로 희망이야."

이루미는 담배를 피우면서 작은 목소리로 대답했다.

본가미 다이스케는 별로 저항하지 않았다. 동기도 쾌락범에게서 보이는 유형으로 자신의 지시로 사람들이 죽는 모습에 쾌감을 느꼈다고 진술했다.

"본가미에게 어떤 죄가 적용됩니까?"

"해당하는 죄목으로는 자살 교사가 되겠지만, …여덟 명을 상대로 한 자살 교사라면 어떤 판결이 내려질지 모르겠어. 궁극적으로 본가미는 아무도 죽이지 않았으니까. 다만 사이트를 만들었을 뿐이지. 잘 안 보이는 곳에 '자기 책임하에 열람해 주세요.'라는 문구까지 확실하게 써뒀으니까."

이루미는 불쾌하게 말했다. 그런 짓을 하고 8명의 인생을 엉망으로 만들었는데도 본가미는 어디까지나 빠져나갈 구멍을 만들어 뒀다. 그런 부분까지 악랄했다.

"그런 인간에게 살인이 적용되지 않는다니 문제가 있어요."

"…나도 그렇게 생각해."

"히무로 형사님은 이런 지시에 걸려드는 사람이 바보라고, 그… 이런 바보 같은 게임으로 죽을 놈은 어차피 죽을 거라고 말했지만요. 애초에 히무로 형사님은 블루모르포로 사람이 죽는 현상에 대해서도 회의적인 것 같았고요."

"뭐, 히무로 형사는 그렇게 말하겠지. 그래서 다카쿠라는 어떻게 생각해?"

"네?"

"블루모르포로 죽을 인간은 죽어 마땅하다고 생각해?"

"설마 그럴 리 없잖아요!"

"이 게임의 무서운 부분이 그거야. '죽을 놈은 알아서 죽는다.' 그런 어리석은 메시지에 설득력을 실어 주는 부분. 뭐랄까. 내 감이지만 이 게임을 만든 인간은 어딘가 이 메시지를 도태라고 생각할 거 같아서 무서워."

"…도태라고요?"

"하지만 도태인지 아닌지는 애초에 문제가 아니야. 인간은 다양성으로 진화해 온 생물이야. 그런 생물에 어떤 이유를 붙여서 도태시키는 구조 같은 건 애초에 만들어서는 안 돼. 누가 살아야 마땅한가, 누가 죽어야 마땅한가를 선별해서는 안 된단 말이야. 누군가를 선택해야 한다면 차라리 인간 따위는 전멸하는 편이 좋아."

예상보다도 강한 어조로 하는 말에 다카쿠라는 잠깐 겁을 먹었다.

"아, 지레짐작하지는 마. 아니면 전부 살리든가. 그런 문제라면 나는 전부 살아줬으면 좋겠다고 생각해. 그래서 블루모르포의 관리인을 용서할 수 없어. 그런 살인 게임은 막아야 해."

손에 든 담배를 재떨이에 눌러 끄면서 이루미는 의외로 온화한 미소를 지었다.

"잠깐만요. …관리인이라면 체포했잖습니까?"

"아니, 본가미는 분명 '블루모르포'의 관리인이지만 동시에 단순한 모방범이야. 본가미가 사이트를 운영하기 시작한 때는 불과 얼마 전이야. 노즈미 겐타가 정글짐에서 목을 매달아 자살한 사건이나 마루이 미쓰코 사건과는 시기가 맞지 않아."

"그래서 앞선 사건은 인터넷에 떠도는 도시 괴담 때문이었다거나, 본가미가 사이트를 만들기 전에 개별적으로 소통했을 가능성이 있는 게 아닌가 검토 중이잖아요. 제가 생각하기에는 여죄가 아직 있을 것 같습니다."

"본가미에게는 카리스마가 없어."

이루미는 확실한 목소리로 말했다.

"저건 어설프게 따라 한 짝퉁 버전이야. 그것도 진짜의 빛이 너무 강해서 그림자에 묻혀버릴 정도로 말이지. 나는 아직 최초로 블루모르포를 만든 사람이 따로 있다고 생각해."

"…그럼 이제 어떻게 합니까? 수사본부도 해체되는 분위기인데요."

"그렇다면 내가 혼자 해야지. 다른 블루모르포 관계자가 있든 없든 블루모르포는 끝나지 않아."

"끝나지 않는다고요?"

"참, …히무로 형사는?"

다카쿠라의 질문에는 대답하지 않고 이루미가 물었다.

본가미를 체포할 때 행동 부대의 한 사람으로 선두에서 움직인 사람이 히무로였다.

블루모르포 사건을 자신이 해결하겠다고 기세등등했던 히무로는 그 후 온몸과 마음을 다해 조사를 이어갔다. 블루모르포 사건을 맡고 나서 히무로는 이전의 컨디션을 되찾아 순식간에 변했다. 해결해야 할 사건이 과거를 떨쳐낼 수 있게 했을 거라고 주위에서도 그 변화를 환영했다.

"히무로 형사님이라면 오늘도 반차를 썼습니다. 그렇게 바라던 본가미를 체포했는데 무슨 일일까요?"

히무로는 종종 휴가를 냈다. 무언가에 사로잡힌 사람처럼 일심불란一心不亂하게 일을 처리하는 한편, 무단결근마저 눈에 띄게 늘었다.

"어쩌면 번아웃일지도 모르겠네요."

"차라리 그런 이유라면 다행이지만."

텅 빈 자리를 보면서 이루미는 작게 한숨을 쉬었다.

히무로의 책상은 이전이라면 생각할 수 없을 정도로 정돈되어 있었다. 책상 구석에는 히무로에게 어울리지 않는 아름다운 꽃마저 놓여 있었다. 물을 주지 않은 그 꽃은 아름다운 모습 그대로 말라 있었다.

2

블루모르포 사이트를 운영하던 사람이 체포되었다.

기자들에게 둘러싸여 연행된 사람은 피부가 하얗고 마른 남성이었다. 뉴스에서 본가미 다이스케, 35세. 직업, 학원 강사라고 자막이 흘러나왔다. 이런 보도에 빠지지 않는 주변 사람들 인터뷰로 본가미의 동료와 지인까지 방송에 출연해 "그런 일을 할 사람으로 보이지 않았다."라는 흔히 있을 법한 말을 했다. 케이가 붙잡힌다면 대체 몇백 명의 사람이 같은 말을 하게 될까?

본가미 다이스케의 동기에 대해서도 자세히 보도되었다. 다른 사람이 자신의 지시에 따라 죽는 상황이 견딜 수 없을 만큼 재미있었다고 기탄없는 발언을 한 본가미는 격렬한 비난을 받았지만, 그조차도 마음에 두는 기색이 없었다. 서슬이 퍼런 해설자 말에 따르면 본가미는 전형적인 사이코패스라고 했다. 자기애와 지배욕이 강하고 아무런 주저도 없이 사람을 해치는 인간.

그런 내용을 보고 있자니 솔직히 불쾌했다. 그리고 케이를 생각했다. 케이는 본가미와는 다르다. 케이는 사람의 마음을 알기 때문에 블루모르포를 만들었다. 지금도 양심에 가책을 느끼면서 자신의 정의를 위해 싸우고 있다.

그런데도 보도 중 언급한 사이코패스 개념 자체는 들을수록 왠지 등줄기가 서늘해졌다. 물론 사이코패스의 특징을 가진 사람 모두가 범죄를 저지르지는 않는다. 텔레비전에서도 한 전문가가 스스로 사이코패스라고 판단하여 자기 자신을 연구 대상으로 삼아 정신 질환에 관해 연구한 신경과학자를 예로 들며 안이한 편견을 비판했다.

하지만 케이는… 예언자 같았던 케이의 말을 떠올렸다. 앞으로 일어날 일을 다 꿰뚫어 보는 듯했던 그 말.

케이가 만들어낸 블루모르포와는 전혀 닮지 않은 가짜 사이트에 이끌려 최종적으로 8명이 죽었다. 사이트 관리인을 밝혀내 본가미를 체포하기 전까지 8명이 죽었다. 본가미가 만든 '블루모르포'는 쉽게 과제를 수행할 수 있어서 죽음에 이르기까지 50일이나 필요하지 않았다.

케이가 말한 내용이 떠올랐다. 이제 블루모르포는 규모가 커진 공동 환상이다. 케이가 만든 진짜 블루모르포가 설득력을 얻어 모방범들에게 힘을 실어준다.

본가미가 체포되자 블루모르포에 대한 주위의 관심은 더욱 높아졌다. 무엇보다 가짜라도 블루모르포로 8명이 죽었단 사실이 증명되었다. 본가미의 사이트가 폐쇄되고 나서도 비슷한 사이트나 사건의 요약 또는 정리라는 명목으로 본가미가 냈던 과제를 게시하는 곳이 끊이질 않았다.

거기에 영향을 받아 본가미가 체포되고 나서 한 남자 고등학생이 죽었다. 그 남학생은 마법진을 그리지는 않았다. 그저 블루모르포의 나비 마크를 몸에 새기고 심플하게 투신했을 뿐이다. 남학생의 방에는 과제 리스트가 아닌 본가미 체포 뉴스 기사가 남아 있었다.

가장 나쁜 형태로, 혹은 가장 좋은 형태로 블루모르포가 감염을 확산시켜 갔다.

이 모든 흐름은 케이에게 유리했다. 무엇보다 블루모르포는 조잡한 사이트라는 이미지가 강해졌다. 다시 말해 모두 거기에 휘둘려서 자살하거나 린치 사건을 일으켰다고 생각했다.

꼭 맞는 허울 좋은 희생양이었다. 진짜 블루모르포는 케이가 개개인에 맞춰 지시를 전달하고, 지시 내용도 80퍼센트는 모두 달랐다. 하지만 이 블루모르포의 어설픈 카피 버전으로도 사람은 죽었다.

블루모르포는 그 존재만으로 사람을 죽음에 이르게 하는 병으로 진화를 거듭했다. 케이의 손에 죽은 사람은 80명 정도였지만, 그 외 여파를 포함하면 100명이 넘는 사람이 죽었다는 계산이 나온다. 이대로 가다가 기하급수적으로 피해자가 증가하면 최종적으로는 어떻게 되는 걸까?

"이렇게 되면 블루모르포에 얽혀서 죽은 사람이 있다는 사실이 이 이야기를 강화해 줄 거야. 급기야 지시조차 필요 없이 '블루모르포로 죽으면 다시 태어났을 때 자기가 원하는 대로 살 수 있다.'라는 문장만으로도 사람이 죽고 있어."

내 방 침대에 누운 케이는 조용히 말했다.

본가미 다이스케가 체포되고 나서도 케이는 여전히 상황을 냉정하게 분석했다. 여름이 지나 가을에 접어들어 케이의 교복도 춘추복으로 바뀌어 있었다. 우리는 결국 여름 방학에 아무 곳에도 가지 않고 서로의 방에서 둘만의 시간을 보냈다.

내 방에 케이가 있다는 사실도 꽤 익숙해졌다. 자유분방한 케이가 내 방에 들어오자마자 바로 침대에 자리 잡는 바람에 당황했던 일이 오래전 일처럼 아득하게 느껴졌다.

"잘되면 블루모르포는 영원할 거야. 인터넷에는 아직 진짜 블루모르포를 찾는 사람이 넘쳐나고, 거기에 맞춰 진짜 블루모르포를 만들어 내려는 사람도 수없이 많아."

거기까지 말하고 케이는 얕게 숨을 뱉었다. 그런 케이를 보면서 멍하니 생각했다.

케이의 목적은 이걸로 달성된 거 아닐까?

세상에는 블루모르포에 휘둘리고 휩쓸린 사람들이 가득하다. 누군가에게 지시를 받고 싶어서 몸살이 난 사람과 아무 생각 없이 거기에 따르는 사람들의 끝나지 않는 악순환. 지금도 케이의 손에는 40명 정도 진짜 플레이어가 있다. 만약 거기에 새로운 플레이어가 추가되지 않는다면⋯ 그렇다면.

"그럼 이제 케이는 블루모르포를 그만둘 수 있어?"

그때 케이가 아주 잠깐 말문이 막혔다. 최소한 내게는 그렇게 보였다. 침대에 누워 있던 케이가 천천히 일어났다.

"⋯미야미네 말대로 될지도 모르겠네."

케이가 눈을 어린아이처럼 동그랗게 떴다. 처음으로 그 사실을 깨달았다는 듯이 목소리가 흔들렸다.

"이대로 가짜 블루모르포가 계속 늘어난다면 더는 마스터로 일하지 않아도 될지 몰라."

"그래. 맞아. 그러면 케이는 더 이상 블루모르포에 관여하지 않아도 돼."

"관여하지 않아도 된다…."

잠꼬대처럼 중얼거리는 말이 꿈처럼 녹아내렸다.

"그렇게 잘 풀릴까?"

"잘 될 거야. 이제 케이가 없어도 블루모르포가 움직이게 되어서 도태가 자연스럽게 이뤄진다면, 더 이상 케이가 괴로워하지 않아도 되잖아…."

케이는 잠시 내 말을 음미하는 듯하더니 갑자기 환하게 웃었다.

"응. 미야미네 말이 맞을 거야. 그러면 여행도 갈 수 있겠네."

누워 있던 케이가 내 곁으로 거리를 좁혀왔다.

"그렇게 되면 미야미네는 어디에 가고 싶어?"

"케이가 가고 싶은 곳이면 어디든 좋아. 하지만 생각해 보면 우리 늘 방에만 있었으니까. …아주 먼 곳으로 가자. 꽤 오래전에 남극은 태양이 지지 않으니까 가보고 싶다고 했잖아."

"내가 그런 말을 했었어?"

"했어."

자연스럽게 손가락을 감아오는 케이를 내가 먼저 잡아당겼다. 케이가 쿡쿡 웃으면서 내게 기댔다.

케이가 당연한 듯 놀러 왔던 내 방에는 요스가 케이가 살아 있던 증거가 남았다. 나는 계속해서 블루모르포 피해자들의 기사를 스크랩했고 매일 갱신되는 진짜 블루모르포의 지시도 몰래 노트에 적어뒀다.

블루모르포의 비밀 안에서 나와 케이가 마주했다. 어느샌가 케이가 내 양팔을 붙잡고 쓰러뜨려 위에서 나를 내려다봤다. 내 모습은 표본 상자 속 나비처럼 보이지 않을까.

케이가 그대로 내 입술을 가볍게 핥았다.

"기말고사도 끝났잖아. 일요일에 어디라도 가자. 꼭 남극이 아니더라도."

"정말? 나, 거기 가고 싶어. 수족관. 얼마 전에 새로 열었다는 그곳."

케이가 천진난만하게 말하고는 기쁜 듯 손뼉을 쳤다.

이날 결국 나와 케이는 함께 그대로 잠들어 버렸다. 엄마가 돌아오실 시간에 맞춰 몰래 빠져나가는 케이의 모습이 우스웠다. 우리 엄마에게 인사할 때는 제대로 예의를 갖춰야 한다고 케이는 주장했다.

꿈속에서 나와 케이는 실제로 남극까지 갔다. 지지 않는 햇살 아래에서 케이가 신나게 펭귄을 쫓아다녔다. 실제로는 여름에만 태양이 지지 않고, 남극의 펭귄은 사람이 접촉해서는 안 된다고 했지만 그런 건 꿈이니까 상관없었다. 정말로 행복한 꿈이었다.

일요일, 우리는 결국 수족관에 가지 못했다.

그날 우리 두 사람 모두 장례식에 다녀오느라 지쳤기 때문이다.

케이가 조문 복장을 한 모습을 본 건 네즈하라 아키라의 장례식 이후 처음이었다. 검은 정장 원피스를 입은 케이를 보자 어쩐지 그리운 옛날 생각이 떠올랐다.

죽은 사람은 초등학교 때 같은 반이었던 오노 에미였다. 5학년 2반이었을 때 케이와 사이좋게 삼총사로 지냈던 여학생 3명 중 한 명이었다. 최근까지는 도내에 있는 한 여고에 다니며 관악 합주부에 들어가 바순을 연주했다고 한다.

오노 에미의 사인은 자살이었다. 오노 에미는 방에 자신이 무언가가 괴로워서 죽는 건 아니라는 취지의 유서를 남기고 자택 맨션 6층에서 뛰어내렸다. 오노 에미의 왼쪽 팔에는 일그러진 나비 형태의 상처가 있었다.

"가짜 블루모르포야."

비보를 들은 순간 케이는 꺼질 듯한 목소리로 중얼거렸다.

점점 퍼져나가는 가짜 블루모르포는 상대를 고르지 않았다. 아니, 어떤 의미에서 올바른 타깃팅이었다. 오노 에미는 도시 괴담 같은 내용에 휩쓸려 죽을 정도의 인간이었으니까.

하지만 이건 잘못되었다고 생각했다.

"요즘 유행하는 기묘한 게임에 휘말려 죽었다는 모양이야." 라고 속삭이는 소리가 들려왔다. "총명한 아이였는데 부끄러워."라며 친척으로 보이는 사람이 말했다.

케이는 무너지듯 울며 평소에 보이지 않던 모습을 보였다. 케이가 그러는 건 사실 무리도 아니다. 내가 볼 때도 초등학생이었던 케이와 오노 에미는 사이좋은 친구였다. 중학교에 올라가고 나서 소원해지긴 했지만 그래도 친구인 사실은 달라지지 않는다.

오노 에미의 영정 사진을 보면서 묘한 기분이 들었다. 오노 에미와 나는 6학년 때 같은 반이었다. 내가 네즈하라에게 괴롭힘을 당할 때 날 못 본 척했던 학생 중 한 명이었다. 물론 그 상황에서 오노 에미가 나를 감쌀 수 있을 리가 없었다고 생각한다.

다만 오랜만에 봤더니 가슴이 울렁거렸다. 오노 에미는 그때 주변 분위기에 휩쓸렸던 사람 중 하나였다.

분향하고 한쪽 구석에서 예전 학급 친구들에게 둘러싸인 케이를 데리러 갔다. 장례식 자리에 어울리지 않게 그곳만은 동창회 분위기가 느껴졌다.

"케이, 괜찮아?"

내가 묻자 케이는 눈물에 젖은 얼굴로 주위 사람들에게 사과하고는 천천히 내 곁으로 다가왔다. 케이는 가만히 내 손을 잡고 장례식장에서 나왔다. 밖에는 때마침 비까지 내리고 있었다. 처마 밑에 들어선 순간 케이가 분명하게 말했다.

"블루모르포를 그만둘 수는 없어."

이를 악문 듯한 목소리였다.

"내가 계속해야 해."

그 말을 듣고 절망스러웠다.

케이의 마음은 가슴 쓰릴 만큼 이해가 되었다. 자신이 시작한 일로 예전 친구가 죽었으니 책임을 지고 마지막까지 블루모르포를 완수하겠다는 게 아닌가. 그렇다. 그런 행동은 충분히 성실한 요스가 케이다웠다. 그건 나도 안다.

하지만 그러면 어떻게 되는 걸까?

케이는 앞으로도 계속 블루모르포를 운영하는 걸까. 블루모르포를 운영할 수 없게 된다면 분명 블루모르포를 대신할 무언가를 만들어 내서라도 계속할 듯싶었다.

'그렇다면 남극에 갈 날은 오지 않잖아.'

나는 염치없게도 겨우 그런 일로 충격을 받았다.

"…알았어. 그게 케이가 원하는 일이라면."

그런데도 이렇게 말할 수밖에 없었다.

"…마지막까지 계속하자. 내가 케이 옆에 있을 테니까."

"…고마워. 미야미네."

어쩐지 안심한 듯한 목소리로 케이가 말했다. 어쩔 수 없었다. 케이가 그 길을 가고 싶다고 말한다면 나는 그저 케이 곁에서 함께 걸을 수밖에 없었다.

케이의 머리를 부드럽게 쓰다듬어 줬더니 많이 안정되었는지 평소 요스가 케이의 모습으로 되돌아왔다. 그러고 난 다음 케이는 계속해서 지금 케이가 어떻게 지내는지 궁금해하는 친구들에게 다정하게 응했다. 나는 그런 케이의 모습을, 초등학교 때처럼 조금 떨어진 곳에서 바라봤다.

그때 스마트폰에서 또롱, 하고 무언가 수신되는 소리가 들렸다. 열어보니 한때 같은 반이었던 친구가 보낸 단체 메시지였다. 아무래도 시간을 새로 잡아서 5학년 2반 동창회를 하기로 한 모양이었다. 케이를 만나 모두 초등학교 시절로 되돌아간 듯 보였다.

집단 괴롭힘 같은 건 원래 없었던 일처럼 모두가 성장해 있었다. 그 괴롭힘에 사로잡혀 있는 사람은 나와 케이 둘뿐인지도 몰랐다. 저렇게 사람들에게 둘러싸여 있는 모습을 보고 원래는 케이도 당연히 벌써 잊어야만 했던 일인데 싶었다.

"미야미네에 대해서 이런저런 질문을 받았어."

조문복 차림으로 둘이서 빗속을 걸을 때 케이가 어쩐지 기쁜 듯이 말했다.

"사귄다고 말했는데, 괜찮지?"

"난 딱히 상관없는데, 케이는 괜찮아?"

"왜?"

"그게 나는… 아니, 아무것도 아니야."

케이의 남자 친구라는 사실이 알려졌기 때문인지 그 후로는 친구들이 내게도 드문드문 말을 걸어왔다. 나도 사람들과 제대로 대화를 나눌 수 있게 되었다. 비굴하고 연약했던 시절보다도 훨씬 제대로 된 인간이 되어 있었다.

"아, 참. 동창회도 할 계획이야. 오세키 하나가 전체 메시지를 보내겠다고 했는데….”

“아, 그건 나도 받았어.”

“응? 하나랑 그렇게 사이가 좋았어? 메신저 아이디 교환할
정도로?”

케이의 말에는 어딘가 어울리지 않는 화가 깃들어 있었다. 그
러고는 어쩐지 부정한 일을 비난하는 듯 케이가 나를 노려봤다.

“그게… 초등학교 때 같은 반 친구들 전부 교환했잖아? 그렇
게 말하자면 내 메신저에는 아직도 네즈하라와의 채팅방이 남
아 있어.”

“아, 그랬나? 그렇구나.”

그제야 이유를 안 모양이다.

“나도 모르게 초조해졌어. 졸업하고 나서도 하나랑 만난 줄
알고.”

“…케이는 의외로 질투가 심하구나.”

“그게… 그렇잖아. 미야미네가 다른 아이랑 접점을 가지고
있는 일은 거의 없잖아? 별일이 아니더라도 아무튼 난 당연히
물어볼 거야! 우연히 만난 거랑 사이좋게 지낸 거랑은 또 다르
기도 하고….”

“내게 그렇게 관심 있는 사람은 케이뿐이야.”

“그러면 좋을 텐데.”

케이가 빗속에서 말했다.

그런 내게 결정적인 변화는 이때부터 일어나기 시작했다.

그날 밤 스마트폰에 다시 한번 진동이 울렸다. 오세키 하나에게서 메시지가 왔는데, 내용 자체는 특별하지 않았다.

'아무리 지나도 메시지를 읽었다는 표시가 뜨지 않아! 누구 히야마 마나의 연락처를 아는 사람?'

그 문자에 다른 사람도 최근 연락이 안 된다거나, 한참 전부터 소식을 알 수 없다는 등의 메시지를 보내왔다. 메시지 그 자체는 신경 쓸 일이 아닐지도 모른다.

하지만 히야마 마나는 오노 에미와 마찬가지로 초등학교 때 케이와 사이가 좋았다. 히야마 마나도 삼총사 중 한 명이었다.

그 메시지를 읽는데 왠지는 모르겠지만 불길한 예감이 들었다.

그래서 다음에 케이의 방에 갔을 때 몰래 태블릿을 확인했다. 메신저 앱을 열어 검색란에 '오노 에미'라고 입력했다.

그렇게 나온 채팅방에는 대화가 하나도 없었다.

한 번도 대화하지 않은 건 아니었다. 채팅방 자체가 남아 있었기 때문에. 오노 에미와 케이는 무언가 대화를 나누긴 했다. 그런데 케이는 자신이 보낸 메시지는 물론이고 상대가 보내온 메시지까지 전부 삭제했다.

다음으로 '히야마 마나'를 검색했다. 이쪽도 채팅방에는 무엇 하나 흔적이 남아 있지 않았다.

이 상황을 우연의 일치라고 생각하고 넘어갈 수 있을까?

오노 에미의 장례식에서 울던 케이를 떠올렸다.

나는 케이를 의심하지는 않았다.

그런데도 문득 정신을 차리고 보니 히야마 마나의 주소를 찾고 있었다. 초등학교 때 앨범을 확인하고, 알 수 없는 예감에 붙들려 지도로 장소를 확인했다. 이사를 하지 않았다면 히야마 마나는 그 초등학교의 학군 안에서 살고 있었다.

4

다음 날, 나는 히야마 마나의 집으로 향했다.

어디에서 이런 행동력이 끓어올랐을까. 케이가 오노 에미와 히야마 마나의 메시지를 삭제한 일이 아무래도 마음에 걸렸다. 오노 에미와 히야마 마나는 모두 사립 중학교에 진학한 '입시반'이었기 때문에 졸업하고 나서는 딱히 만난 적도 없었다.

그러고 보니 케이는 왜 다른 사립 중학교는 전혀 지원하지 않았을까? 케이는 누구보다도 성적이 우수했다. 집에 여유도 있어서 케이라면 어디라도 갈 수 있었을 텐데. 굳이 공립 중학교에 갈 이유가 없었다.

이런 생각을 하면서 걷다 보니 목적지에 도착했다. 다른 집들과 별로 다르지 않은 단독 주택이었다. 잘 손질된 정원과 깨끗하게 닦은 현관 등에서 어쩐지 품위가 엿보였다.

초인종을 누르자 잠시 후에 히야마 마나의 어머니로 보이는 한 아주머니가 나왔다.

"…누구세요? 우리 애 친구니?"

"아, 네… 그, 저는 미야미네 노조무라고 합니다. 이번에 초등학교 동창회가 있는데, 히야마 마나가 연락이 되지 않아서요. 제가 대표로 소식을 전하러 왔어요."

스스로도 묘한 이야기라고 생각했다. 되돌아가라는 말을 들어도 이상하지 않을 만했다. 최악의 경우 히야마 마나가 그저 무사하다는 사실만 확인해도 찾아온 목적을 달성했다고 말할 수 있을지도 몰랐다.

하지만 눈앞에 있는 히야마 마나의 어머니는 한숨을 내쉬더니 "괜찮으면 우리 애를 좀 만나줄래?"라고 말하고 나를 집 안으로 들였다. 아무런 경계심을 가지지 않았다기보다는 다른 일로 완전히 혼이 빠진 사람처럼 보였다.

"친구가 왔는데…."

히야마 마나의 어머니는 한 방문 앞에 서서 말을 걸었다. 그리고 미안한 듯이 중얼거렸다.

"어쩌면 이야기하고 싶어 하지 않을지도 몰라."

"…네. 감사합니다."

그렇게 나는 침대 위에 몸을 웅크리고 앉아 있는 히야마 마나와 재회했다.

오랜만에 만난 히야마 마나는 모습이 완전히 변해 있었다. 단순히 성장해서가 아니었다. 초등학생에서 고등학생이 되기까지 몇 년이 지났다고는 하지만 무서울 정도로 변한 모습이었다.

차라리 투병 중이라는 말을 들었다면 믿었을지도 모른다. 히야마 마나의 눈은 기묘하게 꺼졌고 푹 패인 볼에는 짙은 그림자가 드리워져 있었다. 미세하게 흔들리는 몸에서는 뭐라 표현할 수 없는 두려움이 보였다.

"오랜만이야, 미야미네."

내가 말을 꺼내기 전에 히야마 마나가 인사했다.

"앉아."

히야마 마나가 책상 앞에 놓인 의자를 가리켰다. 시키는 대로 의자에 앉자 이 방에 들어왔을 때부터 얼핏 느꼈던 위화감의 정체를 깨달았다.

히야마 마나의 방에는 컴퓨터나 태블릿, 스마트폰 같은 전자기기가 하나도 없었다.

"나 기억해?"

"잊을 리가 없잖아."

비웃는 듯한 목소리로 히야마 마나가 말했다. 그 말투에는 숨길 수 없는 악의가 훤히 보였다. 솔직히 나와 히야마 마나는 거의 접점이 없었는데.

"왜 이제 와서 날 만나러 온 거야? 무슨 생각으로?"

"나는 딱히 널 어떻게 하려는 게 아니라…."

"너 말야."

히야마 마나는 짧게 말하고 나를 노려봤다. 하지만 그 눈은 내가 아닌 다른 무언가를 보고 있었다.

잠시 후 히야마 마나가 이어서 말했다.

"케이는 그렇지 않아."

"설마… 케이가 무서워?"

그 순간 히야마 마나가 내게서 눈길을 돌렸다. 나는 그런 히야마 마나에게 질문을 더 했다.

"왜 케이를 무서워해?"

"너, 내 질문에 답하지 않았어. 여기엔 왜 왔냐고 물었잖아."

"오노 에미가 죽었어."

그 말을 들은 순간 히야마 마나의 눈이 커졌다. 아무래도 히야마 마나는 정말로 외부와 관계를 끊고 있는 모양이었다. 그때 히야마 마나가 심하게 헛구역질을 했다. 그리고 몇 번이나 거친 숨을 뱉고 나서 작은 목소리로 "역시….."라고 중얼거렸다.

"역시라니?"

"오노 에미…, 죽었구나. 죽을 줄 알았어."

"왜? 왜 그렇게 생각한 거야?"

"케이랑… 친했으니까."

이번에는 내가 숨이 막혔다. 막연했던 불길한 예감이 점점 그 형태를 분명하게 드러냈다. 그런 나를 곁눈질하면서 히야마 마나는 옅은 미소를 누르며 말을 이었다.

"언젠가 이런 날이 오는 거 아닐까 싶었어. 언젠가, 케이에게 살해당할 거라고."

"잠깐만, 넌… 오노 에미가 케이에게 살해당했다고 생각하는 거야?"

오노 에미는 가짜 블루모르포에 걸려들어 죽었다. 하지만 그 말이 거짓이라면? 오노 에미는 가짜 블루모르포가 아닌 진짜…, 요스가 케이에게 살해당했다면?

"그럴 리가, 케이가 오노 에미를 죽일 리가 없어. 그렇잖아, 동기가…."

"있어. 나도 오노 에미도 케이의 공범인걸."

"공범…."

그 말을 그대로 따라서 중얼거렸다. 입안이 까끌까끌하게 말랐다. 히야마 마나의 말에서 조금씩 전모가 보였다. 초등학교. 공범. 짐작할 만한 내용은 하나밖에 없었다.

"그거, 초등학교 때 있었던 일이야?"

히야마 마나가 몸을 움찔 떨었다. 그리고 입술을 깨물었다.

그 침묵은 거의 긍정이었다. 불길한 예감이 차례차례 적중하는 상황이 섬뜩하기까지 했다.

'그렇잖아. 이런 전개는 너무해.'

좀 전부터 내 머릿속에서는 최악의 가능성만 떠올랐다. 케이가 오노 에미를 죽였다면 그 이유는 뭘까?

"…고개만 끄덕여 줘도 괜찮아. 혹시 너희는…."

여기까지 와서 내가 닿은 결론은, 그 두 사람이 범행을 목격해서 케이가 입막음을 하고자 살해한 가능성이었다.

물론 어째서 지금, 이 타이밍에 입막음을 해야 하는지는 모른다. 어쩌면 오노 에미나 히야마 마나 둘 중 누군가가 그 일을 발설했는지도 모른다. 그래서 케이가 죽었다. 무엇을 어떻게 했는지 모르지만 오노 에미는 투신했다.

분명 케이는 히야마 마나에게도 어떤 형태로든 접촉했을 것이다. 그래서 두려웠던 히야마 마나는 이렇게 외부와 단절된 채 있는지도 몰랐다.

"맞아. 케이가 시키는 대로 네즈하라를 죽인 사람은 나와 오노 에미야."

"뭐?"

나도 모르게 히야마 마나의 말을 끊고 말았다.

"시켰다니…, 무슨 말이야?"

"말 그대로야."

"아니, 네즈하라를 죽인 사람은 케이잖…."

히야마는 입을 다문 채로 나를 빤히 바라봤다. 튀어나올 정도로 눈을 크게 뜨고 있어서 가장자리의 충혈된 부분까지 훤히 보였다.

"너, 아무것도 모르는구나."

"뭐…?"

"케이가 네즈하라를 죽였다니. 넌 케이를 전혀 몰라. 케이가 그런 일을 할 리가 없잖아."

"뭐라고…?"

전혀 예상하지 못한 말이었다.

아니, 그럴 리가 없다. 케이는 내게 분명히 '자신이 네즈하라를 죽였다.'라고 말했는데. 나를 괴롭혀서 네즈하라가 학급의 평화를 깨뜨렸으니까. 케이가 그 말을 할 때 거짓말하는 사람처럼 보이지는 않았다. 게다가 그런 식으로 네즈하라를 죽일 수 있는 사람은 케이뿐이다. 다른 사람이 할 수 있을 리가 없었다.

동요하는 나를 히야마 마나는 불쌍하다는 듯한 눈으로 바라봤다. 입가에는 미소를 띠고서.

잠시 후 히야마 마나가 말했다.

"케이가 죽인 게 아니야. **우리가 죽였어.** 케이는 아무것도 하지 않았어. 우리에게 죽이라고 시켰을 뿐이야."

그 말을 들은 순간 온몸에 오한이 느껴졌다.

"자기 손을 더럽히고 싶지 않다거나 그런 게 아니야. 케이는… 그 애는 그런 사람이야. 오노 에미가 눈을 찌르자, 꺽꺽 울부짖으며 벌벌 떠는 네즈하라 앞에 우리 두 사람은 나란히 서서 천천히 다가갔어. 우리를 피해 도망치려는 네즈하라가 건물 아래로 떨어지는 모습을 케이는 차분하게 확인했고."

그 광경이 눈앞에 생생하게 그려졌다. 두려워하는 네즈하라를 향해 발 맞춰 두 사람이 다가간다. 그 모든 광경을 가만히 지켜보는 요스가 케이. 확실히 그런 행동은 무척 케이다운 방식이었다.

"아무도 막지 않았어? 네즈하라를 도우려고 하지 않았어?"

"…네가 그런 말을 할 입장이니? 그 시절 네즈하라는 지독했잖아. 죽을 뻔한 사람은 바로 너였잖아."

그리고 그 상황을 보고도 못 본 척한 사람은 히야마 마나를 포함한 모두였다. 그때 나를 내버려 두고 돕지 않은 사람은 학급 전체였다. 그랬으면서 히야마 마나는 어째서 갑자기 울분을 토하는 표정을 짓는 걸까? 이유는 금세 이해했다. 증오로 불타는 눈동자가 나를 찌를 듯이 노려봤다.

"네즈하라는 죽어 마땅한 인간이라고 케이가 말했으니까. 네즈하라는 살 가치가 없다고. 바로 그 케이가 그런 말을 하니까, 네즈하라가 끔찍했던 거야. 살 가치가 없다고, 케이는 가볍게 말할 사람이 아니야!"

그 말을 듣고 초등학생 시절 케이의 모습이 플래시백 되었다. 누구에게나 다정하고, 공명정대하고, 다양한 일을 맡았던 우등생 케이.

"그래서 죽였어! 케이가 한 말이니까, 케이가 그렇게 말한다면, 네즈하라는 죽는 편이 좋다고."

어느샌가 히야마 마나의 눈에는 눈물이 흘러나왔다. 동그랗게 뜬 눈에서 커다란 눈물이 뚝뚝 떨어졌다.

알고 있었다. 케이가 어떤 사람이고, 지금 무엇을 하고 있는지 생각해 보면 쉽게 알 수 있는 이야기였다.

케이는 죽이지 않았다. 케이가 죽였다.

상반된 두 문장이 모두 성립되었다. 그녀는 다름 아닌 요스가 케이다. 다른 사람을 조종하는 방식 정도는 분명하게 알았다.

"너도 알잖아? 모두 케이를 좋아해서 케이의 마음에 들고 싶어 했고, 케이는 그런 마음을 당연하게 이용하면서 뭔가를 받으면 확실히 감사를 표했어. 거기에 나쁜 생각 같은 건 전혀 없었어. 케이는, 케이는….."

거기에서 히야마 마나의 말이 끊겼다. 그다음으로는 알맞은 말을 찾지 못한 모양이었다.

손이 떨리기 시작하고 히야마 마나의 앞에서 배를 움켜쥐고 쓰러질 뻔했다. 목 안쪽에 위액이 올라오는 느낌이 들어서 필사적으로 입을 막았다. 손가락 사이로 거친 숨이 새어 나왔다. 지금까지의 전제 조건이 무너져 버리는 이야기였다. 그게, 그렇다면, 케이는.

여기까지 이야기를 듣고, 케이가 왜 볼펜으로 네즈하라의 눈을 찌르게 했는지도 이해할 수 있었다. 네즈하라의 지문이 남아 있으면서 같은 초등학교에 있는 사람이라면 손쉽게 얻을 수 있는 물건. 체계적인 살의가 그 결과를 만든 셈이다.

케이는 그만큼이나 냉정하게 범행을 계획했다.

"믿어지지 않아?"

그때 히야마 마나가 갑자기 표정을 풀었다. 좀 전까지 소름 끼치던 표정과 비교하면 상당히 독기가 빠진 웃음이었다. 그대로 시시한 추억을 이야기하듯 말했다.

"이해해. 케이는 무척 좋은 아이였어. …하지만 이상해진 거야. 그 길을 선택했단 말이야. 어떡하지? 우리가 케이를 악마로 만들었어. 그 재능이 그런 방향으로 향하면 어떻게 될지 분명 알았는데. 케이는 어떤 의미에서 피해자인 거야."

"…피해자."

"케이는 사리사욕으로 움직일 아이가 아니야. 케이는 우리보다도 훨씬 올바른 아이야. 순수한 애라고. 게다가 케이는 말야, 포기를 몰라. 모두가 힘을 합치면 못 할 일은 없다고 생각해. 누구와도 친구가 될 수 있다고 생각하고, 누구보다 세상을 무척 좋아해."

한 박자 쉬고 히야마 마나는 말을 이었다.

"그래서 케이가 무서워. 케이는, 케이는 분명 지금도 나를 죽일 생각일 테고, 실제로 그럴 거라고 생각해. 케이가 원하는 세상에 더 이상 내가 있을 자리는 없으니까. 있잖아, 미야미네."

히야마 마나가 작은 목소리로 나를 불렀다. 하지만, 그 후에 이어진 말은 내가 예상하지 못한 말이었다.

"케이는 내가, 이제 싫어진 걸까…."

"…뭐?"

"케이는 내가 죽었으면 할 거야. 날 싫어하는 걸까? 날 특별한 사람이라고 말해줬는데. 나는, 지금도 케이를 배신하고 있는 거지…."

마치 어린아이 같은 말투였다. 겉모습은 전혀 변하지 않았는데도 마치 눈앞에 있는 히야마 마나가 작은 어린아이로 되돌아간 듯한 착각이 들었다. 그 얼굴은 마치 버림받기 직전 소녀의 얼굴이라 나도 모르게 말이 입에서 튀어나왔다.

"그렇지 않아. 히야마도 오노도 케이가 싫어하지는…."

"오노 에미만 그래! 오노 에미는 죽었으니까. 죽어서 용서받았을 거야. …죽은 사람을 나쁘게 말할 애가 아니야."

이상한 논리를 들먹이며 히야마 마나가 케이를 감쌌다.

"케이가… 얼마 전에 갑자기 연락했어. 기뻤어. 하지만 얘길 나누면서 깨달았어. 이유는 모르겠지만 케이가 엄청 화를 낸다고 느꼈거든. 죽지 않으면 용서해 주지 않을 거 같았어. 그대로 계속 얘길 나눴다면 분명 난 죽었을 거야."

그래서 히야마 마나는 외부와 연락을 끊은 거다. 전자 기기도 전부 버리고, 케이에게서 오는 말을 단절시켰다.

하지만 내가 봤을 때 히야마 마나는 이미 늦은 것 같았다. 히야마 마나의 눈은 이미 나를 보고 있지 않았다.

얼마 지나지 않아 히야마 마나는 스스로 죽음을 선택하지 않을까. 그런 느낌이 들었다.

나는 그런 히야마 마나를 놔두고 어둑한 방을 나왔다. 히야마 마나의 어머니가 불안한 모습으로 말을 걸었지만 동창회에 참석하는 건 거절했다는 뜻만 전하고 밖으로 나왔다. 히야마 마나의 방은 커튼이 쳐져 있었지만 나는 거기에서 히야마 마나가 보고 있는 듯해 견딜 수 없었다.

히야마 마나에게서 들은 충격적인 고백을 다시 되새겨봤다. 케이는 어디까지나 냉정하게 주위 사람들을 주저하지 않고 이용하여 네즈하라를 죽였다.

하지만 여전히 케이가 왜 오노 에미를 죽였는지, 히야마 마나를 죽이려고 하는지 알 수 없었다. 범행을 저지른 사람은 그 두 사람이었다. 그 두 사람이 비밀을 밝힐 일은 없을 텐데. 굳이 입을 막을 이유도 없었다.

가짜 블루모르포를 방패 삼아 오노 에미를 죽여서 대체 무엇을 얻으려고 한 건지 생각했다. 장례식이 열렸다. 초등학교 동창생들이 재회했다. …이런 상황을 케이가 원한 건 아닐 텐데. 울던 케이. 위로하는 나. 케이는 지독한 책임을 느끼면서, 빗속에서….

자신에게 책임이 있어서 블루모르포를 멈출 수 없다고 선언했다.

나는 그런 케이의 결단을 성실한 케이답다고 생각했다. 블루모르포를 운영하면서 그렇게나 괴로워했던 케이가 그런 결단을 내리다니, 마음 아파하며 언젠가 가자고 했던 여행조차도 단념했다.

하지만, 전제가 틀렸다면?

케이는 블루모르포를 그만두고 싶지 않았던 거라면?

내가 블루모르포를 운영하지 않아도 될 거라고 말했을 때, 케이는 언뜻 기쁜 듯 보였다. 하지만 마음속으로는 싫었을지도 모른다. 블루모르포를 그만둘 생각 따위 애초에 없었을지도.

하지만 그런 마음을 내 앞에서 말하는 건 주저했다. 마치 블루모르포 운영을 즐기는 듯 보일까 봐 그런 걸 수도 있다. 그래서 번거로운 '스토리'를 준비한 게 아닐까. 단 한 사람, 나를 위해서.

그렇게 생각하자 등줄기가 서늘해졌다. 본가미 다이스케가 체포되었을 때 나오던 뉴스 보도를 다시 떠올려 봤다. 사람을 죽인 쾌락범으로 본가미는 사이코패스라는 평을 받았다. 본가미가 사람을 죽인 까닭은 그 행위가 무엇보다 즐거웠기 때문이다. 그저 죽이려고 살인한다. 그것만을 목적으로 하기 때문에 브레이크가 먹히지 않는다.

마음이 복잡해 머리를 흔들었다.

'아니야. 케이는 그런 사람이 아니야. 케이는 자신을 위해 사람을 죽이지 않아. 케이의 행동은 정의가 폭주해서 나온 형태일 뿐이야. 케이는 주위가 제대로 보이지 않게 되었을 뿐이야. 케이의 행동에는 분명한 이유가 있어.'

블루모르포가 세상을 바꿀지도 모른다고 믿어서 비로소 케이는 이런 일에 발을 담근 거다. 실제로 블루모르포에 걸려든 사람은 멍청한 사람들뿐이었다. 죽어 마땅한, 휩쓸릴 뿐인 사람이었다.

…정말로 그런 걸까?

갑자기 발아래가 불안정해지면서 바닥에 주저앉을 것만 같았다. 가슴 부근에서 꾸룩꾸룩 기분 나쁜 소리가 울리며 좀 전에 히야마 마나의 집에서 토할 듯했던 느낌이 다시 찾아왔다.

그때 나는 문득 그 애를 떠올렸다.

케이를 통해 교환했던 연락처를 찾아 메시지를 보냈다.

케이는 나쁜 사람이 아니다. 그 사실을 증명할 수단이 필요했다. 거미줄에 매달린 죄인이 된 기분으로 나는 그 애를 불러냈다.

5

젠나 미쿠리는 내 메시지를 받고 30분도 되지 않아 역 앞으로 나왔다. 근처 카페에 들어가 둘이 마주 앉았다.

"안색이 좋지 않은데. 혹시 속이 안 좋아?"

젠나 미쿠리는 예쁘게 정리된 눈썹을 찡그리면서 물었다. 자살 소동을 일으켰을 때와는 몰라보게 달라져 있었다. 그때보다 어느 정도 살이 빠지기는 했지만 적어도 곧 죽을 듯이 보이지는 않았다.

"진짜 오랜만이야. 그건 그렇고 정말 내가 도움이 되겠어? 케이에게 줄 선물을 고르는 데 내 의견이 참고가 될지 모르겠네."

"아니야. 케이는 자주 네 이야기를 했거든. …그, 조언을 받고 싶어서."

"정말? 기분 좋다. …그때는 한동안 케이에게 의지하기만 했으니까. 정말로…."

젠나가 말하는 '그때'란 자살 소동을 일으켰던 때다. 이제 괜찮은 거냐고 물어보자 젠나는 어쩐지 어색하게 눈을 돌렸다.

"하지만…, 이제 무의미하게 죽겠다는 생각은 하지 않아. 다리를 움직일 수 없게 되었다는 그런 이유로 죽으려고 했다니, 내가 바보였어. 그때, 케이가 잡아줘서 정말로 다행이야."

이 말을 듣고 나도 모르게 눈물이 나올 것 같았다.

그랬다. 케이는 젠나의 자살을 막았다.

정말로 인정이 없는 사람이라면 누군가를 돕지는 않을 거다. 케이의 본바탕이 악인이 아니라는 사실은 젠나가 증명해 준다. 나는 떨리는 마음을 숨기면서 입을 열었다.

"그 후로는 괜찮아?"

"응. 오히려 이전보다 훨씬 좋아. 전에는 늘 죽고 싶었는데, 겨우 다시 일어날 수 있었어."

"그렇구나. 잘 됐다…."

눈앞의 젠나는 행복해 보였다. 그때의 불행했던 그림자는 눈곱만큼도 보이지 않았다.

"케이랑은 아직도 사귀는 거야? 케이, 그때부터 미야미네를 많이 좋아했잖아?"

"응. 아니, 그때는 아직 사귀지 않았는데…."

"뭐? 그렇게 네 이야기만 했었는데? 사귀지 않았다는 게 더 이상하네."

시시한 이야기로 젠나가 깔깔 웃었다. 그때 젠나의 머리카락
이 흔들리며 얼핏 목덜미가 보였다. 그리고 보고 말았다.

살짝 드러난 목덜미에 상처 같은 게 보였다. 상처는 전부 다
섯 개로, 마치 날짜를 세는 듯 이어져 있었다. 그런 형태의 상처
를 본 적이 있었다.

'과제 26, 마음에 드는 곳에 다섯 개의 선을 새긴다.'

설마, 싶었다. '그럴 리가 없어. 만약 그렇다고 해도, 가짜일
거야.' 본가미 다이스케의 사이트가 폐쇄되었으니까 분명 그건
어딘가 다른 사이트에서 가지고 온 지시일 거다.

심장 고동이 빨라졌다. 그런 우연이 있을까? 내가 거의 매달
리는 듯한 기분으로 마주한 눈앞의 여자애가 바로 지금 스스로
죽음을 향해가고 있는 걸까?

"젠나, 하나만 물어도 돼?"

이렇게 묻는 내 목소리가 마치 남의 목소리처럼 울렸다.

"뭔데?"

"…블루모르포, 라고 알아?"

내 질문에 대답하는 대신 젠나는 블라우스의 단추를 조용히
풀었다. 가볍게 단추를 푸는 젠나의 눈에는 녹아내릴 듯한 행복
이 깃들어 있었다. 젠나 미쿠리의 쇄골 아래에는 나비 형태의
선명한 상처가 있었다.

본가미 다이스케를 체포한 지 3일이 지났다.

히무로 마모루는 이틀 동안 무단결근을 하더니 경찰서로 복귀했다. 몸이 좋지 않아 연락도 하지 못했다는 히무로의 핑계를 믿는 사람은 거의 없었다. 모두가 어쩐지 기분 나쁜 눈빛으로 바라보았다. 오직 이루미만이 "다들 걱정했어."라고 아무렇지 않게 말을 걸었다.

"아, 그렇게나 걱정을 끼쳤나? 뭐, 자초한 일이기는 하지만, 마음이 복잡하군."

히무로는 쓴웃음을 지었다. 독기가 빠진 태도를 보이는 히무로에게 이루미는 말을 이었다.

"본가미 다이스케를 체포할 때 엄청난 열정을 쏟은 건 알아. 지금 본가미에게는 흥미가 없나?"

"…난 정신 나간 살인범을 잡는 게 특기지, 그놈이 왜 정신이 나갔는지 원인을 찾는 건 내 전문 분야가 아니야. 놈이 범행을 인정했잖아?"

히무로의 말대로 본가미는 순순히 범행을 인정했다. 오히려 먼저 이야기하고 싶어 안달이 난 사람처럼 블루모르포에 대해 술술 늘어놓았다. 그렇기에 더욱 이루미의 눈에는 본가미가 무언가에 홀린 듯 보였다.

"할 말은 다 했나? 나는 야마카와 영감이 불러서 가봐야 해. 역시 너무 쉬었어."

왼쪽 허리에 찬 권총을 만지면서 히무로는 거북한 듯 눈을 피했다.

"마지막으로 하나만."

"뭔데?"

"책상 위에 저 꽃, 뭐야?"

"난 꽃도 사면 안 돼?"

그 말만 남기고 히무로는 서둘러 가버렸다. 교대라도 하는 듯이 본가미를 취조하던 다카쿠라가 들어왔다.

"수고했어, 다카쿠라. 그쪽은 어때?"

"어떻긴요. 더 새로운 이야기는 없습니다. 블루모르포가 얼마나 뛰어난지에 대한 말뿐이에요. 같은 이야기를 한 오십 번은 들었어요."

"그러면…, 진짜 관리인에 대한 정보는 전혀 없는 건가."

"이루미 선배님, 흑막이 따로 있다는 추리는 아직도 버리지 않으셨어요? 애초에 진짜로 그런 사람이 있다고 해도 본가미가 체포되었으니 손을 뗄지도 모르잖습니까."

"아니. 그만두지 않을 거야. 그런 인간의 욕망에는 끝이 없어. 몇 명 자살하게 만든 걸로 끝나지 않아. 그야말로 모든 인류가 죽어도 만족하지 못할지도 몰라. 한 번 쾌감을 느꼈으니 끝없이 그 짓을 계속할 거야."

"정말 그럴까요? 그렇지 않아도 블루모르포에 대한 화제는 전혀 가라앉지 않았는데."

블루모르포는 끝나지 않는다는 말의 의미를 물어보지 못했던 다카쿠라는 결국 직접 그 의미를 알게 되었다.

관리인인 본가미가 체포되면서 각종 미디어가 블루모르포에 대해 보도하기 시작했다. 블루모르포라는 단어에 대한 인지도는 비약적으로 높아졌다.

그 결과 블루모르포에 대한 내용을 정리해서 올리는 사이트와 모방한 지시를 내리는 사이트가 질릴 줄도 모르고 순식간에 증가했다.

물론 급조한 사이트는 본가미 다이스케가 만든 사이트보다도 훨씬 질이 떨어졌다. 그런데도 사이트가 증가하고, 열람자가 늘어나면 질이 어떻든 피해가 확대될 게 명백했다.

"하나하나 삭제하는 수밖에 없을까요?"

"모든 사이트를 바로 삭제하는 건 힘들어. 이미 블루모르포라는 명칭뿐만 아니라 자살 게임이라는 말로 많은 사람에게 알려졌어. 물론 남다른 카리스마를 가진 '진짜 관리인'을 체포한다면 이 광란은 일단 가라앉았을지도 몰라. 하지만 그러는 사이에도 블루모르포를 플레이하는 사람들은 구해낼 수가 없어."

마치 전염병 같다고 이루미는 생각했다. 이쪽에서 아무리 끊임없이 삭제해도 저쪽은 그 속도를 훨씬 뛰어넘는 기세로 블루모르포를 늘려간다. 이쪽의 대응이 늦어지면 늦어질수록 사람들은 점점 영향을 받아 죽어간다. 할 수 있는 일은 다 하고 있다. 사이버 수사팀도 쉬지 않고 움직이고 있다.

"…최악의 오락이네요. 마치 집단 히스테리 같습니다."

"집단 히스테리보다도 성질이 나빠. 모두가 블루모르포에 푹 빠져 있어. 인간의 호기심은 막을 수 없으니 모두가 그쪽으로 흘러가고 있어."

그때 이루미의 말이 뚝 끊겼다.

블루모르포는 전염병 같다. 흥미를 가진 사람이 휘말리고, 그 끝에 목이 졸려 죽는 사람이 나오는 악순환. 삭제하는 속도를 앞질러 그사이에 새로운 블루모르포로 탈바꿈해 간다.

그 뿌리를 잘라내려면 무엇을 하면 좋을까?

"왜 이걸 몰랐지? 그래, 방법이 있어. 이 흐름을 막을 방법."

"막을 방법이요?"

"우리가 '블루모르포'를 만드는 거야."

6

나비 형태의 상처를 보면서 몸이 뻣뻣하게 굳었다. 막아야 한다고 생각하면서도 무슨 말을 하면 좋을지 알 수 없었다. 설마, 하필이면 젠나 미쿠리가 가짜 블루모르포에 걸려들다니. 나도 모르게 그 블루모르포는 가짜라고 말할 뻔했다.

어느 쪽이 되었든 맞이할 결말은 똑같은데.

"마스터는 내게 소질이 있다고 했어. 나의 영혼이 깨끗하니까 분명 내세에서는 무척 멋진 인생을 보낼 수 있을 거라고."

꿈을 꾸는 듯한 말투로 젠나가 말했다. 그 마스터는 아마도 본가미 다이스케의 모방범이다. 모방이 모방을 낳고, 블루모르포를 확산시킨다. 마치 각지에 존재하는 번데기가 겨울을 앞두고 한꺼번에 탈피해 가는 듯했다.

"미야미네도 블루모르포를 아는구나. 그야 그렇겠지. 그런데, 내가 소속된 블루모르포는 진짜야. 진짜 블루모르포만이 내세를 약속받을 수 있어."

"젠나…, 그게 무슨 말이야. 그게… 진짜인지 어떻게 알아?"

"진짜 마스터는 이야기해 보면 알아. 전혀 다르니까."

이야기가 전혀 통하지 않았다. 젠나에게 명령을 내리는 마스터가 가짜라는 사실을 아는 사람은 나뿐이다. 하지만 그 사실을 증명하려면 케이의 정체를 언급해야만 한다. 그 일만은 피해야 했다.

그렇다. …케이다. 케이가 이 사실을 안다면 어떻게 생각할까? 그 생각만으로 움찔했다. 예전에 자신이 구했던 여고생이, 지금은 자신이 퍼뜨린 블루모르포 때문에 죽으려 하고 있다. 이런 사실을 알았을 때 케이는 충격을 견딜 수 있을까?

아니면…, 아무렇지 않을까?

케이는 이미 네즈하라를 죽인 공범들을 자살하게끔 유도하고 있을지도 모르는 일이었다. 장례식에서 보였던 그 눈물도 가짜일지 모른다. 의심과 기대가 동시에 가슴을 태웠다. 젠나 미쿠리는 내 기대를 한 몸에 받고 있는 존재인데.

그런 내 고민을 전혀 모르고 젠나는 천진하게 말했다.

"내가 그때 죽지 않은 건 다시 태어나기 위해서였어."

"아니야! 그때 죽지 않은 건 케이가 막아줬기 때문이잖아!"

케이의 이름을 꺼낸 순간 황홀하게 들뜬 젠나의 얼굴이 일그러졌다. 좀 전과는 전혀 다른 인간다운 표정이었다.

"…케이 덕분이라고는 생각해. 그때 케이가 나를 위해 몸을 던지지 않았다면 나는 바보 같은 짓을 했을 거야."

"그렇다면… 케이가 구해준 생명을 버리는 게 잘못이라는 생각은 들지 않아?"

"미야미네, 너와는 그 부분에서 전혀 말이 안 통해. 난 생명을 버리는 게 아니야. 다음 스테이지로 나아가기 위해 활용하고 싶을 뿐이라고. 케이가 구해준 생명이니까, 후회하고 싶지 않아. 지금 넌 이해할 수 없을지 모르지만 죽으려고 죽는 일과 살려고 죽는 건 전혀 달라."

젠나는 그럴싸한 말로 나를 설득하려고 했지만, 그 말은 단순한 궤변에 지나지 않았다.

"케이는 그렇게 생각하지 않아."

나는 분명하게 말했다.

이런 상황 앞에서도 나는 케이를 믿었다. 아니, 이런 말조차도 이상할지 모르겠다. 무엇이 틀렸고 무엇이 옳은가, 무엇이 진짜 요스가 케이일까.

"젠나가 블루모르포에 참여한다는 사실을 케이가 알면 분명히 말릴 거야."

케이는 젠나 미쿠리를 구했을 때, 연설을 하기로 했을 때, 자신의 말이 누군가의 생명을 구하는 방향으로 작용할 거라고 믿었다. 그 말은 분명히 거짓이 아니었을 거다.

"무슨 소리야⋯. 케이도 이야기하면 이해해 줄 거야."

케이의 이름이 나온 순간 좀 전까지 황홀한 표정을 짓던 젠나의 얼굴이 어두워졌다.

"그러면 케이에게 말해도 돼?"

"넌, 왜 그런 말을 하는 거야? 무슨 협박이야?"

"협박이 아냐. 그저 케이에게 말해야만 한다는 생각이 들었을 뿐이라고. 아니면 혹시 케이가 이 상황을 알게 되면 네 결심이 흔들릴 것 같아?"

갑자기 태도를 바꿔 젠나에게 추궁하듯이 말하자 젠나는 노골적으로 불쾌함을 드러냈다.

"잠깐만, 왜 그렇게까지 신경 쓰는데? 케이를 위해서야? 미야미네, ⋯왜 그렇게 모르니. 내가 죽을 수 있는 건 케이가 구해 줬기 때문인데."

"네가 죽으면 케이는 분명 슬퍼할 거야!"

언성을 높이자 젠나가 무척 슬픈 표정을 지었다.

"⋯빠져나갈 수 없어. 블루모르포에서는. 빠져나가려고 했다가는 클러스터 사람에게 살해당할 거야. ⋯모르는 거야? 소문이 있었잖아, 린치 살인 사건. 내가 배반할 거라고 알려지면 그렇게 될 거야. 다시 태어날 수도 없이 그저 죽는 건 싫어. 그렇지 않아도 나는 지위가 낮다고. 클러스터 사람들의 주소도 내겐 가르쳐주지 않아. 내가 신뢰를 얻지 못해서."

"경찰에…, 경찰에 말하면 돼. 분명 도와줄…."

"난 구원받고 싶어."

젠나가 이 말을 내뱉고는 빠른 걸음으로 멀어졌다. 그 모습을 보면서 오랜만에 발밑이 불안해졌다. 마치 내가 그 옥상 철조망 너머에 서 있는 듯했다.

솔직히 말해보자. 내게 있어 젠나 미쿠리는 요스가 케이가 인간이라는 증명 그 자체였다.

젠나가 죽지 않기를 바라는데도 나는 설득할 수 없었다. 젠나 미쿠리를 구할 수 있는 사람은 아마도 한 사람밖에 없었다.

7

"젠나가 블루모르포에 휘말렸어."

학생회실에 들어서자마자 케이에게 그 말을 했다.

서로의 방에서 지내게 된 후로는 학생회실에서 블루모르포 이야기를 하는 일은 거의 없었다. 케이는 문화제 예산 최종 확인에 열중하던 중이었는지 두툼한 서류 뭉치를 손에 들고는 멍한 표정을 지었다. 잠시 후 케이가 작은 소리로 말했다.

"젠나가…."

"어느 사이트인지 모르겠지만, 아마도 그걸 보고 영향을 받은 거 같아. 케이, 어떡하지? 막아야 해."

"그런…."

케이의 얼굴이 점점 파랗게 질렸다. 장례식 때와 똑같이 케이의 표정은 정말로 그저 슬퍼하는 듯 보였다.

'나는 케이의 진짜 기분을 짐작조차 못 하는 건 아닐까.'

케이의 표정을 보고 잠시 그런 생각을 했지만, 아무튼 지금이 중요한 전환점이었다.

"…케이도 젠나가 죽지 않기를 바라지?"

"당연하지. …오노 에미 때도 난 너무 후회했어."

마음속으로 몰래 숨을 삼켰다. 앞으로 나는 케이에게 한 가지 거짓말을 하려고 한다.

"그래서… 젠나가 오늘 밤 9시에 역 앞 카페에서 이야기하고 싶다고 해. 다른 일이 없으면 젠나랑 만나줬으면 하는데."

"…응. 젠나랑 직접 이야기해 볼게. 내가 막을 수 있을지는 모르겠지만."

케이는 내가 원하던 말을 해줬다. 케이는 이대로 정말 젠나를 멈추게 해줄지도 모른다.

철조망 너머에 섰던 케이를 다시 한번 만날 수 있을지도 모른다.

그날 밤, 나는 역 앞 카페로 향했다. 젠나가 기다린다고 케이에게 거짓말을 한 카페였다. 이곳에 만약 케이가 나와준다면, 케이에게는 아직 젠나를 구하려는 의지가 있는 셈이다.

그렇다면 나는 케이를 속이고 의심한 일까지 모두 사과하고 앞으로도 케이 옆에서 함께할 생각이다. 그렇게 숨을 죽이고 카페 앞에 숨어서 기다렸다.

그러나 결국, 밤 9시에 등장한 사람은 케이가 아닌 젠나 미쿠리였다.

젠나는 주위에는 눈길도 주지 않고 지정된 카페에 들어가 커피를 주문했다. 그리고 그 커피 한 잔만 마시고는 바로 나가버렸다. 커피 맛을 음미할 시간조차도 안 되는 15분 동안의 흐름을 보면서 숨이 가빠졌다.

젠나는 케이와 만날 약속을 한 게 아니었다. 그건 나의 거짓말이었다. 하지만 젠나가 여기에 왔다. 이건 대체 무슨 일이란 말인가?

나는 바로 스마트폰을 꺼내 케이에게 전화를 걸었다. 케이는 전화를 바로 받았다.

"날 시험한 거야?"

화를 내지도, 비난하지도 않았다. 그저 의문스럽다는 말투였다. 내 거짓말을 간단히 꿰뚫어 본 케이는 젠나를 보내 내게 그대로 갚아주었다.

케이는 더 이상 얼버무리려고 하지 않았다. 내가 케이를 시험한 탓에 마음을 대충 눈치챈 모양이다.

다 알고 있던 일이었다. 그런데도 물어보지 않을 수 없었다.

"…젠나에게 지시를 내리고 있는 사람이 케이야?"

젠나를 죽음으로 향하게 조종하고 있는 사람이 케이인 걸까?

얼마 전에 확인한 태블릿에는 새로운 이름이 상당히 늘어나 있었다. 그 리스트에 있는 사람이 전부 죽으면 케이가 자살을 유도한 사람은 마침내 100명이 넘는다. 가짜 블루모르포나 본가미 다이스케의 손에 걸려든 사람까지 센다면 더 많아진다.

그런데도 케이는 아직 만족하지 못한 걸까.

예상한 대로 케이는 곤란한 듯이 말했다.

"실망했어?"

"아니, 안 해."

나는 뻔한 말을 입에 담았다.

그 순간 내 눈앞에 케이가 나타났다.

일루미네이션의 빛을 받은 케이는 데이트에 늦은 연인처럼 보였다. 캐러멜색 더플코트도 거기에 맞춘 빨간 머플러도 사랑스러웠다. 역 앞을 스쳐 지나는 사람들에게 분명 우리는 그저 평범한 연인 사이로 보이겠지. 케이가 귀에 대고 있던 스마트폰을 내리고 내가 있는 쪽으로 손을 뻗었다. 전화를 끊고 케이를 안았다.

"오노 에미가 죽은 건 나 때문이었어. 케이는 블루모르포를 계속 운영하고 싶었구나. 이제 블루모르포를 운영하는 게 괴로운 일이 아닌데, 내가 그런 말을 하는 바람에 케이에게는 이유가 필요해진 거야. 블루모르포를 그만두지 않기 위한 일종의 '스토리'가."

언젠가 케이의 방에서 들었던 표현을 사용해 말했다. 이런 형태로 케이의 정의를 알게 될 줄은 생각도 못 했다.

친구가 블루모르포 때문에 죽어서 자신이 손을 뗄 수 없다. 케이의 그 결론에 나는 공감하고 이해하고 말았다. 마법이 풀린 지금은 거기에 구실 같은 건 없다는 사실 정도는 쉽게 알 수 있는데도 말이다. 장례식에서 느꼈던 염치없는 슬픔이 떠올랐다. 케이가 블루모르포를 계속한다고 오노 에미가 살아서 돌아오지도 않는데.

케이는 그다지 동요하는 기색도 없이 미소를 지으며 나를 바라봤다.

"여기까지 왔으니 전부 말해봐. 미야미네는 어디까지 알고 있어?"

"…클러스터에 자정 작용이 있다는 말도 거짓이지?"

나는 오랫동안 생각했던 것을 말했다. 어차피 추리한 내용이 틀렸다고 내가 잃을 건 아무것도 없었다. 그렇다면 전체 모습을 정확하게 알고 싶었다.

"처음부터 생각했어. 클러스터로 상호 감시를 시키는 일은 리스크가 너무 높지 않을까. 개인 정보를 공유하거나 플레이어끼리 연락을 주고받으면 블루모르포의 효과가 옅어질지도 몰

라. 그런 불안정한 시스템으로 지금까지 무너지지 않은 게 오히려 신기했어."

케이는 아무 말도 하지 않고 나를 빤히 바라봤다.

"하지만 클러스터가 상호 감시를 하고 있고, 위반하면 클러스터 멤버에게 살해당한다는 이야기는 확실히 이탈을 막는 효과가 있어. 리스크는 높지만 효과적이야. 마루이 미쓰코의 사건이 대대적으로 보도되면서 플레이어는 숙청을 믿게 되었을 거야. 리스크를 회피할 건지, 아니면 강한 억제력을 선택할 건지. 하지만 리스크를 줄이면서 이 강력한 억제력을 사용할 방법이 하나 있어."

사실은 좀 더 일찍 깨달았어야 했을지도 모른다. 다만 나는 이 추측을 할 수 없는 입장이었다.

"케이가 직접 숙청을 지시하는 걸로 충분해. 실제로 자정 작용 같은 건 없어도 돼. 케이가 위반할 것 같은 사람을 골라 다른 플레이어에게 살해를 명령하면 되는 거야. 상호 감시도 필요 없어. 플레이어가 감시받고 있다고 믿기만 하면 충분해."

젠나는 빠져나가려 하면 클러스터에게 살해당한다고 믿었다. 하지만 자신의 지위가 낮다는 이유로 클러스터의 개인 정보를 전혀 받지 못했다고 했다.

실제로 개인 정보를 받은 사람은 없었던 게 아닐까? 플레이어는 클러스터 안에서 자신만이 개인 정보를 받지 못해 일방적으로 숙청될 위치라고 믿었던 건 아닐까? 생각하면 할수록 그럴 거란 생각밖에 들지 않았다.

"이 생각을 하지 못한 건, 케이가… 누군가를 죽이라고 명령할 거라는 생각은 못 했기 때문이야. 하지만 이런 결론밖에 떠오르지 않아. …자정 작용도 거짓이야? 케이가 마루이를 죽이도록 지시했어?"

"맞아. 마스터로서 블루모르포에서 도망치려는 사람을 살려둘 수는 없어."

케이는 더 이상 얼버무리지 않았다. 나도 그랬다. 지금부터는 단순한 확인 작업에 지나지 않았다.

이제 알았다. 뉴스에서 본 말을 떠올렸다. 본가미 다이스케에게 들어맞았던 사이코패스의 특징, 그 유리 구두는 케이야말로 꼭 맞았다. 내가 얼마 전까지 맹신했던 케이는 어디에도 없었다.

거기에 서 있는 사람은, 타인에 대한 공감력이 부족하고, 다른 사람을 아무렇지 않게 밟아 뭉갤 수 있는 역겨운 사람일 뿐이었다. 나는 케이를 똑바로 이해하지 못하는 바람에 눈앞에서 수많은 사람이 살해당하는 걸 막을 수조차 없었다. 그렇게 도달한 곳이 여기였다.

그런데도 요스가 케이는 아름다웠다. 역 앞 일루미네이션의 비일상적인 빛을 두른 모습은 거의 성스러울 정도였다. 세계가 케이를 변호하며 그 선함을 주장해 주는 듯 보였다.

케이가 좀 못생겼더라면 좋았을 텐데. 진심으로 그렇게 생각했다. 살인자가 아름답게 웃지 않았으면 했다. 그로테스크한 내면에 비례해서 외모도 역겨웠다면.

"케이는, 아마도, 좋은 사람이 아니구나."

"그러게. 나는 분명 괴물이야."

잠시 후 케이가 노래하듯 말했다. 어쩐지 묘하게 잔잔한 목소리였다.

"나는 블루모르포가 좋았어. 어떤 게임 디자이너가 한 말인데, 재미있는 게임을 디자인하기 위해 필요한 건 쾌락을 시스템화하는 일이래. 다만 나와 다른 사람의 쾌락은 다른 모양이야."

어디까지나 온화하게 케이가 말했다. 마치 일요일을 좋아하는 사람도 있다면 월요일을 좋아하는 사람도 있다고 말하는 듯이 그와 같은 톤으로 케이는 자신의 욕망을 정상의 연장선상에 뒀다.

"네즈하라의 사건으로 아이디어를 얻었다는 말도 사실이야. 블루모르포로 죽는 사람이 살 가치가 없다고 생각하는 것도 진짜고. 사회를 청소하는 일로 나의 쾌락에 대한 욕구도 만족시킬 수 있어. 그래, 블루모르포를 운영하는 일은 즐거웠어."

"…어째서?"

나도 모르게 이런 말이 튀어나왔다. 여기까지 와서도 나는 케이를 이해하려고 애썼다. 아직 무언가 이유가 있는 게 아닐까. 케이가 이렇게 되어버린 이유가 있기를 빌었다. 하지만 그런 나를 뿌리치고 가버리듯 케이가 말했다.

"미안해. 이유 같은 건 없어. 부모님은 다 좋은 분이고, 날 제대로 키워주셨어. 주위 사람은 모두 좋은 사람이었고, 비참한 가정 상황도, 괴롭힘을 당한 경험도 없어. 나는 늘 행복했어."

이때 케이가 어린아이를 달래듯이 나를 가볍게 쓰다듬었다. 그리고 그대로 귓가에 대고 속삭였다.

"그 애가 화장실에 간 사이에 연을 숨긴 사람은 나야."

그 순간 나는 케이가 정말로 이해할 수 없는 존재라는 사실을 깨달았다.

이런 인간이 블루모르포를 통해 다양한 사람과 연결되어 있었다는 사실이 믿어지지 않았다. 블루모르포의 시작은 죽고 싶어 했던 여학생에 대한 공감에서 생겼을 텐데. 케이는 처음부터 세계와 단절되어 있었다.

나는 그저 연인 사이처럼 보이도록 품 안에 괴물을 숨겼다.

"나는… 정의의 편이 아니야. 케이의, 히어로니까."

확인이라도 하듯 이렇게 말했다. 케이가 어렴풋이 끄덕였다.

나는 이때 블루모르포를 불태워 버릴 결의를 굳혔다. 가장 파멸적인 결말을 향해 남몰래 움직이기 시작했다.

*

"처음부터 우리가 카운터 사이트를 만들면 되는 거였어."

이루미의 행동은 빨랐다. 시간 여유가 있는 사람을 전부 모아 설명했다.

"이루미 선배님, 카운터 사이트가 뭡니까?"

"말하자면, 우리가 지금부터 할 일은 일종의 검색 방해야. '블루모르포'로 검색한 사람을 유도하기 위한 사이트를 만드는 거야. 블루모르포를 검색한 사람이 보는 사이트는 끽해야 검색 상위에 나오는 사이트 열 개 정도야. 우리가 만든 사이트는 삭제되지 않으니까 곧 검색된 페이지는 우리의 카운터 사이트로 채워질 거야."

스크린에 실제로 검색 화면을 띄우고는 이루미가 말했다.

"블루모르포의 무서운 점은 지시를 거듭하면서 사람들의 사고 능력을 빼앗는 거야. 수면 시간을 의도적으로 줄이고, 자신감을 잃게 만들면서 말이지. 우리가 만드는 카운터·블루모르포는 그럼 위험한 지시를 내리지 않아. 그러면서도 아주 그럴싸한 가짜 블루모르포를 만드는 거야."

이루미가 카운터·블루모르포에 올릴 지시로 내놓은 내용은 전부 소박하고 평화로웠다.

"이런 게 정말 효과가 있습니까?"

"저쪽도 세상을 바꿀 수 있다고 생각하는데, 우리가 그렇게 믿어도 괜찮잖아?"

이루미의 말에 따라 IT에 능통한 사람들이 바로 카운터 사이트 만들었다. 인터넷에 돌아다니는 '블루모르포의 나비' 이미지를 수집하여 가장 그럴듯하게 믿을 만한 것을 골라 진짜 같은 블루모르포를 만들었다.

화면에 떠 있는 블루모르포의 나비는 이루미가 보기에도 세련된 대체품이었다.

이루미는 생각했다. …나비 모티브. 확실히 다른 세계로 가서 다시 태어난다는 교리에는 어울리는 이미지였지만, 애초에 그 모티브의 근원은 어디에서 온 걸까?

그때였다. 카운터 사이트 만들기에 열중하던 다카쿠라가 허둥거리며 다가왔다.

"이루미 선배님, 잠시 괜찮을까요?"

"왜 그래?"

"그게, 아들의 자살이 블루모르포 때문이라고 호소하는 어머니가 와 있는데요. 그… 본가미 다이스케가 붙잡혔다는 걸 듣고는 다시 조사해 줬으면 한다고. 하지만 그 아들의 자살은 새벽에 일어나지도 않았고, 솔직히 블루모르포와 관계가 있다는 생각이 들지 않아요. 그래도 이해하기 힘든 부분도 있는 데다 그 어머니가 좀처럼 물러서지 않아서요."

"…다카쿠라, 그 사건의 개요를 보여줘."

"네."

이루미는 자료를 받자마자 고다이히가시 초등학교에 다녔던 남학생인 네즈하라 아키라의 자살 사건 개요를 재빨리 훑어봤다. 아무런 문제도 없어 보이는 쾌활한 어린이의 투신자살. 왼쪽 눈에 박혀 있던 볼펜. 유서는 없음. 이 내용만 본다면 블루모르포와 관련짓기는 어려워 보였다.

애초에 네즈하라 아키라가 죽은 시기는 블루모르포가 움직이기 시작했다고 생각한 시기보다도 훨씬 전이었다. 군이 말하자면 왼쪽 눈에 박힌 볼펜만이 블루모르포의 요소라고 말할 수 있을지도 몰랐다. 초등학생이 저지르기에는 지나치게 이질적인 자해로 블루모르포의 지시와 통하는 부분이 있었다. 하지만 그걸 선으로 잇기에는 확실히 시간의 간극이 컸다.

"이루미 선배님, 어떻습니까? 전 블루모르포와는 관계가 없다고 생각하는데요…."

"…그러게. 둘은 전혀 다른 이야기로 보이긴 한데…."

"그런데 그게…. 네즈하라 아키라의 어머니는 짐작 가는 범인이 있다는 겁니다. 사실은 네즈하라 아키라가 초등학생 시절 학교 폭력 가해자라고…. 드러내고 싶지 않은 일이어서 지금까지 숨기고 있었다는 모양인데요. …그때 폭력을 당했던 소년이 블루모르포의 주모자라는군요."

"논리의 비약이 심하군. 그럴 리가 없잖아?"

"저도 그렇게 생각했습니다만. 그… 네즈하라가 당시에 하던 블로그가 아직 남아 있답니다."

이렇게 말하면서 다카쿠라는 한 블로그 주소를 열었다. 화면에 나온 블로그명을 이루미가 그대로 읽었다.

"나비 도감."

그 블로그 페이지에는 한 면 가득 누군가의 손 사진이 나란히 올려져 있었다.

8

어쨌건 이미 때가 온 건지도 모른다.

내가 블루모르포를 끝낼 결단을 한 직후 경찰 쪽도 눈에 띄는 움직임을 보이기 시작했다. 블루모르포를 검색했을 때 제일 위에 나오는 사이트가 바뀐 것이다.

이전에 제일 상위에 있던 본가미의 사이트가 삭제되고 나서 다양한 사이트가 순위를 다투며 그 자리를 차지했었는데, 이번에 등장한 사이트는 분명히 조작된 느낌이 들었다.

이 사이트는 디자인만으로 보자면 본가미 다이스케의 사이트보다도 세련되었다. 가령 케이가 사이트를 만든다면 이런 느낌으로 만들지 않을까 싶은 디자인이었다.

하지만 이 사이트에서 보내오는 지시는 김빠지는 내용뿐이었다. 가령 '가까운 사람에게 감사하는 마음을 전한다.'라거나 '1년 이상 먹지 않은 음식을 먹어본다.' 같이 소박하고 시시했다. 지금까지 나온 블루모르포 모방범과는 확실히 달랐다.

그러나 새롭게 떠오른 사이트의 효과는 명백했다. 호기심으로 검색한 사람이 이 사이트를 본다면 어처구니없어하며 조금은 냉정해질 테니까. 블루모르포는 의도적으로 집단 히스테리를 일으키며 집단 환상을 불러일으켰다. 실제로 사람이 죽었다는 확실한 실적이 있어서 비로소 사후의 성역이라거나 이상적인 모습으로 다시 태어날 수 있다는 스토리의 근거가 탄생했다.

그에 반해 검색 화면 상위에 끈질기게 남아 있는 이 새로운 사이트는 그 히스테리에 찬물을 끼얹고 있었다. 자신을 죽음으로 데려가 줄 계기를 원하던 사람들은 이 사이트를 보고 낙담할지도 모른다. 무시할지도 모른다.

그 변화만으로 블루모르포의 가치는 크게 떨어진다.

"이건 아마도 경찰이 만든 사이트일 거야."

케이는 그 사실을 누구보다 먼저 눈치챘다. 블루모르포의 가짜 사이트가 만들어질 때마다 삭제되는 상황에서 어째서인지 이 사이트만은 삭제되지 않고 계속 남아 있었다. 어떤 의미에서 이 사이트는 특별했다.

"성가신 일을 벌였어. 확실히 효과적이긴 해."

평소에는 방에 들어오면 바로 침대에 누워 뒹굴뒹굴하던 케이가 웬일로 앉은 채 말했다.

"이거 어떻게 할 거야?"

"내 스토리는, 내 블루모르포는 결코 지지 않아."

케이는 냉정한 목소리로 중얼거렸다. 절망했다기보다는 어딘가 꽤 따분한 듯한 목소리였다.

그날 밤부터 케이의 말수가 줄었다. 나는 평소와 다름없이 케이를 대했고, 케이도 표면적인 태도는 달라지지 않았다. 충격적인 고백을 듣고 나서도 나는 여전히 케이가 좋았다.

아무리 케이가 용서받기 힘든 일을 한다고 해도 내 태도는 바뀌지 않았다. 살인자를 싫어하지 못하는 인간은 어떻게 하면 좋을까? 마치 남 일인 듯 생각했다.

옆에 앉자 케이는 이전과 다름없이 내게 머리를 기댔다. 그 무게는 지금도 사랑스러웠다.

"케이."

"…왜?"

케이의 목소리가 미세하게 긴장하고 있었다. 내가 하려는 말을 케이가 조용히 견제하는 걸 알 수 있었다. 그런 케이를 달래듯이 나는 부드럽게 케이의 뺨을 쓰다듬었다.

"나, 케이와 함께 가고 싶은 곳이 생각났어. 남극이나 수족관은 아니지만."

"가고 싶은 곳?"

"응. 하지만 한밤중에 가야 하는 곳이라 가능하면 케이의 부모님이 안 계실 때가 좋을 것 같은데."

"…금요일은 어때? 다음 날 수업도 없고, 아빠는 출장 가셨고, 엄마도 할머니를 뵈러 가고 싶다고 했으니까 다녀오시라고 하면 될 거야."

"그럼 그날 가자."

케이가 끄덕였다. 우리는 평범한 연인 사이처럼 데이트 약속을 잡았다. 케이는 전과 다름없이 내게 몸을 기댔다. 나는 그런 케이를 쓰다듬고 부드럽게 키스했다. 케이는 내 옆에서 아무런 경계심도 없이 잠들었다.

케이가 누군가를 상처 입히면서 아무것도 느끼지 못한다면 왜 나를 곁에 두는 걸까? 한때 믿었던 거짓말은 그대로 내가 필요한 이유가 되어주었지만, 진짜 케이는 어두운 길도 분명 거리낌 없이 걸을 수 있을 텐데.

잠든 케이의 머리카락을 쓰다듬으면서 옆에 둔 태블릿을 들었다. 거기에 몇 가지 검색어를 입력하여 목적의 사이트를 열었다.

그 사이트는 이해할 수 없는 사건으로 아들을 잃은 여성, 바로 네즈하라 아키라의 어머니가 정보를 올리고 있는 사이트였다.

장례식에서 완전히 이성을 잃었던 네즈하라 아키라의 어머니는 지금도 아들의 죽음을 받아들이지 못한 모양이었다. 이 사이트의 존재 자체는 꽤 예전부터 알고 있었다. 거의 블로그 수준의 간소한 사이트로 메시지폼과 자기 아들의 죽음이 얼마나 이상한지에 대한 글만 올려져 있었다.

무엇을 쓸지 조금 고민하다가 메시지폼을 열었다. 그리고 자신이 예전에 네즈하라 아키라의 같은 반 친구였다는 사실, 네즈하라 아키라를 죽인 사람을 알고 있다는 내용과 그 동기까지 써 내려갔다.

웹 주소를 덧붙일 때 오랜만에 '나비 도감'을 열었다. 거기에는 지금보다도 훨씬 작고 여린 내 손이 있었다. 통증의 기억이 선명하게 되살아나 숨을 쉬기 힘들었다. 잠시 블로그 속 내 손을 바라보다가 메시지 송신 버튼을 눌렀다.

이제 이 내용을 본 네즈하라 아키라의 어머니가 경찰에 달려가면 된다. 아마도 처음에는 상대해 주지 않겠지. 하지만 그걸로 충분하다.

그 시절보다도 훨씬 커진 내 손을 내려다봤다. 그때 죽었다면 보지 못했을 형태의 손이 거기 있었다.

*

미야미네 노조무, 네즈하라 준코가 지적한 범인이다. 도가미네 고등학교라는 이 부근에서 진학률이 높기로 손꼽히는 학교에 다니는 고등학생이었다. 학생회에 소속되어 있어서 도가미네 고등학교 홈페이지에서 사진도 볼 수 있었다.

살짝 몸이 약해 보이는 외모이긴 했지만, 미야미네 노조무의 얼굴은 예쁘장했다. 그런 이유로 미야미네가 괴롭힘을 당했다는 이야기에 이루미는 묘한 설득력을 느꼈다. 이런 타입은 괜한 미움을 산다. 질투도 받는다. 그런 상황을 영리하게 대처하지 못하면 학교에서 그대로 고립되어 버린다.

네즈하라 준코의 주장을 이해할 수 없는 건 아니었지만 거의 억지에 가까웠다.

네즈하라 아키라는 미야미네 노조무를 집요하게 괴롭혔고, 미야미네에게 모욕감을 주고자 '나비 도감'이라는 블로그를 만들어 사진을 올렸다. 그 괴롭힘을 견디지 못한 미야미네 노조무가 네즈하라 아키라를 살해했는데, 사건은 자살 처리되었다. 그리고 지금 미야미네는 나비 도감의 복수를 위해 나비를 모티브로 내세운 자살 게임을 주관하고 있다.

보통의 경우, 그 사건과 블루모르포가 관련되었다고 생각하기는 어렵다. 애초에 미야미네 노조무가 네즈하라 아키라를 죽였는지 어떤지조차도 확실하지 않았다.

하지만 마음에 걸렸다.

도가미네 고등학교 홈페이지에 올라와 있는 미야미네 노조무의 사진은, 어떤 행사를 한창 준비하던 중이었는지 단상에서 마이크를 세팅하는 모습이었다. 그 옆에는 한 여학생이 있었다. 이목구비가 뚜렷하고 아름다워서 그런지 한 번만 봐도 과거의 기억을 상기시켰다.

학생 인권 토론회에서 학교 대표로 연설했던 우등생이었다.

거기에 있는 사람은 다름 아닌 요스가 케이였다.

반년 전쯤 이루미와 다카쿠라는 경찰 대표로 학생 인권 토론회 행사에 참석했다. 고등학생이 매년 그 시기에 중요하게 여겨지는 화제와 관련해서 연설하는 행사로, 올해의 주제는 고등학생의 자살 방지였다. 거기에서 감동적인 연설을 했던 학생이었다.

"요스가 케이…."

흔치 않은 이름이라 분명히 기억했다. 그 학생의 목소리는 넓은 강당 안에서 또랑또랑 울렸다. 나이는 어렸지만 카리스마는 압도적이었다. 아름다운 신체에 정돈된 얼굴, 메조소프라노로 노래하는 듯한 목소리.

아무런 근거도 없는 이야기다. 하지만 신기하다고 생각했다. 만약 그 여학생이 블루모르포의 관리인이라면 분명 이미지가 딱 맞아떨어졌다. 그 눈부시게 아름다운 빛을 불꽃으로 바꿔 다가오는 사람을 태워버리는 모습을 상상할 수 있었다.

어처구니없는 이야기일까? 하지만 적어도 이야기 정도는 들을 가치가 있을 듯했다. 게다가 흥미로웠다. 실제로 요스가 케이와 이야기를 해보고 싶었다. 이루미의 마음속에는 틀림없는 호기심이 끓어올랐다.

"다카쿠라, 히무로 형사도 불러줘."

"히무로 형사님이요?"

"응. 좀 전까지 있었잖아? 본가미 다이스케를 체포한 사람이 히무로 형사니까. 이번에도 말해두는 편이 좋아."

하지만 히무로는 보이지 않았다. 근무 상황을 알리는 화이트보드에도 아무것도 적혀 있지 않아서 마치 공중으로 사라진 듯 보였다.

"…히무로 형사님 현장에서 바로 퇴근한 걸까요? 누구 들은 사람 없습니까?"

"그런 말은 들은 적 없어. 그렇지 않아도 금요일은 숙직도 있어서 사람이 부족한데. 또 무단결근이야?"

이루미가 평소답지 않게 화가 난 기색으로 말했다.

그때 히무로의 책상에 눈길이 갔다. 히무로의 취향이 아닌 듯한 꽃이 놓여 있던 책상이었다. 특별히 이상한 흔적 없이 깨끗하게 정리되어 있었다. 이전의 히무로와 비교하면 놀라운 변화였다.

이루미는 천천히 히무로의 책상으로 다가가 망설이지 않고 서랍을 열었다. 그리고 숨을 삼켰다.

히무로 마모루의 책상에는 아무것도 없었다. 책상 서랍 안도 이동식 서랍 안도 텅 비어 있었다. 히무로가 경찰서에서 일했던 흔적이 사라지고 없었다.

"다카쿠라, 히무로를 찾아야 해."

불길한 예감을 억누르며 이루미가 조용히 말했다.

"이대로라면 무슨 일이 터질지도 몰라."

9

마침내 찾아온 금요일, 나는 아무도 없는 케이의 집 앞에 서 있었다.

천체 관측을 하고 싶다는 내 말에 케이는 순순히 고개를 끄덕였다. 겨울 하늘을 관측하기에는 상당히 좋은 날씨였다. 우리는 밤 9시에 그 자연공원에서 만나기로 했다.

케이와 만나기로 한 시각까지 앞으로 5분밖에 남지 않았다. 아무리 서두른다고 해도 이제 자연공원에 시간 맞춰 갈 수는 없었다. 밤하늘을 올려다보니 드물기는 하지만 별이 분명히 보였다. 케이는 이미 공원에 도착해서 나를 기다리고 있을까?

일단 확인하는 의미를 담아 초인종을 눌렀다. 몇 초를 기다려도 집에서 아무도 나오지 않았다.

지금까지 한 번도 사용해 보지 않은 여벌 키를 꺼내 문을 열자 평소대로 정리된 집이 나를 맞이했다. 신발을 신은 채 안으로 들어가 주위를 둘러봤다. 사진 액자는 이전보다 더 늘어나 있었다. 어렸을 때부터 지금까지의 요스가 케이가 지켜보는 가운데 나는 가방에서 페트병에 든 등유를 꺼냈다.

부엌 옆에는 마침 알맞게 오래된 신문 세 묶음이 있었다. 딱 보기에도 쉽게 탈 듯한 신문지에 등유를 뿌리고 나머지는 거실에 뿌렸다. 두 번째 페트병은 케이의 방으로 유도선을 그리듯이 뿌렸다. 이젠 너무나 익숙해진 문을 열었다.

케이의 방에 들어가자 어쩐지 모든 게 오래전 일처럼 느껴졌다. 처음에 여기에 왔을 때는 일이 이렇게 될 거라고는 상상도 하지 못했다. 지금의 케이를 만들어낸 책장도, 케이가 사용하던 핑크색 노트북도, 의자 대신이던 침대도 예전과 다르지 않은데.

나는 얕은 숨을 뱉으면서 세 번째 페트병을 열었다.

그때였다.

"어이."

뒤돌아보니 거기에는 덩치 큰 남자가 서 있었다.

나이는 대략 사십 대 중반 정도일까. 남자는 번뜩이는 눈으로 나를 노려봤다.

"미야미네 노조무지?"

'어떻게 내 이름을 알지?'

의문보다도 먼저 공포를 느꼈다. 눈앞에 선 남자에게서는 거의 이성을 느낄 수 없었기 때문이다. 지금 당장이라도 날 덮쳐올 듯한 남자의 손에는 검게 빛나는 권총이 쥐어져 있었다. 이나라에서 권총을 휴대할 수 있는 사람은 그렇게 많지 않다.

그때 문득 '숙청'이라는 말이 떠올랐다.

아무도 모르게 숙청을 명령한다면 케이는 어떤 사람에게 그일을 시킬까? 숙청을 집행하는 일에 가장 어울리면서 실패하지 않을 사람을 고를 게 틀림없다. 어느 정도 폭력에 통달하면서 꼬리가 잡히지 않을 사람. 그런 의미에서 눈앞의 남자는 어떻게 봐도 케이가 선택하기에 충분한 인재였다.

아, 한숨이 새어 나왔다.

그 순간 내 몸이 공중으로 붕, 떠올랐다. 내장이 들어 올려지는 통증과 바닥의 차가움이 동시에 덮쳐와 겨우 내 몸이 있는 힘껏 내던져졌다는 사실을 깨달았다. 바닥에 구르며 컥컥 숨을 내뱉고 있자, 이번에는 그대로 짐짝처럼 들어 올려졌다. 나보다도 훨씬 체격이 좋은 사람에게 맞은 충격이 사라지지 않아 저항할 기력조차 나오지 않았다.

그대로 나는 케이의 집 앞에 세워져 있던 자동차 트렁크에 짐과 함께 처박혔다. 트렁크 안은 엉망이라 몸을 움직일 때마다 무언가에 부딪혔다.

너무 절묘한 타이밍이라고 나는 인정하지 못하는 마음으로
생각했다.

이 나라에서 유일하게 대놓고 총을 가지고 다닐 수 있는 사
람이라면… 경찰, 나를 때린 남자는 틀림없는 경찰이다. 다만
경찰의 그 눈빛은 본 적이 있었다. 기무라 다미오에게 있고, 히
야마 마나에게 있고, 미야미네 노조무에게 있는 탁한 빛.

…케이는 이런 인재까지 확보했던 건가. 정말로 상대가 되지
않는다.

이리저리 흔들리면서 케이를 생각했다. 어디로 끌려가고 있
는지 알 수 없지만, 적어도 오늘 밤 내 목적은 이렇게 실패하고
말았다. 정말로 뭘 몰랐다. 정말로 멍청했다.

시간이 아주 조금만 더 있었다면 케이를 구할 수 있었을지도
모르는데.

10

내가 끌려간 곳은 도가미네 고등학교였다. 남자는 나를 둘러
메고는 뒷문으로 들어가더니 곧 비상계단으로 올라갔다. 다른
사람에게 들려 계단을 올라가는 일은 어쩐지 불안하고 두려웠
지만 어떻게 할 도리가 없었다.

도가미네 고등학교의 옥상에는 창고 대신 사용하는 옥탑이 있었다. 남자는 나를 그 옥탑에 던져 넣었다. 바로 나가려고 했지만 옥탑 문이 끈 같은 것으로 묶여 있어 열리지 않았다.

몇 시간인가 가만히 숨을 죽이고 있는데 갑자기 철컥거리는 불쾌한 소리와 함께 문이 열렸다.

거기에는 요스가 케이가 서 있었다.

"…케이."

"나는 약속대로 자연공원에 갔었어."

"그 사람은 누구야?"

"블루모르포 플레이어야. 내가 부탁하지는 않았지만, 널 끌고 왔다고 자랑스럽게 말하니까 무시할 수도 없었어."

그 이상 알려줄 생각은 없는지 케이는 쌀쌀맞게 말했다.

"있잖아, 네즈하라의 어머니에게 '나비 도감'을 알려줬다는 거 사실이야? 경찰은 벌써 그 일과 블루모르포를 엮어서 수사하고 있어. 이렇게 있다가는 우릴 찾아낼지도 몰라."

그 정보는 아마도 경찰인 그 남자가 몰래 알려줬으리라.

경찰 내부에서 정보를 듣게 된 남자는 케이에게 보고한 다음 나를 계속 뒤쫓았을 것이다. 그리고 케이 집에 들어가는 걸 그대로 들킨 나는 불을 붙이기도 전에 잡혀 바보같이 케이 앞에 끌려오고 말았다.

"사실이야. 내가 정보를 흘렸어."

"믿을 수 없네."

케이는 정말로 신기하다는 듯이 말했다. 표정은 당혹스러워 굳어 있었다. 이런 상황에 와서도 케이는 어떤 의미에서 나를 믿고 있었다. 그 믿음에 답하려는 듯이 내가 말했다.

"…나는 케이를 배신하지 않을 거야."

"내가, 싫어졌어?"

늘 하는 질문이었다. 그 질문에 대답하는 대신 나는 말했다.

"나는 케이의 편이야."

"그래."

내가 무슨 말을 하기 전에 케이가 문을 열었다. 문틈으로 새어 들어오는 빛을 보고 짐작했지만, 밖은 이미 아침이었다.

세상이 가장 아름답고, 사람이 가장 숨쉬기 편한 시간대의 하늘이었다. 블루모르포가 해방을 외칠 시간.

"미야미네는 그렇게 말했지만 난 아직 포기하지 않았어."

"무슨… 의미야?"

"언젠가 상처는 나을 거야."

이렇게 말하면서 케이가 내 손을 잡아끌고 밖으로 나오길 재촉했다. 아침노을 빛에 물든 옥상에 선 순간, 철조망 앞에 있던 누군가를 발견했다.

젠나 미쿠리가 거기에 있었다.

전에 봤을 때보다도 훨씬 생기를 잃은 젠나는 어두운 눈으로 아침노을을 바라보고 있었다. 생기를 잃은 피부 빛, 손으로는 쇄골 아랫부분을 계속 쓰다듬고 있었다. 나비가 있던 위치였다.

"젠나는 원래 본가미 다이스케의 사이트에 걸렸었어. 그래서 내가 제자리로 되돌린 거야. 내가 한 말로 살아남은 사람이라면 내가 죽여야지."

이제 막 시작된 하루의 상쾌한 공기가 흐르고 있었다. 바람에 머리카락을 날리며 문득 케이가 말했다.

"미야미네, 내기하지 않을래?"

"뭐?"

"나는 지금부터 젠나의 자살을 막아보려고 해. 그러면 어떻게 될까? 만약 젠나가 뛰어내리지 않는다면 네가 이기는 거야. 그럼 나는 블루모르포에서 손을 뗄게. 그에 맞는 자리에서 재판을 받아도 돼. 그건 미야미네가 좋아해 준 요스가 케이가 블루모르포를 이긴 거니까. 하지만 만약 젠나가 내 말을 듣지 않는다면 내가 이기는 거야."

"케이가 이기면 나는 뭘 하면 돼?"

"어떤 일이 있어도 나와 함께 있어 줘."

기도하는 사람처럼 케이가 중얼거렸다.

"왜 그렇게…."

내게 집착하는 거냐고 말할 생각이었다. 다른 사람에 대한 공감 능력이 거의 없는 케이가 어째서 나만 이렇게 특별하게 여기는 걸까. 케이는 대답 대신 내 오른쪽 눈꺼풀을 쓰다듬었다. 그러고 나서 아래로 부드러운 피부를 쓸어내렸다. 쓰다듬은 부분은 오래전 케이가 상처를 입었던 위치였다.

"그럼 갈게."

케이는 가벼운 몸짓으로 옥탑에서 나가 천천히 철조망으로 다가갔다. 젠나를 빤히 바라보는 케이의 옆얼굴에 긴장이 느껴졌다. 젠나는 철조망을 붙잡고 그저 아침노을에 물든 하늘을 바라보고 있었다.

"젠나."

그 뒷모습에 케이가 말을 건 순간 젠나가 깜짝 놀라며 뒤돌아봤다.

"케이…지? 케이가 와준 거야?"

좀 전까지 텅 빈 젠나 미쿠리의 눈에 서서히 빛이 돌아왔다. 그 눈빛은 마치 밤을 여는 아침 햇살 같았다. 좀 전과는 달리 흔들리지 않는 모습으로 젠나가 두세 걸음 케이가 있는 쪽으로 걸어왔다.

"케이…!"

젠나가 절실한 목소리로 케이의 이름을 불렀다.

"어떡해… 케이, 난 말이야, 죽을 생각이었어. 이대로 여기에서 뛰어내리려고 했어. 그런데, 케이를 보니, 죽고 싶지 않아졌어. 어떡하지, 나, 죽는 게 무서워. 사는 것도 무서운데, 살고 싶어졌어."

"젠나, 나는."

나는 케이가 무슨 말을 할지 기다렸다. 하지만 아무리 기다려도 케이의 입에서 의미 있는 말이 나오지 않았다.

그 대신 케이에게 어울리지 않는 괴로운 신음이 들려왔다.

순간 무슨 일이 일어났는지 알 수 없었다. 아침 햇살이 더욱 강해지며 두 사람을 한층 더 강하게 비추었다. 거기에 맞춰 케이의 배에서 뚝뚝 눈물을 닮은 무언가가 흘러내렸다.

"미안, 케이, 미안해."

젠나의 울음 섞인 목소리가 울리는 동시에 케이가 천천히 자신의 배를 내려다봤다.

거기에는 가느다란 조각칼이 깊이 박혀 있었다. 검은 손잡이를 따라 꿈틀꿈틀 피가 흘러나왔다.

케이가 믿을 수 없다는 듯이 입을 막자 젠나는 거침없이 조각칼을 뽑아 들고는 다시 한번 케이의 배를 찔렀다. 케이가 신음했다. 피가 흘러나왔다. 젠나는 다시 한번 같은 행동을 했다.

"미안해…. 미안해. 나, 케이가 있으면, 살고 싶어져. 이 세상에서 계속 살고 싶어져. 그러니까 정말로 미안해. 몇 번이나 도와줬는데. 하지만 나는 가야 해."

세 번이나 케이를 찌른 다음 조각칼을 던지면서 젠나가 말했다. 가느다란 조각칼은 케이의 피로 새빨갛게 물들어서, 마치 그 칼이 케이 그 자체인 듯 보였다. 무릎을 꿇는 케이를 돌아보지도 않고 젠나는 걷기 시작했다. 그리고 그날을 거꾸로 재생하는 듯 철조망을 넘어 아무런 망설임 없이 뛰어내렸다.

뒤이어 둔탁한 소리가 울렸고 동시에 나는 케이를 향해 뛰쳐나갔다. 케이는 찔린 부분을 필사적으로 누르며 피가 흐르는 걸

막으려 했지만, 주위에는 케이의 몸에서 나온 피가 웅덩이를 만들더니 서서히 커졌다.

내가 케이의 등을 만지려는 순간 케이의 목에서 숨이 끊어질 듯한 소리가 울렸다. 그리고 케이는 무언가 터진 듯 웃기 시작했다. 처음에는 경련을 일으키는 웃음소리였지만, 차츰 크고 날카롭게 울렸다. 케이의 독특한 메조소프라노가 콘크리트에 반사되어 울려 퍼졌다. 그때마다 케이의 상처에서는 피가 철철 흘러넘쳤다.

"케이! 케이….."

바로 케이의 몸을 감쌌지만 웃음소리는 멈추지 않았다. 머지않아 호흡이 색색거리며 약해지더니 몸이 심하게 떨릴 무렵 케이는 웃음을 멈추고 작게 말했다.

"역시 그랬구나."

케이는 어떤 의미로 그 말을 한 걸까. 케이의 목소리는 의기양양하게 들리기도, 전부 포기한 듯이 들리기도 했다. 요스가 케이의 말로는 자살을 막을 수 없다고 자조한 걸까. 아니면 블루모르포의 마력이 진짜라는 사실이 자랑스러운 걸까. 나는 알 수 없었다.

내가 알 수 있는 건 기껏해야 이대로라면 틀림없이 요스가 케이가 죽는다는 단순한 사실뿐이었다.

"케이, 정신 차려! 케이….! 뭔가 지혈할 만한 걸 찾으러 가자. 날 붙잡아."

좀 전에 한마디를 내뱉고 나서 아무 말이 없던 케이는 순순히 내 말을 따랐다. 같은 구도이지만 전혀 다른 상황에 전율을 느꼈다. 케이의 배는 축축하게 젖어서 케이를 업는 순간 내 등에도 피가 스며들었다.

케이의 몸은 여전히 가벼웠다. 그런데도 물먹은 솜처럼 몸에 들러붙는 듯했다.

아래로 떨어진 젠나 쪽으로는 눈길 한 번 주지 않은 채 케이를 업고 옥상을 벗어났다.

학생회실로 향한 이유는 거기에 케이의 무릎 담요가 있었기 때문이다. 몸이 찬 편인 케이는 봄이든 여름이든 계절과 관계없이 마음에 드는 무릎 담요를 사용했다. 케이를 내려 벽에 기대도록 한 다음 무릎 담요로 상처를 덮었다. 상처가 보이지 않자 유난히 창백한 케이의 얼굴이 눈길을 끌었다. 무릎 담요도 차츰 붉게 물들었다.

"케이, 괜찮아? 아파? 괴로워?"

케이는 내 질문에 대답하지 않고 잠꼬대하듯 말했다.

"…블루모르포는… 완벽했어. 나는 틀리지 않았어, 나는."

금방이라도 끊어질 듯한 목소리는 잠겨 있었다. 힘없이 귓가에 속삭이는 케이의 목소리는 먼 옛날 기억 속 내가 업었던 여자아이의 목소리와 똑 닮아 있었다.

"괜찮아…. 나도 알아. 케이, 괜찮을 거야."

케이의 손을 잡았다. 손에 묻은 피는 이미 굳어가고 있었다.

"케이, 미안, 스마트폰을… 구, 구급차를 불러야."

그렇게 말하면서 케이의 주머니를 뒤졌다. 잡다한 물건에 섞여 핑크색 케이스를 씌운 눈에 익은 스마트폰을 발견했다.

순간 손이 멈췄다. 이대로라면 케이는 죽는데. 나는 그 이후를 상상했다. 만약 케이가 죽는다면 앞으로 무슨 일이 일어날지.

굳어버린 나를 조금도 개의치 않고 케이는 계속 중얼거렸다.

"나는, 미야미네를 상처 입혔을 때부터…, 마음속에, 계속 꺼지지 않는 불꽃이 있었어… 내가, 만약, 평범한 사람이었다면."

그 말을 듣는 순간 참고 있던 눈물이 흘러나왔다. 한심하게도 시야가 흐려지더니 케이 앞에서 오열하고 말았다.

오늘 아침 뉴스에서는 가짜 블루모르포와 관련해 죽은 사람이 30명을 넘었다고 했다. 매일 갱신되는 리스트에서 그 후로 몇 명이나 죽었을까? 단순 계산만 해봐도 150명에 가깝고, 숙청으로 알려지지 않은 사람까지 센다면 숫자는 더 늘어날 게 분명했다.

요스가 케이는 그야말로 대량 살인범이었다.

사회적으로 본다면 케이는 구제 불능 악인으로 다른 사람의 마음 따위 모르는 사람일지도 모른다.

하지만 케이는 나를 구해줬다. 고독한 나를 구해줬다. 나를 히어로라고 불러줬다. 나를 좋아해 줬다.

알고 있었다. 아무리 많은 사람을 죽여도, 이제 더 이상 그 누구에게도 다정한 케이가 아니라고 해도 나는 케이를 좋아했다.

케이가 곁에 존재한다는 사실만으로 행복했다. 어떤 일이 있어도 케이의 편이 되고 싶었다. 두려움도 사랑스러움도 공포도, 내가 느끼는 그 모든 감정을 케이에게 바쳤다. 케이를 만난 이후로 내 인생을 아름다우면서 무섭고, 다정하면서 잔혹한 소녀에게 바쳐왔다. 거의 숨을 쉴 수 없는 상태로 말했다.

"케이, 사랑해."

그때 내 무릎에 무언가가 닿았다. 좀 전에 스마트폰을 꺼낼 때 굴러떨어진 모양이다. '그것'을 주워 든 순간 숨을 삼켰다.

지금까지 내가 봐왔던 세상이 다른 걸로 덧씌워지는 듯했다. 주마등처럼 지금까지의 추억이 되살아나며 그때의 교실로 되돌아갔다.

나는 스마트폰 전원을 껐다. 주워 든 그것과 함께 스마트폰을 주머니에 넣고 조용히 말했다.

"케이… 구급차는 부르지 않을 거야."

케이가 내 말의 의미를 올바르게 이해했는지는 모른다. 서서히 초점이 사라지고 있는 케이의 눈이 간신히 나를 봤다.

"괜찮아. …아무도 케이를 상처 입히게 하지 않을 거야. 케이는… 케이는, 악한 사람일지 모르지만, 괴물일지도 모르지만, 지옥에 떨어질 수도 있지만, 그래도 나는 널 지킬 거야."

"어두워, 불 켜줘, 미야미네."

학생회실은 어둡지 않았다. 아침 햇살이 들어와 눈부실 정도였다. 좀 전까지 현실을 숨겨주던 무릎 담요가 피에 물들었고, 케이의 손이 공중을 떠돌았다. 그 손을 살짝 잡자 케이는 다시 한번 중얼거렸다.

"…어두운 건 무서워, 도와줘."

"괜찮아. 나는 언제까지나 케이의 편이니까."

"미야미네, 무서워."

"케이가 두렵고 괴로울 때 내가 반드시 곁에 있을게. 전혀 무서워할 필요 없어."

"…미야미네."

"난 케이의 히어로잖아."

그때 잡고 있던 케이의 손에서 힘이 빠져나갔다. 무슨 말을 하고 싶은 듯 열었던 입이 멈추고 케이는 천천히 고개를 떨궜다.

케이는 오해하고 있었다.

나는 케이가 싫어져서 경찰에 정보를 흘린 게 아니었다.

아름답게 빛나는 일루미네이션 앞에서 나는 케이가 진짜 괴물이라는 사실을 받아들였다. 다른 사람에게 상처를 입히고도 아무렇지 않은 케이는 살의를 멈출 줄 모르고, 만족도 몰랐다. 케이는 절대로 누군가를 해치는 일을 멈추지 않을 거다. 그러한 사실을 이해하고 받아들였다. 그래서 그런 케이가 파멸하지 않도록, 적어도 나만은 케이를 구해줘야겠다고 생각했을 뿐이다.

피에 젖었다는 사실만 빼면 케이는 거의 잠든 듯 보였다. 의지가 강해 보였던 갈색 눈동자가 감겨 천진난만해 보였다.

나는 짐을 풀어 페트병에 들어 있던 마지막 등유를 꺼냈다. 그리고 케이가 가지고 있던 스마트폰과 태블릿에 뿌렸다. 또 주변에도 뿌려뒀다. 가까이 있던 종이 다발에 불을 붙이고 케이의 시신을 등에 업은 채 복도로 나왔다.

계단을 올라 다시 옥상으로 나왔다. 화재를 감지했는지 날카로운 사이렌이 울리기 시작했다. 조금 있으면 학교에 소방차와 경찰이 출동하겠지.

나는 옥상에 방치된 조각칼을 주머니에 넣고 케이의 시신과 함께 아침 햇살을 바라봤다. 그때 옥상으로 누군가가 뛰어 올라왔다.

형사였다. 아마도 학생회실에서 번진 불길을 보고 상황을 살피러 왔을 거다. 형사의 눈이 경악하며 커졌다. 그런 형사에게 조용히 말했다.

"케이는 죽었어요."

그 순간 형사가 달려와 나를 있는 힘껏 때려눕혔다. 형사가 휘두른 한 방은 죽을 수도 있을 것 같은 타격이었다. 형사는 충동을 이기지 못하고 나를 계속해서 때렸다. 폭력 세례를 받는 건 초등학교 이후 처음이었다.

시야가 반쯤 검붉게 물들었을 때 형사는 마침내 때리던 손을 멈추고 말했다.

"네가 죽였어?"

"맞아요. 제가 케이를 죽였어요."

내가 고백하자 눈앞에 선 형사는 얼굴을 잔뜩 일그러뜨렸다. 분명 마음속으로는 당장 날 죽여버리고 싶을 테지. 하지만 아직 내게 듣고 싶은 말이 있는지 형사는 움직이지 않았다. 의식을 반쯤 잃어가고 있는 내가 제대로 답해줄 수 있을지는 알 수 없지만. 그런 상황에서 형사가 "어째서?"라고 물었다.

"세상 사람 모두가, 아무도 케이를 용서하지 않더라도, …나는 케이의 히어로니까."

그 답이 마음에 들지 않았는지 형사는 나를 더욱 세게 때렸다. 내 의식이 또 반쯤 어둠 속으로 떨어졌다.

"…난, 케이를 좋아했어요. 그래서 케이를 위해서라면 무엇이든 할 생각이었어요."

"뭐?"

"하지만 케이는 분명 그런 내 행동을 허락하지 않았을 테니까. 그래서 케이의 집에 불을 질러 내가 먼저 사건을 만드는 수밖에 없었어요. …저는, 케이를 위해서 스토리를 만들 생각이었어요."

눈앞에 있는 형사는 제정신으로 보이지 않았다. 젠나와 같은 눈빛이었다. 그래서 이 사람에게는 진실을 말했다. 이 형사도 마찬가지로 요스가 케이를 줄곧 따랐던 사람이니까. 이 사람 이외에 내가 진실을 말해줄 사람은 없다. 지옥까지 가지고 갈 비밀이니까 같은 지옥에 갈 사람에게는 알려줘도 괜찮지 않을까.

눈앞의 남자가 내 목을 붙잡더니 가차 없는 힘으로 목을 졸랐다. 나는 필사적으로 발버둥 쳤다. 때리는 건 얼마든지 상관 없었지만, 여기에서 죽을 수는 없었다. 정신없이 형사의 허리를 차면서 악착같이 저항했다.

그때 옥상으로 누군가가 달려 올라왔다.

"히무로! 그만둬! 죽이면 안 돼!"

내 목을 조르던 형사가 놀란 듯 돌아보았다. 그 순간 나는 처음으로 히무로라는 사람을 만난 듯싶었다. 알고는 있었지만, 히무로 형사도 케이 때문에 변해버린 사람 중 하나였다. 분명 많은 걸 버리고 여기에 왔을 거다.

산소가 부족해 숨을 헐떡이느라 옥상에 올라온 사람이 누구인지 잘 보이지 않았다. 여자인가. 총을 들고 있었다.

"나는, 그저 만나고 싶었을 뿐이야. …나는, 나는 오랫동안 그녀를…."

"사랑했어."라고 히무로 형사가 중얼거렸다.

그랬다. 우리는 모두 케이를 사랑했다.

그리고 건조한 소리가 나며 모든 상황이 종료되었다.

히무로 형사가 천천히 내 눈앞에서 무너져 내렸다. 동시에 총을 든 누군가가 다가왔다. 예쁜 얼굴을 한 여자 형사였다.

"네가… 블루모르포의 마스터야?"

"네, 맞아요. 제 이름은 미야미네 노조무입니다. …도가미네 고등학교 2학년이에요."

숨쉬기가 힘들었다. 눈물이 났다. 그래도 가까스로 말했다.

"…전 많은 사람을 죽였습니다. 요스가 케이도 그중 한 사람이에요. 형사님, 절 잡아가세요."

버티다가 결국 정신이 아득해지며 내 의식은 어둠에 잠식당하고 말았다.

에필로그

그 후로 3일이 지났다.

나는 오늘도 조사를 받고 있다. 처음에는 잘 할 수 있을까 긴장했지만, 지금은 꽤 익숙해졌다.

취조실은 처음이었지만 드라마에서 본 풍경과 거의 다르지 않았다. 픽션이 얼마나 사실을 기반으로 만들어지는지 비로소 알 수 있었다.

반쯤 열린 문 건너편에서 이루미 형사와 다카쿠라 형사가 이야기하는 소리가 들렸다. 그 내용도 그다지 다를 게 없는 대화였다.

"진술은 변함없습니다. 동급생인 요스가 케이를 쭉 협박하면서 자신을 돕게 했다. 요스가 케이는 다른 블루모르포 플레이어와 마찬가지로 심신 상실 상태였고, 미야미네 노조무의 말을 거스를 수 없는 상태였다. 하지만 절친인 젠나 미쿠리가 타깃이 되자 요스가 케이가 격렬하게 저항했고, 그에 격분한 미야미네가 젠나 미쿠리와 함께 요스가 케이를 찔렀다."

"…그리고 같은 블루모르포 플레이어로 요스가 케이를 지지했던 히무로가 요스가 케이가 살해당한 사실에 격분했고, 미야미네 노조무를 폭행하던 중 우리가 와서 권총으로 자살했다. … 그 화재는?"

"원래는… 요스가 케이에게 분신자살을 지시했다는 모양입니다. 하지만 죽기 직전에 요스가 케이가 죽고 싶지 않다고 애원해서 미야미네는 목숨을 살려주는 대신에 젠나 미쿠리를 불러내라고 했고… 그래서."

그랬다, 나는 그렇게 이야기했다. 조금 괴로운 변명이었다. 하지만 이제는 그렇게 궤도를 수정할 수밖에 없었다.

내가 원래 그렸던 계획은 이랬다. 내가 젠나 미쿠리를 죽이려 한 사실에 화가 난 케이가 겨우 용기를 내서 반항한다. 우리는 다투게 되고, 나는 케이의 집에 불을 질러 케이를 죽이려고 한다. 내가 체포되어 경찰이 우리 집을 수색하면 내 방에 모아뒀던 블루모르포에 관한 사건 파일과 지시를 적어둔 노트를 발견할 테고, 내가 블루모르포의 마스터로 체포되어 케이의 죄를 뒤집어쓴다.

이런 계획은 예전부터 세우고 있었다. 하지만 단순하게 자수하려고 하면 케이가 저항할지도 몰랐다. 그래서 나는 케이의 집에 불을 질러서 사건을 먼저 만들려고 계획했다.

하지만 내 계획은 히무로 형사의 출현으로 완전히 무너져 버렸다.

새로 쓴 시나리오는 두 형사들이 이야기한 대로다. 나는 더 이상 필요 없게 된 케이를 분신자살시키려고 한다. 케이는 강하게 저항하며 살려달라고 애원한다. 나는 그 대신 케이의 절친인 젠나 미쿠리를 학교로 불러내, 케이의 눈앞에서 젠나를 자살하게 만들려고 계획한다. 하지만 케이는 거기에 강하게 저항하여 비극이 일어났다.

다행이라는 점은 더 이상 케이의 저항을 두려워할 필요가 없다는 거다. 케이는 이제 아무 말도 할 수 없으니까. 계기가 무엇이 되었든 나는 이렇게 붙잡혔고, 이 사건 덕분에 스크랩 파일은 물론이고 케이와 공유했던 엑셀 파일도 압수되었다. 이대로라면 세상을 속일 수도 있지 않을까.

"…그렇군."

한 가지 걱정되는 일은 저기에 서 있는 여자 형사였다. 이루미 형사는 어째서인지 여전히 케이에게 향한 의심의 눈길을 거두지 않고 있었다.

"블루모르포를 시작한 동기에 대해서도 이해할 수 있습니다. 초등학생 시절 당한 학교 폭력. 네즈하라 아키라의 '나비 도감'을 바탕으로 나비를 모티브로 삼았다는 말도 그럴듯하지 않습니까?"

"블루모르포에 관련된 진술이 일관돼. 지나치게 들어맞아."

이루미 형사는 씁쓸하게 중얼거리고는 내 쪽을 흘끗 봤다.

"앞뒤 발언이 전혀 어긋나지 않아. 행동 이념도 흔들림 없고.

그때 무슨 생각을 했고, 왜 그 행동을 했는지 전부 논리 정연하게 말하고 있어. 몸이 다쳐서 통증도 있을 텐데 괴로워하는 표정 하나 보이지 않아. 이렇게 경찰에게 질문을 받고 있는데도 긴장조차 하지 않아. 눈앞에서 히무로가 죽은 일도 고등학생 정도의 나이라면 좀 더 동요하는 게 당연해. 게다가….”

“뭔가요?”

“…아냐, 아무것도.”

이루미 형사가 나를 흘끗 보더니 고개를 저었다. 나도 다음 말이 궁금해서 어쩐지 소화 불량에 걸린 기분이었다.

“블루모르포에 대한 기술이 자세한 점은 분명해. 미야미네가 블루모르포에 대해 알고 있었던 건 분명하단 거지.”

“진짜 사이코패스 아닐까요? 이런 타입의 인간은 자기 과시욕이 강하고 자신의 범행에 긍지를 갖고 떠벌리고 싶어 하는 경향이 있다고요. 미야미네 노조무도 그런 타입입니다. 그렇잖아요, 다른 사람의 기분을 모르는 사람이 아니라면… 그런 일을 할 수 없어요.”

다카쿠라 형사는 나를 완전히 경멸하는 모양이었다. 증오가 담긴 눈으로 나를 바라보았다. 그런 눈길을 받아도 내 마음은 잔잔할 뿐 아무것도 느껴지지 않았다. 그런 눈길을 보내주는 편이 오히려 내가 원하는 바이다.

잠시 후 두 사람이 무언가를 속삭이더니 이루미 형사만 취조실 안으로 들어왔다. 이 사람을 상대할 때는 조금 긴장되었다.

무언가 하나라도 틈을 보이지 않도록 나는 유유히 미소를 지어 보였다.

"네가 일으킨 사건은 국내는 물론 해외에서도 유명해졌어. 전쟁 이후 최악의 범죄 중 하나로 꼽히겠지. 아니, 솔직히 나는 놀랐어. 설마 이렇게 악랄한 일을 저지른 사람이 너 같은 고등학생이라니."

"…자주 들어요. 전 그다지 튀는 사람이 아니니까요. 나 같은 인간이 누군가를 조종해서 자살로 몰고 갈 거라고는 아무도 생각하지 않겠죠. 하지만 저 같은 인간이기 때문에 그런 일을 할 수 있었던 거예요. 그렇게 생각하지 않으세요?"

"난 그렇게 생각하지 않아. 확실히 네 진술은 그럴듯해. 하지만 나는 요스가 케이가 주모자였다고 생각해."

흘려들을 수 없는 말이었다. 그러면서 예상했던 말이기도 했다. 이 상황에 빠진 이상 내가 제일 맞서야 할 부분이기도 했다. 다행히 케이와 나 우리는 서로 녹아들 만큼 함께 시간을 보냈다. 그 시간을 나눠서 어느 쪽이 주모자인지 정하기는 어려울 정도로. 케이는 더 이상 말할 수 없으니 이곳은 나의 독무대였다. 케이는 아무것도 부정할 수 없다.

"케이가? 케이는 그런 타입이 아니에요. 케이는 협박을 받았을 뿐입니다. 그 이야기는 다카쿠라 형사님께도 했는데요. 제 방에 있던 노트도 발견하셨잖아요?"

"그렇지. 평소의 요스가 케이를 안다면 그쪽이 더 그럴싸해.

그래서 이건 아무런 근거도 없는 나의 감이야. 내 눈엔 요스가 케이가 세뇌될 사람으로는 보이지 않고, 네가 요스가 케이를 협박할 사람으로 보이지도 않아."

"감으로 하는 말에 감상을 원하셔서도 곤란한걸요. 게다가 저와 케이는 편의상 연인 사이인 걸로 되어 있었으니. 얼마든지 방법은 있었어요."

"방법?"

"이루미 형사님도 여자니까 다른 사람에게 보이고 싶지 않은 비밀 한두 개쯤은 예상할 수 있으시잖아요?"

일부러 묘한 함축을 담아 말하자 이루미 형사의 눈썹이 움찔했다. 분명 성실하고 정이 많은 사람일 거다. 이루미 형사는 숨을 한 번 내뱉고는 말했다.

"지금부터 하는 말은 단순한 내 상상이야. 그래도 네가 들어줬으면 해."

"…딱히 상관없어요. 뭔데요?"

"난 지금부터 네가 만든 시시한 스토리를 무너뜨릴 거야."

이루미 형사의 눈에 날카로운 빛이 깃들었다. 기이하게도 요스가 케이가 살아 있을 때 쓴 표현과 똑같았다. 이루미 형사가 가볍게 숨을 뱉었다. 이제부터가 진짜라는 의미이리라.

"나는 네가 요스가 케이에게 세뇌되었고, 지금도 요스가 케이를 감싸준다고 생각해."

"설마, 그럴 리가."

"당연히 블루모르포의 주모자도 요스가 케이야. 케이는 언젠가 자신이 수사 대상에 오를 때를 대비해서 대역을 준비했어. 그게 너야. 케이는 널 연인으로 삼아 언제 어디서나 곁에 뒀어. 그렇게 온종일 함께 있으면서 네가 케이에게 지시했다는 시나리오를 부정하지 못 하게끔 만들었지."

확실히 나는 늘 케이의 곁에 있었다. 하지만 그렇게 한 까닭은 우리가 주위의 다른 커플과 별로 다르지 않은 평범한 연인 사이였기 때문이다. 이루미 형사는 그런 관계조차도 케이가 꾸민 술책 중 하나라고 생각하는 모양이다. 실제로 나와 케이는 서로를 삼켜버리는 뱀처럼 하나가 되어 곁에서 보면 누가 누구인지 알 수 없었다.

"자, 그럼 내가 이런 상상을 하게 된 원인에 대해 이야기해 볼까. 우선 지난 신문에 대한 거야."

이루미 형사가 무슨 말을 하는지 알 수 없어 일단 입을 다물었다. 그러자 이루미 형사가 말했다.

"네가 요스가 케이의 집에 불을 지르려고 했을 때 등유를 뿌렸던 신문 더미 말이야. 그 지난 신문 더미 세 묶음을 전부 확인했는데, 하나는 확실히 최근 한 달 사이의 것이었어. 하지만 나머지 두 묶음은 각각 3개월 전과 6개월 전 거야. 이게 뭘 의미하는지 알겠지?"

"…모르겠습니다."

"아마도 케이는 6개월 전에 하나, 3개월 전에 또 하나, 지난 신문 더미를 슬쩍 빼놓았을 거야. 그리고 어딘가에 숨겨뒀다가 그날 보란 듯이 거실에 뒀어. 네가 불을 붙이기 쉽도록."

나는 그날 일을 떠올렸다. 그랬다. 등유는 그 자체로는 불을 붙이기 어렵다고 들어서 신문 더미를 사용해 불을 붙이려고 했었다.

"사실 요스가 케이는 네가 자기 집에 불을 지르길 바랐던 거 아닐까? 그렇게 증거를 은폐한 다음 널 죽여 주모자로 내세우고 자신만 완전히 빠져나갈 작정이었지."

"말도 안 되는 소립니다."

대답은 그렇게 했지만, 처음으로 케이의 집에 들어섰던 순간을 떠올렸다. 깨끗하게 정리된 방. 정갈한 생활 공간. …현관 한쪽에는 지난 신문을 잘 묶어서 넣어 놓는 박스가 있었다. 그런데 어째서 그날 내가 등유를 뿌린 신문 더미는 원래 있던 자리가 아니라 거실에 보란 듯이 놓여 있었을까? 그날 그 신문 더미를 본 순간 나는 계시를 받은 듯했었다. 하지만 이제는 그 뒤에 케이가 서 있다. 애초에 나는 어디에서 방화로 증거를 인멸하는 아이디어를 얻었을까?

"그리고 분신자살을 시키려 한다고 해도 그렇게 넓은 범위에 등유를 뿌릴 필요가 있을까? 증거를 없애기에도 지나치고, 협박이라고 하기도 마찬가지야. 그래서 순서가 다르다고 생각했어. 그날 그 자리에는 너 혼자 있었고, 요스가 케이는 없었던 게 아닐까 하고."

"…그런 건."

"내가 추측하기에 케이의 계획은 이래. 미야미네 노조무의 이름이 경찰에 알려졌으니 케이는 슬슬 블루모르포를 정리하기로 정했어. 자신이 감수할 손해는 가장 적은 형태로 말이야. 자신이 없는 곳에서 네가 불을 질러 체포되게 만든다. 어쩌면 불길에 너도 같이 죽기를 기대했을지도 모르지. 그리고 자신은 어디까지나 피해자로 경찰서에 출두할 생각이었어."

그럴 리가 없다. 케이가 나만은 버리지 않을 거라고 믿어서 일부러 사건을 만들려고 했던 건데. 케이가 처음부터 내게 죄를 씌우려고 하진 않았을 거다.

"케이의 계획을 무너뜨린 사람이 히무로야. 히무로는 얼마 전부터 상태가 이상했어. 히무로가 블루모르포 플레이어라면 경찰의 지금 움직임이 탐탁지 않았겠지. 그래서 우선은 이름이 거론된 미야미네 노조무를 감시하기로 했어. 그랬더니 미야미네 노조무가 사랑하는 요스가 케이의 집을 태우려고 한 거지. **히무로에게는 그 모습이 궁지에 몰린 미야미네 노조무의 반항으로 보였어.** 딱 지금 구도와 정반대지. 그리고 히무로는 요스가 케이의 지시도 듣지 않고 널 붙잡아 가둬버렸어. 그래서 급히 시나리오를 변경해야만 했지."

"…"

"그렇게 이용당한 사람이 젠나 미쿠리야. 젠나 미쿠리를 옥상에서 죽이면 '절친이 죽어서 세뇌가 풀렸다.'라고 말할 이유가 생기니까. …뭐, 거기에서 자기가 죽을 줄은 생각하지 못한 모양이지만. 분명 케이를 죽인 사람도 네가 아니지?"

그럴 리가 없다고 다시 한번 마음속으로 중얼거렸다. 동요하는 모습을 들키지 않으려면 이루미 형사에게 무슨 말이라도 해야 하는데. 혀가 입안에서 뻣뻣해져 말이 나오지 않았다. 아주 잠깐 내가 왜 여기에 있는지 알 수 없어졌다.

"아직 이야기는 끝나지 않았어."

이루미 형사의 말에 의식이 되돌아왔다. 내 눈앞에는 파일에 넣어둔 논문이 놓여 있었다. 분명 케이의 방에서 압수한 물건이다. 그 제목과 연구자의 이름을 본 적이 있다.

"이 '이케야 스가오'라는 연구자의 논문 읽어본 적 있어?"

"…케이의 방에서 읽은 적 있어요. 그걸 왜?"

"이 논문을 읽어보고 놀랐어. 블루모르포에 적용하기 좋은 논문이 다 있구나 싶어서. 요스가 케이는 이 논문을 참고했을지도 모른다고 생각할 정도로 말이지. 하지만 그렇지 않았어."

"어째서 그렇게 생각하시죠?"

"이케야 스가오라는 사회학자는 존재하지 않으니까. 아주 잘 쓴 논문이라 한 번 읽어서는 알 수 없어. 하지만 이 논문은 누군가가 조작한 거야. 아마도 요스가 케이가 썼겠지. 이케야 스가오라는 이름부터가 요스가 케이의 이름을 조합한 애너그램이나 다름없으니까."

그 말을 들은 순간 솔직히 놀랐다. 대체 무엇이 진짜이고 무

엇이 거짓일까. 더는 판단할 수 없었다. 눈앞에 놓인 꾸깃꾸깃
한 '이케야 스가오'의 논문을 보면서 나는 아직 케이의 손바닥
위에서 놀아나고 있는 듯했다.

"누군가를 세뇌하고자 권위를 이용하는 일은 드물지 않아.
넌 이케야 스가오의 논문을 보고 블루모르포가 옳다고 굳게 믿
은 거 아닐까? 이런 식으로 요스가 케이는 작은 일들을 차곡차
곡 쌓아서 널 바꾼 게 아닐까?"

"아니에요."

내 목소리에 감정이 조금 실려버렸다. 그 틈을 놓치지 않으려
는 듯 이루미 형사가 말했다.

"케이는 사람을 조종하는 데 특출한 재능을 발휘했어. 사람
의 약한 부분을 파고든 다음 협박해서 말이지. 실제로 살아남은
블루모르포 플레이어 중 지금도 세뇌에서 벗어나지 못한 아이
가 있어. 지금도 케이가 무서워서 밖으로 나오지 못하고 있어."

"전 한 번도 협박받은 적 없어요."

"협박이란 건 상대를 해하는 일만이 아니야. 부채감을 갖게
하는 방법도 있어. 죄책감으로 사람을 따르게 하는 일도 가능
해. 넌 초등학생 때 다친 요스가 케이를 도와준 적이 있었지. 그
때 요스가 케이에게 생긴 상처를 네 탓이라고 생각해?"

"아니요. 그 일은 사고였어요."

"넌 요스가 케이의 히어로라지? 그 말은 케이가 했어? 죄책
감을 안기고 거기에 어울리는 자격을 주면 그런 행동을 하게

돼. 사람들의 흔한 심리야. 네 마음속에 요스가 케이는 늘 지켜 줘야 할 여자아이였겠지."

"당신이 대체 뭘 알아요?"

"사실은 넌 아무것도 하지 않은 거 아니니?"

이루미 형사는 근거도 없는 확신과 함께 조용히 말했다.

"만약 정말로 네가 아무것도 하지 않았다면 네 인생은 아직 돌이킬 수 있어. 요스가 케이가 한 일을 막지 못했다는 사실에 죄책감을 느낄지도 모르겠지만 이런 식으로 책임을 지려는 방식은 잘못되었어."

"책임을 지려는 게 아니에요."

"네가 죄를 뒤집어쓴다고 해도 아무것도 해결되지 않아. 케이는 죽었어. 주범이 아니었다고 해도 블루모르포에 관련되었던 사실은 사라지지 않아."

아무런 의미도 없다. 그럴지도 모른다. 당사자 본인은 죽었다. 케이를 주모자라고 말하는 편이 훨씬 낫다. 이루미 형사의 말대로 지금 내가 뒤집어쓰면 죽은 요스가 케이의 악행을 숨겨주고자 정작 내 인생을 헛되이 만들게 된다. 그런 행동은 미친 짓이다.

"…한 일은 사라지지 않아."

그때 이루미 형사가 처음으로 표정을 일그러뜨렸다. 담담하게 나를 흔들려는 이유가 아니라 자신의 솔직한 괴로움이 엿보이는 표정이었다.

"그런데도 연인을 위한다는 명목으로 네 인생을 팽개치는 일은 잘못되었어. 나는 더 이상 블루모르포의 피해자를 늘리고 싶지 않아. 이제 알겠지. …넌 이용당했을 뿐이야."

그때 이루미 형사에 대한 인상이 조금 변했다. 분명 이 사람은 좋은 사람일 것이다. 나 같은 인간조차도 계속 구하려고 하고 있으니.

하지만 내게 필요한 건 그런 도움이 아니었다.

"…무슨 말을 하는 건지 모르겠어요. 어떻게 하는 게 정답인 거죠? 마음대로 해석하면 되잖아요. 전 이제 아무래도 상관없어요."

"아무래도 상관없다고?"

"질렸어요. 이제 블루모르포에 더 흥미가 없어요. 케이는 블루모르포를 운영하는 데 이용하기 제일 편리한 사람이었으니. 케이를 대신할 사람을 찾기도 어렵고. 백오십 명을 죽인 걸로 충분히 만족해요."

"넌 요스가 케이가 죽어서 슬프구나."

예상하지 못한 말에 말문이 막혔다. 이 한순간의 여백에서 과연 이루미 형사는 무엇을 발견했을까? 케이가 죽어서 슬픈 건 말할 것도 없었다. 케이가 이 세상의 어디에도 없다는 사실을 떠올릴 때마다 몸이 굳었다. 지금 당장이라도 고함을 지르고 싶은 마음을 필사적으로 참았다.

그 모든 격한 감정을 한 번에 억누르고 빙긋 웃으며 말했다.

"슬퍼요. 죽은 백오십 명과 별로 다르지 않은 만큼만."

이번에는 이루미 형사의 얼굴이 굳었다. 무슨 말을 하고 싶은 듯 입술이 떨리더니 천천히 고개를 저었다.

"마지막으로 하나만 묻자."

"뭔가요?"

"이건 뭐니?"

이루미 형사가 봉투에 든 물건을 책상에 내려놓았다.

그 물건은 케이의 주머니에 들어 있던 것이었다. 내 인생의 전부를 버리게 만든 바로 '그것'이기도 했다.

이루미 형사가 보기에 나는 케이에게 세뇌된 가여운 희생양이었다. 줄곧 속아온 케이의 장기짝이었다. 이루미 형사의 이야기를 들으면 확실히 케이의 의도를 알 수 없었다. 어쩌면 사실은 모든 게 케이의 생각대로 흘러갔고, 나는 다른 플레이어와 마찬가지로 속았는지도 모른다.

그런데도 내가 케이를 믿는 까닭은 눈앞에 놓인 물건 때문이었다.

그것은 하나의 증명이었다. 우리 사이에 무언가가 있었다는 증거였다.

나는 살짝 고개를 젓고 거짓말을 했다.

"몰라요."

물어보고 싶은 내용은 그 질문이 끝이었는지 이루미 형사가 일어났다. 이루미 형사가 나가고 나면 분명 다시 같은 이야기를 또 해야 할지도 모른다. 상상만으로도 지긋지긋했지만 하는 수밖에 없었다.

"제가 블루모르포의 마스터로 정식 재판을 받는다면 전 지옥에 떨어질까요?"

이루미 형사가 등을 돌린 순간 그 말이 입에서 튀어나왔다.

무시하리라 각오했지만 의외로 이루미 형사는 나를 향해 뒤돌아봤다. 잠시 후 이루미 형사가 말했다.

"공교롭게도 나는 사후 세계는 믿지 않아."

"그런가요."

그건 유감이다. 그 순간 내 솔직한 심정이었다. 권위자의 보증을 받는다면 이 사람이었으면 했다.

나는 이대로 유죄가 될까? 150명이 넘는 사람을 죽인 정신이상자로 온갖 사람들에게서 증오의 시선을 받을까? 그렇지 않으면 의미가 없다. 제정신이 아닌 바닥이 훤히 보이는 멍청한 시나리오의 의미가 없다. 지금은 모든 상황이 어쩐지 면 세상의 일처럼 느껴졌다. 모든 것이 무서워서, 지금도 이 상황이 꿈이면 좋겠다고 바보 같은 생각을 했다. 그런 단계는 이미 훨씬 지났는데.

케이, 죽고 나서 만난 세계는 어때? 이제 아프거나 어둡지는 않아? 이런 상황에서조차 나는 너만을 생각해. 나는 블루모르포의 성역을 끝내 믿지 못했어. 케이도 그랬겠지. 너는 어디까지나 그 스토리를 만든 사람이니까. 그 이후는 조금도 믿을 수 없었겠지.

하지만 이 세상에는 훨씬 오래전부터 익숙한 장소가 있다.

케이는 150명이 넘는 사람을 죽였다. 나는 그런 케이를 줄곧
방관했다. 케이가 죽을 때조차도 구하려고 하지 않았다. 우리는
같은 대죄인이다. 그렇다면 갈 곳은 한 곳밖에 없었다.

너도 지옥에 떨어질 테니까. 꼭 다시 거기에서 만나자.

나는 구제 불능에다가 너무나 약해서 네게 아무것도 해주지
못했지만, 그래도 나는 계속 너의 히어로이고 싶으니까.

내 눈앞에는 투명한 봉투에 든 지우개가 놓여 있었다. 절반
정도 사용한 지우개에는 잉크가 스며든 얼룩이 있었다. 아무것
도 모르는 사람이 본다면 그 얼룩이 무엇인지 모를 것이다.

하지만 나는 그것이 내 이름임을 안다.

작가의 말

늘 응원해 주셔서 감사합니다, 샤센도 유키입니다.

작가의 말에서 책의 내용을 많이 언급했는데, 부디 양해해주시길 바랍니다.

이 소설은 누구 한 사람 사랑하지 않았던 괴물인가, 단 한 사람만을 사랑한 괴물인가. 그 괴물에 관한 이야기입니다. 그리고 요스가 케이라는 인간 그 자체를 수수께끼로 한 미스터리이고요.

처음부터 케이가 다른 사람을 지배하는 쾌감에 붙잡혀 있었는지, 아니면 미야미네를 덮친 비극이 케이를 근본적으로 바꿔버렸는지, 미야미네를 자신의 희생양으로밖에 보지 않았는지, 아니면 미야미네를 믿는 '특별한' 무언가가 있었는지는 아무도 모릅니다.

이 부분을 판단할 만한 근거는 이야기의 처음부터 끝까지 곳곳에 담겨 있습니다. 요스가 케이가 과연 '무엇'이었는지 독자들께서 자유롭게 해석해 주신다면 글을 쓴 사람으로서 더할 나위 없이 기쁠 것 같습니다.

다만 요스가 케이가 이루미 도코에게만은 철저하게 부정당하는데, 그것이 이 이야기의 희망이라는 점을 확실히 표현하고 싶었습니다.

이번에도 담당 편집자를 포함해 많은 분의 도움을 받았습니다. 참고한 사건에 관련된 자료를 모을 때 평소보다도 더 많은 친구의 힘을 빌렸습니다. 특히 영문 자료를 접할 때마다 변변찮은 제 독해 능력을 대신해 도와주고 조언해 준 친구에게 감사합니다. 또 일본 원서의 경우 쿳카 씨께서 이 이야기를 담아낸 멋진 표지 일러스트를 그려주셨습니다. 각별히 감사의 말씀을 드립니다.

마지막으로 이렇게 제 소설을 읽어주신 독자분들께, 각지에서 계속 응원해 주시는 분들께, 진심으로 고맙습니다. 앞으로도 정진하겠으니 부디 잘 부탁드립니다.

참고 문헌

- 조지 K. 사이먼 2세, 《양의 탈을 쓰다》, 조은경 옮김, 모멘토, 2007년 5월.

- M. 스캇 펙, 《스캇 펙의 거짓의 사람들》, 윤종석 옮김, 비전과리더십, 2007년 8월.

- 우메타니 가오루, 《위험한 이웃》, 이수형 옮김, 세창미디어, 2017년 6월.

- 앤 콜리어Anne Collier, '대왕고래'와 사회규범 연구Core concern: 'Blue Whale' & the social norms research, 〈NET FAMILY NEWS〉, 2017년 5월 17일.
  * https://www.netfamilynews.org/blue-whale-2-months-later-real-concern(최종 열람일 2019년 12월 25일).

- 윌 스튜어트Will Stewart, '어린이 대상 대왕고래 자살 게임 발명한 남성, 자살한 피해자는 '생물학적 쓰레기', 자신은 '청소 사회'Man who invented Blue Whale suicide 'game' aimed at children says his victims who kill themselves are 'biological waste' and that he is 'cleansing society'', 〈메일온라인MailOnline〉, 2017년 5월 10일.
  * https://www.dailymail.co.uk/news/article-4491294/Blue-Whale-game-mastermind-says-s-cleansing-society.html(최종 열람일 2019년 12월 25일).

- 앰버 퍼거슨Amber Ferguson, 카일 스웬슨Kyle Swenson, '텍사스 가족은 학교를 놀라게 할 만큼 무시무시한 '대왕 고래 온라인 챌린지'가 십대를 자살하

게 만들었다고 말합니다Texas family says teen killed himself in macabre 'Blue Whale' online challenge that's alarming schools', 〈워싱턴포스트〉, 2017년 7월 11일.

- 〈Blue Whale Challenge〉 외국에서 유행한 비슷한 맥락의 게임 사이트.

저자 소개

샤센도 유키

斜線堂 有紀

1993년 출생. 도쿄 조치대학교를 졸업했다. 어렸을 때 몸이 약해 책에 빠져 지내다 처음 추리소설을 접하게 되었다. 중학교 1학년 때 읽은 사토 유야의 작품에서 충격을 받아 본격적으로 소설가를 꿈꾸게 되었고, 대학 재학 중이던 2016년에《키네마 탐정 칼레이도 미스터리》로 제23회 전격소설대상 '미디어웍스 문고상'을 수상하며 작가로 데뷔했다. 주로 라이트노벨에서 활동하다가 '본격 미스터리'를 써보라는 편집자의 추천으로 2020년 발표한《낙원은 탐정의 부재》가 '미스터리가 읽고 싶어! 2021년판' 국내편 2위 등 각종 미스터리 랭킹에서 차례차례 상위를 차지하며 미스터리계의 신성으로 떠올랐다. 《사랑에 이르는 병》은 러시아에서 실제로 있었던 사건인 SNS 집단 자살 게임 'Blue Whale Challenge'를 모티브로 한 미스터리 로맨스 소설로, 특히 이야기의 마지막 네 문장에 감춰진 반전 때문에 독자들 사이에서 범인에 대한 다양한 해석이 제시되며 입소문을 탔고, 틱톡에서 큰 반향을 일으키며 10만 부 이상 판매, 베스트셀러 반열에 오르게 되었다. 한국에 출간된 다른 작품으로는《낙원은 탐정의 부재》,《내가 정말 좋아하는 소설가를 죽이기까지》등이 있다.

역자 소개

부윤아

생각 못 한 발견이 호기심을 풍요롭게 해주기 때문에 다른 사람의 책장을 구경하기를 좋아한다. 다른 나라의 책을 먼저 구경하고 소개하는 번역가의 일에 매력을 느껴 일본어 번역가가 되었다. 일본어에 이어 중국어 등 다양한 외국어를 배우면서 언어란 그 나라의 문화를 담아낸다는 점을 깊이 이해하고 단순히 텍스트가 아닌 문화를 전달하는 번역가가 되고자 노력하고 있다. 멀티미디어 시대를 살면서 어쩌다 책을 좋아하게 된 건지 의문을 가지면서도 오늘도 책을 읽고 쓰고 옮기고 있다.

옮긴 책으로는 《코지마 히데오의 창작하는 유전자》, 《지극히 작은 농장 일기》, 《그렇게 중년이 된다》, 《그리고, 유리코는 혼자가 되었다》 등 다수가 있다. 현재 출판번역 에이전시 글로하나에서 일본어 기획 번역가로 활동하고 있다.

사랑에 이르는 병

초판 1쇄 인쇄 2023년 10월 4일
초판 1쇄 발행 2023년 10월 13일

지은이   샤센도 유키
옮긴이   부윤아

편집인   이기웅
책임편집   양수인
디자인   studio forb
마케팅   유인철
제작   제이오

출판등록   제2020-000145호(2020년 6월 10일)
주소   서울시 강남구 테헤란로 332, 에이치제이타워 20층

ⓒ 샤센도 유키

ISBN 979-11-93358-01-6 (03830)